苏轼《渡海帖》

水雲裏空庖煑寒菜
破竈燒溼葦那
知是寒食但見烏
銜帋君門深
九重墳墓在万里也擬
哭塗窮死灰吹不
起
右黄州寒食二首

天下第三行书＿苏轼《黄州寒食诗帖》

照管程六小心启惟频与提举是要
此外亦蜀中一郡归去相见未间惟
保爱〻不宣　轼手启上
治平史院主徐大师二大士　侍者
八月十八日

軾啓久別思念不忘遠想
體中佳勝
法眷各無恙
佛閣必已成就
焚修不易數年念經度得幾人徒弟
應師仍在思濛住院如何略望
示及

苏轼《治平帖》

公之孫師仲錄
公之詩廿五篇以示軾三
復太息以想見
公之大略云元豐四年十
一月廿二日眉陽蘇軾書

故三司副使吏部陳公
軾不及見其人然少時所
識一時名卿勝士多推
尊之爾來前輩凋喪
略盡能稱誦
公者漸不復見得其
理言遺事皆當記錄

苏轼行楷书法欣赏《吏部陈公诗跋》

《醉僧写经图》苏轼跋文

苏东坡

最是人间真情味

天津出版传媒集团
天津人民出版社

前言

苏东坡在中国人心中，用“喜欢”来表达似有不足，以“甚爱”喻之倒更妥帖。

是的，有中国人的地方，大抵都会吟唱“但愿人长久，千里共婵娟”，也会激诵“大江东去，浪淘尽，千古风流人物”，还会遥想“横看成岭侧成峰，远近高低各不同”，然后歌一番“春宵一刻值千金，花有清香月有阴”等。

是的，有中国人的地方，东坡先生的身影便无处不在，他的芬芳诗意便无时不在。

掬一行诗，犹如山涧清流汩汩而下，不经意间溅起浪花朵朵，轻柔地拂过我们干涸的心田，滋养浮萍一叶叶，葱绿沧海变桑田。

随时，随缘，随遇，随安。

东坡先生就在我们身旁，一如昨天般。

走进中国诗词文赋的浩瀚星空里，可与先生一起仰望星辰、俯首揽月，亦可与一杯香茗相视而笑。生命是花开的，时光是静谧的，长河亦是相连的。

就连走进东坡先生家的竹林时，心情也是特别的。

春笋初发的季节，林间日光婆娑，叶儿沙沙摩挲，竹篁幽幽中一片澄明与清静，仿佛正响起当时少年的琅琅读书声。

十年前，如许的情怀下，我行走在三苏祠的每个角落，倾听四面八方的清风飘拂过妙音阵阵。又曾在眉山晨晚时分，驻足林荫下，风景秀美且清幽，空气薄凉而清疏。

想着东坡先生曾嬉戏或小憩于此，诗意便油然而生。

远远的，峨眉峻秀；清清的，岷江澈凉；高高的，大佛庄严，有如此加持的眉山山水更加淳朴、恣意、灵气。

当年的东坡先生置身于这样的幽美如画里，加之天生才情，洞开心灵之窗不是自然而然吗？

林语堂先生在《苏东坡传》中评说："苏东坡是个秉性难改的乐天派，是悲天悯人的道德家，是黎民百姓的好朋友，是散文作家，是新派的画家，是伟大的书法家，是酿酒的实验者，是工程师，是假道学的反对派，是瑜伽术的修炼者，是佛教徒，是士大夫，是皇帝的秘书，是饮酒成瘾者，是心肠慈悲的法官，是政治上坚持己见者，是月下的漫步者，是诗人，是生性诙谐爱开玩笑的人。”集逸士志高，集绅士优雅，集侠士豪放，集智者通透，集禅者精神，集君子情操，集文人情怀，集政客本领，集玩者情趣，苏东坡所展现的人性之美，俨然天纵奇才，难怪林语堂先生对他这般推崇和赞美。他还说：“苏东坡比中国其他的诗人更具有多面性天才的丰富感、变化感和幽默感，智慧优异，心灵却像天真的小孩——这种混合等于耶稣所谓蛇的智慧加上鸽子的温文。”

对于这位伟大的散文家、诗人、词人、书法家、画家、发明家、政治家，即使是林语堂先生的这些激赏，或也不能全面地反映真实的东坡先生。

在散文成就上，苏东坡与父亲苏洵、弟弟苏辙以及唐代韩愈、柳宗元和宋代的欧阳修、王安石、曾巩等并称为“唐宋八大家”。与欧阳修并称“欧苏”。

在诗歌造诣上，与书法家、大诗人黄庭坚并称“苏黄”。

在作词风格上，与豪放派的辛弃疾并称“苏辛”。

在书法高度上，与黄庭坚、米芾、蔡襄并称“宋四家”。

在绘画艺术上，与文同并称“湖州画派始祖”。

东坡先生一生与水结下不解之缘，抗洪，抗旱，疏堵，与水抗争，与天地抗争。

他主持西湖治理工程，功在当代，利在千秋。

他还建立了中国历史上第一家公立医馆。

他喜欢炼丹、酿酒，好茶、美食、山水、交友、花木……

他爱上一切有味是清欢的美好事物。

苏东坡正直一生，赤诚一生，飘逸一生，豪情一生，亦风流一生。

对堂妹一往情深，却有情人终未成眷属，因而在苏东坡心中留下了深深的伤痕和遗憾。

温润敦厚的妻子王弗给予的关怀和爱护，弥补了他早年丧母的伤痛。

续弦王闰之的温纯和宽厚，犹如知心姐姐、心灵导师，让历经政治磨难的苏东坡感受到了家庭的温暖和知己的情意。

侍妾王朝云在苏东坡最艰难的日子里不离不弃，相依相偎相护，一起度过了最艰苦却十分美好的晚年光景。

唐朝女诗人鱼玄机说："易求无价宝，难得有心郎。"

有心郎亦如东坡先生，人生无憾了。

清初诗人王士祯说："汉魏以来，二千余年间，以诗名其家者众矣。顾所号为仙才者，唯曹子建、李太白、苏子瞻三人而已。"

王国维则说："以宋词比唐诗，则东坡似太白，欧、秦似摩诘，耆卿似乐天，方回、叔原则大历十子之流。"

"苏门四学士"之一的黄庭坚道："人谓东坡作此文，因难以见巧，故极工。余则以为不然。彼其老于文章，故落笔皆超轶绝尘耳。""文章妙天下，忠义贯日月之气。"

历史上，文人墨客对苏东坡赞不绝口，历朝历代的政客也对他十分崇敬，阡陌之上，时有“竹外桃花三两枝，春江水暖鸭先知”的歌声嘹亮响起。

出世的姿态，入世的精神。苏东坡，觉醒的有情众生。

江晓英

目录

> 竹，自强不息，虚怀若谷，清雅脱俗，顶天立地，清华其外、淡泊其中，不媚世俗。竹的精神品格，一如东坡居士的生命境界！

竹外桃花三两枝・出身背景

青青翠竹，屋前屋后

过秦岭，下剑门关，踏上成都平原，巴蜀大地阡陌纵横，山峻水秀，稻香谷丰，植被丰富，阳光明媚，雨水充沛，实乃华夏一方宝地。

唐朝大诗人李白在《蜀道难》中说："蜀道之难，难于上青天。"

正是基于此，蜀中有了一道天然军事屏障，在一定程度上减少了战争纷乱带来的祸害。

当然，蜀中人想走出去亦难上加难。不过，这并不代表蜀地闭塞和落后，相反，巴蜀文化在几千年历史进程中，独树一帜，璀璨发展，芬芳沉淀后，形成了独有的特色和气韵，再经长河洗礼和大浪淘沙，更加珠圆玉润、瑰丽辉煌。

巴蜀孕育了文明，不但文化锦绣，更风云而过无数腹有锦绣华章的文人墨客。

如“蜀中四大才女”卓文君、薛涛、花蕊夫人、黄娥。

又如辞赋大家司马相如，“诗仙”李太白，状元郎杨慎。当然，还有赫赫有名的曾在巴蜀长期生活和居住的大诗人杜甫、陆游、黄庭坚等。更有“一门三父子”，他们成就了“苏门”的千年传奇，享誉中外、流芳千古。

这便是历史上著名的眉州“三苏”：一位杰出的父亲（苏洵），培育了两位伟大的儿子（苏轼、苏辙），三人同耀历史星空、名满华夏大地。

北宋仁宗景祐三年（1037）十二月十九日，虽正值隆冬，寒气逼人，但由于接近年关，家家户户的院落中显得热气腾腾和喜气洋洋。

每家灶台上都年味十足，就像现在四川人过年那样，厨房里挤挤挨挨挂满了丰硕的年货：甜酱三线腊肉、油亮麻辣香肠、飘香风吹排骨，还有自家腌制的猪舌、猪腿、猪肝、猪头等，应有尽有，令人垂涎欲滴。

这一天，一座叫眉山的小镇上，一户苏姓人家中传出响亮的啼哭声，一位正在踱步的汉子的心不禁收紧了。

七年的等待，七年的祷告，七年的憧憬，他会是……

自长子五岁夭折后，这位叫苏洵的汉子，便天天、月月、年年虔诚地祷告着，希望上苍眷顾，再赐一个可爱活泼的男孩。

门“吱呀”一声开了，惊住了正紧张的苏洵。不待他问，跨出门的丫鬟便急着报喜道：“老爷，老爷，是男娃，男娃！”

苏洵几乎要跳起来!

瞬间，他似乎想起了一件必须马上去办的事情，赶紧跑开了。

——墙上的张仙似正向他微微颔首，细密的头发丝牵扯着他的脸部，笑容开了花。

在苏洵眼里，天地间突然清亮明媚起来。

叩首，还愿，喜悦，跪拜!

苏洵还分明听见了屋前屋后的竹林中，喜鹊叽叽喳喳地轻掠过树梢，荡得叶儿沙沙作响。清风徐来，一米阳光恰好穿过娑婆世界——简单的幸福即是完美。

而书房前，一株久未开放的蜡梅，也应景地打开了苞，馨香四溢，浮盈满院。

二十七岁的苏洵，欣喜地望着眼前的景致，真实一点点聚焦起来，他觉得自己该做些什么。

对！给孩子取名。

不论古今中外，取名都是一件“艺术活”，还是智慧心的真实体现。中国人讲究名如其人、名如其实、名如其文，名字已然成为人物形象的化身或影像。若再深论，名字则象征一种文化符号，亦是文化属性的具象。

千金易求，好名难得。苏洵该给孩子取一个什么响当当的名字呢?

巴蜀的风俗、文化，带有浓郁的地方色彩，体现了巴蜀地域特征，取名也不例外。

不过，年轻的苏洵倒没有过于迂腐，只是按照祖辈的传统，暂时不赐予孩子名和号，只以排行给孩子取了一个小名——和仲。

古人以“伯、仲、叔、季”来代表家中的老大、老二、老三、老四，苏洵的早逝长子为“伯”，现在这孩子则称之为“仲”。和生气，和中和，和协调，和为贵，文化人想法颇多，于是，小“和仲”的名字就叫响了。

当然，“和仲”只是家人对这孩子的爱称，今后行走人生路，当有更响亮的名号，但这是十三年以后的事情了，暂不表。

苏洵抱起小小的人儿，快乐地轻轻唤着：“仲儿，仲儿，笑一个。”

这一年的眉山，冬天格外明媚而清朗。

眉山其实是今人称谓，古称眉州。自南齐建武三年（496）建制以来，已有1500多年历史。2000年6月经国务院批准成为地级市，位于成都平原西南的边缘、峨眉山和青城山之间，距离成都50公里、乐山大佛60公里，又被称为“诗书古城”和“东坡故里”。

因大诗人陆游曾在此留下千古名句“孕奇蓄秀当此地，郁然千载诗书城”，而引起了宋朝地方官员和文史学者的兴致，曾力图打造眉州为“诗书城”，不过均未能实施这个工程。倒是随着“三苏”的声名鹊起，虽不再命名和推广，眉州也是名副其实的“诗书城”了。

川南风景这边独好，除了物产丰富，名胜古迹亦非常多。

清凉绿带般的岷江水，穿透古嘉州的佛音，青翠如黛的山峰，秀甲天下的峨眉山，缠绕环抱的丘陵……

密林深处，古刹隐现。堂屋门前，水塘清涧。农舍前后，竹林密布。这就是西南的山水、人家。

此地，家家栽种竹子，屋前屋后皆是竹林。竹林深处有人家，人家自有竹环抱。

而有名的“三苏祠”，正置身于这样的苍翠黛绿中。

苏家的竹林，年年岁岁青翠依旧；苏家的竹林，岁岁年年春笋不绝。

苏轼从小就生活在翠竹叠嶂中，窗外是竹，出门是竹，乡野是竹，四面八方皆是竹，而梦里也时常有轻风摇竹。

竹，清心。竹，静心。竹，明心。

当夜深人静的时候，苏轼喜欢坐着想象野鸟掠过千层万层翠色竹林时的轻急。当夏日炎热躁动时，苏轼举着小竹竿，轻轻粘下树上聒噪正酣的知了，或在竹林下搜寻窸窸窣窣的蟋蟀。当母亲轻柔的琴音从屋子里传来，苏轼便搬来小板凳静坐倾听，没有比这一刻更美妙的事情了。

竹林，成了苏轼清风任由的怀想，成了他清欢在握的驰骋。风起云涌时，苏轼最喜欢雨打竹叶，沙沙声中，阵阵清凉浸润心房。

苏轼还喜欢坐在竹林下的月光里，等待祖父故事里的嫦娥仙子下凡来，那时，月光如水，时光如水，生命如水。

爱竹，懂竹，画竹，说竹。他道：“宁可食无肉，不可居无竹。无肉令人瘦，无竹令人俗。人瘦尚可肥，士俗不可医。”

竹，自强不息，虚怀若谷，清雅脱俗，顶天立地，清华其外、淡泊其中，不媚世俗。

竹的精神品格，一如东坡居士的生命境界！

眉州“老汉”，乐善好施

世人皆说布施好、为善好，好人好心皆有好报，因缘即可福泽子孙后代。于是，有善者怀悲悯心，容天地情。一念之慈，万物皆善。

苏轼有诗云：“溪声尽是广长舌，山色无非清净身。夜来八万四千偈，他日如何举似人。”佛音附耳畔，佛陀驻心间，佛性入情怀，处处有佛，时时闻佛，万物是佛，佛于东坡先生，不离左右，不分彼此。

如此佛情，缘于何因？

如果从苏轼祖辈故事中探佚，许能找到活水源头。

苏轼父亲苏洵《族谱后录下篇》中引苏序言：“吾父杲最好善，事父母极于孝，与兄弟笃于爱，与朋友笃于信，乡闾之人，无亲疏皆敬爱之。娶宋氏夫人，事上甚孝谨，而御下甚严。生子九人，而吾独存……”引文虽寥寥几十字，却可知苏轼祖父名苏序、曾祖父名苏杲。而苏杲则以“善、孝、爱、信、友”五字立世做人，受人敬仰爱戴，因其言传身教，苏家门风极好，兄弟友爱，乡邻和睦，朋友相亲，被传为佳话。

元代人白珽在《湛渊静语》中也说：“眉州苏先生杲，老泉之祖，轻财好施，急人之急，孜孜若不及。岁凶，卖田赈济其乡里。逮秋熟，人将偿之，终怜其窭，辞不受。久致破业，厄于饥寒，然未尝以为悔，而好施益甚。”后苏杲因曾孙苏辙登朝赠太子太保荣誉，其夫人宋氏亦被追封为昌国太夫人，可谓是孙荣祖耀。

中国有句谚语说：“有其父必有其子。”“好人”楷模苏杲的儿子即苏轼祖父苏序是不是与父亲一般，亦是情操高尚、乐善好施之人呢？

那不妨再探究一下，以印证苏轼骨子里自然天成的豁达、开朗、任真、豪迈等品性，是不是源于祖辈的一脉传承。

苏杲有九子，独存苏序，因此，苏家要开枝散叶，苏序责任重大。苏序共育三子，除了大名鼎鼎、人尽皆知的苏洵外，还有苏轼的大伯苏澹、二伯苏涣。苏涣也曾登第，光耀了苏家门楣。

据说，当苏涣得中进士的好消息从京城传来时，苏序正酩酊大醉，还闹了“笑话”。因为不但苏家有人高中，与之相邻的程家亦有人高中，而这户人家与苏家关系很特殊，乃苏轼的外祖母家。而这两家人虽是亲戚，对待高中者的态度和做法却大相径庭。

高中后的苏涣从京城托人捎回来喜报，还有官衣官帽、上朝用的笏板、一张太师椅、一把精美的茶壶。家中收到喜报时，苏序正攥着大块牛肉，就着几粒花生米，酣畅痛快地喝着小酒呢。见来人所持物件，即明白儿子已然高中，便随即扔掉牛肉，用油腻的手拿起喜报朗声念起来，高声之下，快乐无比。随后，又寻了村中一小伙子，叫他担上行李，他则倒骑毛驴，往城里走去。来往路人和街坊邻居见此，无不笑之，但这并不妨碍他高兴的心情，仍旧我行我素地前行。

程家人见了，眉头紧皱，大为不快，心里责怪苏序不懂规矩、不识礼节，“俗人”一个。而对于自家高中的才子，早已礼仪候之，张灯结彩，大摆筵席，以示庆贺。两相比较，“教养”一目了然。不过，这“教养”真的说明苏序不守体统吗?

苏序就是不守体统!

他曾在醉意醺醺中带领二十多个村人将大庙里供奉的茅将军神像一举砸毁，并扔进溪水中。三年后他去剑门迎接归来的苏涣时，见七家岭又有茅将军神像，正准备再拆时，庙吏求情，说梦见神灵泣告，明日苏君来，求他放过神像以受香火。而后众人一起劝说，苏序才住手。

一座神像怎么就碍着苏序呢，为何他一直纠缠不放，总是想将其“销尸灭迹”?

原来，苏序对这座神像深恶痛绝，是因为全村人都害怕他，神像面目可憎，其守护者还以茅将军名义向信徒们勒索财物，榨取百姓的血汗钱。苏序是“替天行道”，为民除祸。

较之普通乡民，苏序的想法和做法总是异于常人。

有一年，眉州荒年歉收，十里八乡有粮食者寥寥无几，正在这个时候，苏序打开自家粮仓，将谷仓里存的三四万石谷子一一分给亲戚、朋友、乡邻。这一刻，那些曾纳闷苏序为何喜欢以米换谷的秘密终于揭晓了。原来，谷子易于存放，若遇到灾荒、战争等天灾人祸导致粮食短缺时，充裕的粮食储备便能应急一阵子。苏序考虑问题时站得高、望得远，会打算、有计划，知储备、能予人，真乃大善也。

他喜欢随时、随地、随性地作诗吟歌，好不逍遥自在。他作诗时信手拈来，反应极快，所作诗虽不守格律，但诗意通俗易懂，让人容易接受和明白。据传，苏序作诗虽较晚，但作品颇丰，几十年竟然写了几千首，只可惜都没有流传下来，甚至他的儿子和孙子亦不曾引用一首，实属憾事。

苏轼降生时，苏序虽已六十三岁，身体却依然康健。其豪放爽朗、慷慨大方、淡泊名利、乐善好施的品质和坦荡无羁的情怀直接影响和积极引导着小苏轼的成长。

有人说“三岁看到老”，话虽绝对，却有一定道理。因为不同的家庭，会有不同的文化和传统，其蕴积的文化厚度和营造的家庭氛围，必会对孩子的人生观、价值观、世界观、爱情观以及生活观等产生深远影响，从而所塑造的未来人定是秉性各异、品质万千。

此刻的苏轼，伴随着祖父爽朗的笑声，在亲情沐浴下，在文化熏陶中，慢慢成长起来。

一汪“老泉”，厚积薄发

唐代书法家颜真卿在《劝学篇》中说：“三更灯火五更鸡，正是男儿读书时。黑发不知勤学早，白首方悔读书迟。”不早点读书，不发愤读书，总有一天会后悔不迭。

那么，何为迟和晚？

许是省悟要读书时，一切都来得及吧。就像《三字经》中言：“苏老泉，二十七，始发愤，读书籍。”这位接近而立之年才开窍读书的苏老泉，即是苏轼的父亲，苏洵也。

二十七岁这一年，苏洵的人生平添两大喜事，一是喜得贵子，二是始喜读书。

不知是苏轼降生时的啼哭警醒了尚在混沌过日子的父亲，还是作为父亲的苏洵终于明白了在家庭中所要肩负的责任和重担，不管原因如何，伴着婴儿的咿咿呀呀之声，苏洵踏上了勤读好学之路。

这段苏洵发愤图强的趣闻逸事，“唐宋八大家”之一的欧阳修在《故霸州文安县主簿苏君墓志铭》里有所记载。铭文说：“有蜀君子曰苏君，讳洵，字明允……而君少独不喜学，年已壮，犹不知书……年二十七，始大发愤，谢其素所往来少年，闭户读书……”

从铭文中可知，少年和壮年时的苏洵都十分让人“淘神”，不但不喜欢读书，而且还好结交朋友。他与朋友在一起并非求知识、长才能，而是成天游手好闲、游山玩水。

苏洵所生活的眉山小镇，恰好位于峨眉山与青城山之间，为一方灵气宝地。苏洵优游于山林田野间，探寻于名刹古寺里，不亦快哉！峨眉的佛音，青城的圣光，这里的一山一水、一草一木滋养了苏洵自由奔放的个性和特立独行的作风，以至于而立之年还没有认真学习的打算。即便是两位兄长科举高中也未曾点醒一心玩耍的他。

不过，千万别错误地认为二十七岁前的苏洵是不读书、不思进取的。其实，苏洵只是喜欢凭兴趣、凭爱好、凭心情读书罢了。他读的书虽不在应试与科举之列，但其所具备的才情和学识则相当高，积淀也非常深厚。

因此，说苏洵二十七岁才“始发愤，读书籍”，是说他开始为科举考试做准备而已——拟订人生规划，制订学习计划。之后苏洵牛刀小试，参加了这一年的科举考试。

欧阳修曾记录道：“岁余，举进士再不中，又举茂才异等不中，退而叹曰：‘此不足为吾学也。’悉取所为文数百篇焚之。益闭户读书，绝笔不为文辞者五六年。”考试时的信心满满与落第后的心有不甘，让苏洵看清了这条路的艰难，也看清了自己的问题和不足，唯有丰富自己、充实自己，才能成功地走下去，达成所愿。于是，苏洵开始了长达十年的知识积累和内蕴沉淀，并不再轻易提笔著书立学了。

经过近十年的闭门苦读，苏洵才学激进，收获颇丰。

欧阳修总结说：“乃大究六经、百家之说，以考质古今治乱成败、圣贤穷达出处之际，得其粹精，涵蓄充溢，抑而不发。久之，慨然曰：‘可矣！’由是下笔，顷刻数千言。其纵横上下，出入驰驱，必造于深微而后止。”学业已然功成。

那么，成功到什么样的高度呢？如果想要总结苏洵近十年的成就，定要论其学识高度。他在《名二子说》中说：“轮、辐、盖、轸，皆有职乎车，而轼独若无所为者。虽然，去轼，则吾未见其为完车也。轼乎，吾惧汝之不外饰也。天下之车莫不由辙，而言车之功者，辙不与焉。虽然，车仆马毙，而患亦不及辙。是辙者，善处乎祸福之间也。辙乎，吾知免矣。”

通篇文字只说两个字：“轼”和“辙”。轼乃车子设在车厢前供人凭倚的横木，车无轼则坐车不适，车无轼则不成完整的车，车无轼则屏障全无，使人失去安全感。这轼横在车上极其明显，亦不可或缺。而辙则指车轮行迹，也指行车路线。车行留辙，轨迹顺应，辙无关车的平安祸福，却如影随形，它承载了车的历史过往，被烙印下生命的痕迹。

这篇《名二子说》，即是苏洵阐释苏轼和苏辙名字由来的名篇。

文中不但对二子寄予殷切希望，并且以“轼”与“辙”的属性优劣来警醒二子如何扬长避短，如何为人处世。其深意，可谓高远；其用心，可谓良苦。苏洵还高瞻远瞩地叮嘱他们：“轼”要懂得价值所向，收敛锋芒；“辙”要习惯静默守候，甘于平淡，如此方能一生健康幸福、平安快乐。

苏轼和苏辙后来的人生轨迹，充分证明了苏洵在作《名二子说》时的敏锐观察力和独特视角，他对社会、生活、生命、人生的感悟力、洞察力和领悟力确是胜人一筹。

苏洵苦读的几年间，恰好是苏轼发育成长的关键时期，其言传身教对苏轼的心智开发、知识启蒙、性格养成以及思想塑造等起到了最直接的模范作用。俗话说得好，有其父，必有其子。苏洵与苏轼，正好印证了这种关系。

一天天，一年年，苏家小院烛光拉长的身影，身影捧书时的专注，都定格在了苏轼的记忆中。父亲攻读诗书时的积极姿态，潜移默化地影响着小苏轼。年幼的他，不论是躺在母亲的怀抱中，还是坐在父亲的肩膀上，或是趴在爷爷的双膝上，他都耳濡目染着父亲做学问时投入、热情与坚持的态度，并伴着书香墨韵，自然而然地爱上了书，不由自主地沉浸在书海中，孜孜不倦地吸收着养分。

经过近十年的知识积累，苏洵本期待一飞冲天，但结果并不尽如人意，因而另择他径，寻找机会，终是盼来了心想事成的一天。欧阳修在铭文中说道："当至和、嘉祐之间，与其二子轼、辙，偕至京师，翰林学士欧阳修，得其所著书二十二篇，献诸朝。书既出，而公卿士大夫争传之。其二子举进士，皆在高等，亦以文学称于时。"苏洵献给朝廷的政经和策略，在京城士大夫中传阅，当然，这热闹的背后，想必是皇帝十分欣赏和认可的体现吧。

不仅如此，苏轼和苏辙也以"高分"高中进士，文学才华名动京师。苏家一门三父子，真是"春风得意马蹄疾"，想来还有更多的惊喜在不远处等待着他们，轻轻伸出手，就能触到。

不过，苏洵的官场生涯并非一帆风顺。有着考试恐惧症的他，虽通过另辟蹊径谋得了一官半职，却始终背着不是以正途上位的思想包袱。某些官员对其走"后门"的不屑，皇帝任用他时的观望态度，都慢慢地消磨掉了苏洵施展才华、抱负的理想。或许，正是如此，苏洵有了更多时间和机会学习和研究文学，摘得了累累硕果，最终成为"唐宋八大家"之一，成就了"一门三学士"的千古美名。此桩文坛美事，举世无双！

母爱兰馨，福泽延绵

眉州苏氏辈出三大文学家，不仅在中国文学史上罕见，在世界文学史上也是罕见的。

苏氏父子的成才之路，得益于这一方毓秀山水的滋养，得益于这一方厚重人文的陶冶，更得益于他们与生俱来的天纵才情。当然，更得益于一位默默无闻、一直站在他们身后的温暖背影，她便是苏洵的妻子、苏轼和苏辙的母亲程氏。

这位程氏是何许人也，何以能令人艳羡地、幸福地生活在苏家这个文学大家庭中？

宋代司马光在《苏主簿夫人墓志铭》里曾这样赞美她道："喜读书，

皆识其大义。”能让身为政治家、史学家、文学家的司马光作一篇墓志铭，是极为不易的。何况，铭文的对象还是一位女性、家庭主妇。且铭文中还不遗余力地褒奖、赞扬程氏，说她好读书，喜读书，识大体，深明大义，重情重义。如果用现代的语言来形容，其意就是，苏主簿夫人是一位非常讲义气、讲情义、讲分寸的高级女知识分子，大家都知道她。

历史上鲜有文字记载的女性，程氏被大文豪司马光如此书写一笔，自是荣耀。

这荣耀的背后，到底有着哪些打动人心的故事呢？不妨慢慢翻开历史的长卷，跟随程氏的步伐，走进当年的苏家，一探究竟。

司马光的《苏主簿夫人墓志铭》中还记载：“夫人姓程氏，眉山人，大理寺丞文应之女。生十八年归苏氏。程氏富，而苏氏极贫。”这段铭文非常重要，将程氏的籍贯、家庭出身、婚嫁年龄、娘家和夫家的经济状况说得一清二楚。原来，这程氏出身官宦人家，家庭富足殷实，在嫁于苏洵时，苏家的经济状况是“极贫”的。怎么看这都是一桩门不当户不对的姻缘啊！况且，当时的苏洵，总是一副游手好闲、顽劣不堪、不思进取的颓废形象，以一般丈人的择婿眼光，是绝不会考虑这样的“废柴”青年做自己的乘龙快婿的。何况，程家还是书香门第、官宦之家，有着一定的社会地位和经济基础，若两家联姻，实则是程家小姐下嫁苏家穷小子，有点像戏文里演绎的传奇。

看似不大可能的事情，却姻缘天成。作为程氏的父亲，这位有着丰富社会阅历和阅人经验的朝廷官员兼知识分子，出人意料地将女儿嫁到了苏家。正是这一桩地位不等的联姻，不但改变了苏家人的未来，由此诞生的人物，更是推动和促进了宋代文学的新高度和繁荣，这是谁也没想到的。莫非慧眼如炬的程文应，当初看到了苏洵“潜龙在渊”的资质，相信他“一飞冲天”指日可待吧！

婚后的苏洵并未因成家而有所改变，依旧热衷于户外活动，常邀约三五好友游山玩水，畅快在天地间，自顾自地开心自由着。他的心不在养家糊口上，也不在考取功名上，也不曾认真地考虑男人的责任和家庭担当的问题。摊上了这样“游手好闲”的丈夫，程氏该如何办？是怨怼，是哭泣，是请求娘家扶持，还是将就着过清贫日子？不管哪种选择，都不是长久之计，也不是她想要的生活。最终，经过深思熟虑的程氏做了两件事。

一是将娘家陪嫁给她的衣服、首饰等值钱物品典当后做起了丝帛买卖。由于程氏经营有方，慢慢地打开了局面，所得收入基本能支撑家中的生活所需，并且买卖在不断发展壮大。

二是以温情包容尚未开窍的丈夫，不逼他强做学问，也不批评他不学无术。

俗话说得好，夫善百事顺，妻贤家兴旺。程氏“放养”丈夫的做法，实则得了父亲识人术的真传，一样高瞻远瞩，一样目光如炬。人生中，有些等待是必要的；生命里，有些忍耐是必需的。即使是铁树，也终会花蕾绽放吧。程氏在静静地等待着花开一瞬的绚烂。

这就是苏洵的妻，一位集贤惠、大度、智慧、能干、知性于一身的美好女子。有妻如此，人生方得幸福、圆满。

能将“游手好闲”的丈夫“调教”得发愤图强，程氏教育子女时也该这般得心应手吧?

的确如此。不然，其子苏轼和苏辙怎会扬名天下、留名千古呢?他们所取得的成就都与程氏的教育和培养密不可分。

苏轼在八岁之前的学前教育阶段，正值苏洵进京赶考，本应由父亲担任的启蒙教学工作，自然落到了母亲程氏身上。对孩子进行启蒙教育，自然难不倒能读书识字的程氏。除了普通的、常用的“填鸭”式教学，即死记硬背相关知识外，程氏还拓展方法和技巧，以灵活多样的形式，引发苏轼的学习兴趣和阅读欲望，从而达到主动学习的目的，养成善于思考的习惯。

《宋史·苏轼传》中正好记载了程氏教导苏轼学习的情景：“程氏读东汉《范滂传》，慨然太息，轼请曰：‘轼若为滂，母许之否乎？’程氏曰：‘汝能为滂，吾顾不能为滂母邪？’”

这段文字是说，程氏为孩子读东汉史中的《范滂传》，读着读着就发出了感慨之声。

见母亲叹息，苏轼连忙说：“如果轼儿做范滂那样的人，母亲允许吗？”

闻轼言，程氏毅然道：“如果我儿是范滂那样的人，难道我就不能做范滂母亲那样的母亲吗？”

《范滂传》中所说的范滂，为忠正之士，反对宦官虐政，两度被逮捕。后为范滂送行之时，其母大义凛然道：“汝今得与李、杜（李膺、杜密，当时名贤，都因“党锢之祸”而死）齐名，死亦何恨！既有令名，复求寿考，可兼得乎？”意即为正义而牺牲，是死得其所，这是热血男儿都应该做到的。范滂母亲以有这样正直凛然的儿子而骄傲、自豪。

程氏以历史例子引导苏轼做正能量、敢于与邪恶势力斗争到底的人，苏轼一生铭记，因而，他的一生始终以保持正义之心、坚守赤子情怀为人生理想，永不放弃，决不言败！

程氏还有一颗仁心，这对苏轼也极有影响，多年后他依旧清晰记得一件事。他在《记先夫人不残鸟雀》中说，其少时书房外“竹梗杂花，从生满庭，众鸟巢其上”。几年后，“皆巢于低枝，其鷇可俯而窥也”。因为程氏“恶杀生”，“儿童婢仆，皆不得捕取鸟雀”，长此以往，鸟儿们放心大胆地来去苏家，俨然成为苏家的一分子。它们与苏轼成为好伙伴，与苏家人和谐共处，这种人、鸟、自然和美圆融的儿时场景，一直扎根在苏轼的脑海里，一生挥之不去。

毋庸置疑，程氏还是一位倡导环保的前瞻主义者。

当苏轼调皮地顺手拔掉一棵刚种下不久的小树苗当剑使的事情传到程氏耳朵里时，程氏非常生气，她对苏轼说，俗话说，十年树木，百年树人。一棵树需要十年的时间才能从幼苗长成大树，你把树苗拔了，那么一棵大树也就过早地毁在你手里了。

苏轼听后，诚恳地认错道歉，并表示再也不拔树苗了。

后来，苏轼年年栽树，发誓不栽满一万棵不罢休，直到苏家附近的山坡上一片葱茏。由此，苏轼掌握了丰富的种树经验，有人将他种树的方法称为“东坡种松法”。

能干贤惠的程氏劳累一生，却在丈夫事业有转机、两个儿子高中进士时，不幸染病而逝。这一年，程氏四十八岁。

闻此噩耗，父子三人来不及和京都的朋友告别，仓促返蜀。离家一年，归来时，但见“屋庐倒坏，篱落破漏，如逃亡人家”。苏家小院一派苍凉，破陋不堪，由此可知程氏的病情有多么严重，一向利落的她，竟然顾不得请人修葺房屋，便与世长辞。

家还在，人已还，只是那个忙忙碌碌的身影早已不在了。竹林深处，有沙沙的呜咽声，那是谁在哭泣，又是谁在认真朗读着《范滂传》？

兄弟比肩，云霄唱响

魏国的一门三父子曹操、曹丕、曹植，也是留名千古的历史人物，但较之宋代眉州苏门三父子的心手相连、同心同德，曹氏血亲之间的猜忌、多疑、相斗，很是令后世人诟病。特别是曹丕逼着其弟曹植写成的《七步诗》，成了兄弟不和的反面教材。诗曰："煮豆持作羹，漉豉以为汁。萁在釜下燃，豆在釜中泣。本是同根生，相煎何太急？"明明是一胞兄弟，为何要这样手足相残、彼此不容呢？

权力是一把匕首，政治是一柄魔杖，欲望是一杯毒药，可令利欲熏心者神志不清，欲罢不能，导致朋友相欺、兄弟相嫉、父子相残，古往今来不乏其例。

有人说，苏门三父子的情感故事，正彰显了中华孝悌文化，而苏轼与苏辙的兄弟友爱精神，更可堪为“中国好兄弟”的典范。他们彰显了一种家庭和谐力和社会正能量，值得中国人铭记和传承。

特别是苏轼与苏辙一生不离不弃、相携相护相依相念的兄弟之情，打动了无数华夏儿女的心。

苏轼和苏辙到底是怎样的“中国好兄弟”，从而让后人敬仰并且传颂呢？对此研究者颇多，心得亦是不少。现择其精要，归结于下。

苏轼和苏辙所拥有的地位以及历史上的成就，乃至名气，几千年来鲜有能及者。两人都是宋朝“国家高级干部”，行走于庙堂之上，能与帝王共商江山社稷发展的政治人物，处在上层建筑的集权顶端，具备了一定建议权和话语权，因而，两人都是风口浪尖上的时代人物。

除此之外，苏轼和苏辙的文学造诣和文学精神，更是将他们推到了领袖代表的巅峰上。特别是苏轼，时至今日，俨然宋朝乃至中国的文化符号，在当时处在文化领袖的位置上，令人高山仰止。

而这两种重要的身份，共同体现在了苏轼和苏辙两兄弟的身上，算是空前绝后，无以复加了。

正因为如此璀璨夺目的光环照耀，在取得非凡成就的同时，也给兄弟二人带来了许多意想不到的磨难和煎熬。但最终“兄弟连心其利断金”地战胜了各种困苦和艰难，收获了心灵圆满和兄弟情深。

历史上，关于苏轼和苏辙两人的故事很多。

其一，友爱。兄弟二人从小到大一起读书写字，亦亲亦友，他们知己般的相知、相惜、相携情义，古今罕见。当苏轼放任外官时，苏辙总是想方设法地主动申请外放到离兄长最近的地方做官。苏轼亦是相同的想法和做法。比如，熙宁六年（1074），苏辙调到齐州任职，第二年，苏轼毅然放弃回京的机会，自愿请调到密州工作，因为这样便于与同在山东的兄弟相聚。所谓人生聚散两依依，不管相隔有多遥远，他们都会想方设法地相聚在一起，诗词唱酬，畅享人生。每当别离时，两人总是难分难舍，掩面而泣。都说“男儿有泪不轻弹，只是未到伤心处”，说的就是此种情形吧！

其二，知心。苏轼和苏辙的唱酬作品中佳作无数。无论走到哪儿，他们都以诗词这种特殊的交流方式表达情感。苏轼外放到陕西凤翔做官的那一年，将兄长送至开封地界才依依惜别的苏辙，心中一直牵挂着路上奔波的胞兄。一日，他又想起了当年进京赶考路经渑池时的情景，此刻，兄长已经到了当年他们豪情题诗的地方了吧？不由得黯然神伤，文思泉涌，提笔写下了《怀渑池寄子瞻兄》：“相携话别郑原上，共道长途怕雪泥。归骑还寻大梁陌，行人已度古崤西。曾为县吏民知否？旧宿僧房壁共题。遥想独游佳味少，无方骓马但鸣嘶。”孤独地行走，孤独的心情，兄长是否也沉浸在这孤独中？后苏轼在《和子由渑池怀旧》中说：“人生到处知何似，应似飞鸿踏雪泥。泥上偶然留指爪，鸿飞那复计东西。老僧已死成新塔，坏壁无由见旧题。往日崎岖还记否？路长人困蹇驴嘶。”诗词唱酬，是中国文人交心知心的一种沟通方式，即兴、畅想、感怀，自由、奔放、热烈，容易引发心灵共鸣。苏轼与苏辙这样的文学作品很多。闻名于世的《水调歌头·明月几时有》便是苏轼在中秋节这天思念胞弟苏辙时的佳作，他道：“人有悲欢离合，月有阴晴圆缺，此事古难全。但愿人长久，千里共婵娟。”一直以来，因为本词文辞太美，情感炙热，感人肺腑，不少人便将“千里共婵娟”的主角幻想成了一位美妙的女子，将其作为爱情词看待，实则为兄弟唱酬、遥想表达思念之作。

其三，共进。做官之人，行走于仕途，坎坷艰难可想而知。两兄弟亲密不分的感情，成为他们彼此扶持前行的动力和基础，也成为他们发展的一柄双刃剑。同朝为官，共荣共进容易，要在挫败时做到无怨无悔地退很难。特别是苏轼不太“安分守己”，其八斗高才和鲜明政论，经常招人嫉妒而惹出事端来，冷不丁地就被贬黜出京城，且有时一贬再贬。这个时候，有着冷静的政治头脑和敏锐的政治眼光的苏辙，总不时地提点兄长“三缄其口”，别太过张扬，别妄言乱行。但是，禀性难移的苏轼，依旧我行我素，最终导致仕宦生涯几起几落，饱受政治折磨。遇到困难，苏辙总是在兄长身边；遇到需要，苏辙总是第一个站出来。这就是真正的“中国好兄弟”吧！

其四，牺牲。“乌台诗案”是苏轼官场上最大的挫折。这桩本来被苏轼政敌断为“文字狱”的铁案，在苏辙及苏轼朋友的多方努力下，最终化险为夷。而苏辙“免去官职为兄赎罪”的动人故事，成了千古美谈。在狱期间，因为信息的误传，导致苏轼以为大限将至，触景生情，写下了两首感人肺腑的诀别诗，其中两句“与君世世为兄弟，更结来生未了因”，集中体现了苏轼与苏辙的兄弟深情。最终，两人以同时遭贬了结了此案。元祐年间，苏辙荣升尚书右丞，而苏轼再遭政敌排挤，于是主动请求外任，苏辙与兄长同心同气，也连上四道札请求外任。苏辙这种甘于牺牲前程、敢于牺牲自我的精神，一生俱存，对兄长、对家族、对朝廷事业皆是。

其五，相通。文人多率性，豪放不羁。喜欢交友的苏轼，生前欠下了一些笔墨账，苏辙知道后，便弥补了这些遗憾，代为续上文字。其中一笔账是差欠海南读书人姜唐佐的。被流放到儋州的苏轼结识了这位才气逼人的年轻人，当场赠其“沧海何曾断地脉，白袍端合破天荒”诗句，祝愿其早日高中成名，并许诺，如若姜唐佐能蟾宫折桂，他便赠予其一首完整的诗歌。然而，姜唐佐高中归来时，苏轼已病逝一年有余。苏辙听闻此事后，义不容辞地替兄长补全了这首诗：“生长茅间有异芳，风流稷下古诸姜。适从琼管鱼龙窟，秀出羊城翰墨场。沧海何曾断地脉，白袍端合破天荒。锦衣他日千人看，始信东坡眼力长。”此外，还包括参寥和尚的墓塔铭等诗文许诺，苏辙都代兄履诺完成。这应是信用与承诺的崭新境界了。

苏轼去世后，苏辙将兄长家人接到家中一起生活。有史书提及，当时苏家上下两百余人一起生活，这是苏家繁荣与热闹的象征，也是苏辙履责与担当的体现。苏辙在《东坡墓志铭》中说：“抚我则兄，诲我则师。”当苏辙走完七十三年人生历程后，再次与兄长携手并肩，夜夜共话诗书——他们被葬在汝州郏城（今河南郏县），再也不分离了。

只有后来人会在“嗟予寡兄弟，四海一子由”“吾少知子由，天资和且清。岂是吾兄弟，更是贤友生”“至今天下士，去莫如子由”的声声轻唤中一次次被感动得怆然泪下。

小妹传说，遐想美好

中华文化昌盛、文学繁荣，几千年的创作与传承、开拓与研究，沉淀出的精粹和精魄，光耀了华夏文明。

譬如“四大名著”之一的《红楼梦》，就有“红学”专家孜孜不倦地发掘其精神内涵和文化实质，加以探索研究，旨在突破纵深，钩沉人文核心，揭开更多的“红学”秘密。这种文化探佚主要以作品为主。另一类则是专注人物精神形象的捕捉和延展，放大可见镜面，折射人物内在品格。有研究者说，有诸多民间传说的苏小妹，便属于后者。她所具有的形象，其实就是苏轼在老百姓心中的影子投射。因为，从有关史料记载的《苏氏族谱》中，尚未有有力证据证明苏小妹真实存在过。

到底历史上有没有苏小妹这个人物，众说不一。但是，苏轼有一位姐姐名八娘，这是有根有据的。苏轼在《乳母任氏墓志铭》中道："赵郡苏轼子瞻之乳母任氏，名采莲，眉之眉山人。父遂，母李氏。事先夫人三十有五年。工巧勤俭，至老不衰。乳亡姊八娘与轼，养视轼之子迈、迨、过，皆有恩劳。"

苏轼为乳母任氏立碑撰文，所流露的情感是恭敬的、浓烈的、哀戚的、感恩的，怀了无限追思的。他说任氏不但服侍母亲程氏有三十五年，从姐姐八娘始，到自己，以及自己的儿子们，任氏都有抚养恩情，一直不离不弃陪伴着苏家人。从铭文中，能够感受到苏轼视乳母任氏采莲为亲人的挚热情感，同时，亦捕捉到了一些重要信息，那就是苏轼有一位名"八娘"的姐姐，这位姐姐虽早亡，但是他们曾一起生活过。至于有没有"苏小妹"这位妹妹，苏轼只字未提。

如果苏轼真有这么一位妹妹，乳母必然是照看过的。不过，再仔细斟酌后发现，文中不是也没有提到任氏带过苏辙吗？于是，关于历史上苏小妹是否真实存在过的研究又回到了原点。

历史卷册上的各种文字大致能印证的是，苏洵和程氏共有过六个孩子，轼和辙成活，长子景先和两个女儿早夭，有女八娘嫁到程家后亡故。而苏洵一直认为八娘的早逝与程家不爱护有关，因此怨恨，让本来亲上加亲的两家人最终老死不相往来。随着积怨已深，程氏也难以缝合这道伤口，因而落下心病。有后来人猜测，程氏过早去世或与此也有些关系。

有研究者说，若在苏轼的人生故事里没有苏小妹的衬托与渲染，怎能影印出一位风趣、幽默、直率、豁达、乐观的东坡先生呢？

这小妹魅力何在，何以有她，苏轼的形象才更加生动？何以有她，苏轼的形象才更加深入人心？关于她的传说到底有多传奇？不妨先看几个有趣的故事，或能从中领略一二。

传说之一：苏小妹智斗苏东坡。

不管是文学中还是戏台上，以及荧屏上，苏小妹都是聪颖智慧、文采斐然、胆识过人的奇女子。她不但熟读子史经书，而且口才出色，一张小嘴从不饶了哥哥苏轼。于是，斗嘴打趣，便成了兄妹俩增进感情、丰富生活的方式。据说，有一次，苏小妹从闺房中出来，苏轼无意间看见妹妹额头突出，眼眶深陷，乌黑的眼珠子滴溜溜得特别有神，随之兴致即来，诗兴大发，笑吟吟地张口便道："未出堂前三五步，额头先到画堂前。几回拭泪深难到，留得汪汪两道泉。"

苏小妹相貌上的"缺点"，被苏轼用寥寥二十八个字就概括了。说小妹额头前突，人未到门口，前额倒是先到了；眼睛深凹，如果流泪，根本无法擦拭，只能在眼眶中打转，形成两道"泉水"。

女孩子最怕别人说自己的缺点，特别是不美丽的地方，何况这是公开的"挑衅"。苏小妹打心底不高兴，但是她并不声张，也不急着反击，先看了看哥哥的鞋子，又看了看哥哥的脸庞，然后目光落到了哥哥的衣裳上，计上心来，笑着说："一丛哀草出唇间，须发连鬓耳杳然。口角几回无觅处，忽闻毛里有声传。"

不修边幅、随性狂傲的苏轼，终于被妹妹抓了一个正着。蓬松的络腮胡子乱糟糟地趴在脸上，用四川方言说便是“胡子八叉”的。虽然也挤对了哥哥，小妹仍然觉得不够解气，于是又生一计，随即再道：“天平地阔路三千，遥望双眉云汉间。去年一滴相思泪，至今流不到腮边。”

这一描摹，苏轼的长相便隐约可见了。原来，他的额头扁凹如“平川”，面部开阔有“三千里”，眉毛遥对如隔云相望，脸长得去年一滴相思泪今年还没有流到腮边。诗中调侃的苏轼异于常人，五官搭配极不协调，长相奇特。这一招损其面目不好看，小妹作诗手法灵活，确实精彩。

只听得苏轼“哈哈，哈哈哈”大笑几声，苏小妹扯扯衣角，也“嘿嘿”地乐开了花。这兄妹俩，不挤对得对方“不投降不罢休”啊。

古代讲究“男女授受不亲”，兄妹间亦是要守礼数的。而苏家兄妹如此自由打趣，百无禁忌，看来，故事不单是要表达他们的感情深厚，更说明两人的长相特点，特别是苏轼的形象特征。当然，若再深度挖掘，或是想表明苏家的家庭氛围以及教育环境——这不是一个“遵循礼数、循规蹈矩”的家庭。故事以这三首诗歌为原点，体现了苏家的平等、开放、自由。而在另一个故事中，得到了再次体现和印证。

明代冯梦龙的《醒世恒言》第十一卷《苏小妹三难新郎》中，说苏轼有个妹妹叫苏小妹，聪明异常，后来婚配秦观。两人大婚时，苏小妹出诗、对考新郎官，答不上来就不能入洞房。这秦观是谁？即秦少游，宋代著名词人，“苏门四学士”之一，与苏轼亦师亦友，文学成就相当高，诗文留存颇丰。苏小妹想难倒这么一位大才子，岂不是很难吗？非也。正是如此，这一出戏才从古演到今，长盛不衰。

据说，第一、第二题，秦观都顺利地接上了，到了第三题“闭门推出窗前月”时，秦观好长时间都对不出来。正急得抓耳挠腮时，只闻水缸一声闷响，水花四溅。秦观顿悟一笑，连忙挥笔写下了“投石冲开水底天”，随即，“吱呀”一声，新房门开了，只见里间红烛摇曳，佳人明艳。

其实，历史上的秦观与苏轼相遇时，苏轼已经四十三岁，秦观也已二十九岁，早已婚配，夫人为徐文美。

苏小妹与秦观的爱情故事，真是一个美丽的传说，宛若一道彩虹，曾绚丽、缤纷、耀眼、灿烂过宋代的天空。

另外，关于苏轼与佛印禅师“对阵交手”的故事，亦不乏看点，而苏小妹也在其中。

一日，苏轼与佛印一起参禅念佛。两人对坐，苏轼心血来潮，问禅师：“你看我现在坐禅的姿势像什么？”

禅师曰：“像一尊佛。”

回答正中苏轼下怀，他好不得意。

禅师反问道：“那你看我的坐姿又像什么呢？”

苏轼毫不思索地回答道：“一堆牛粪！”

禅师不言，只微微一笑。

苏轼回家后，得意地告诉了苏小妹今日“打败”禅师的好消息，不料小妹听后，非常鄙夷地对哥哥道：“哥啊，今天你输得老惨了。”

心中有佛的人，看谁都是佛。反之，眼中看见了什么，便是心中体悟的具象。苏轼看佛印是牛粪，他心底即被一团牛粪包围着，不洁不净，何来佛性？

民间说苏小妹，必与苏轼不分；道苏小妹，定有苏轼在场。那么，是苏小妹渲染了苏轼的性格和气度，还是苏轼活现了一位可爱、调皮、乐观、活泼的苏小妹？苏小妹或许是苏八娘的影子，也或许她就是苏轼的化身，扎根在了世世代代老百姓的心中，一个平凡化了的在我们身边的苏轼，置身于熙熙攘攘的人群中，从来与现实、社会、生活不曾分开。

敢于质疑，学会方法，弄清缘由，一追到底，苏轼的成功心得，就是从小能自觉站在与先生同平台的位置上说天道地。

人生识字忧患始 · 成长学习

喜得天砚，“文曲”下凡

“文状元会朝堂，武举人保边关。”文武之道，一张一弛。相辅相成，和谐共生，方能保万世太平。

中华民族，中庸中正，延绵昌盛，青春永葆，蓬勃昂扬。而文人和武人便成为国家的开拓先锋和守护卫士。

文人以“软实力”为资，修文史子集，显文章高论，千辛万苦，只有一个目标——齐家治国。

武人以“硬功夫”为本，十八般武艺，十八般兵器，百炼成钢，唯有一种精神——保家卫国。

武人一生知己“刀叉棍棒枪”，文人相依相伴“笔墨纸书砚”。

提到砚，有代表的人物故事，苏轼倒是有雅事趣闻供后人说道。

苏轼曾作《天石砚铭》（并叙）：

轼年十二时，于所居纱縠行宅隙地中，与群儿凿地为戏。得异石，如鱼，肤温莹，作浅碧色。表里皆细银星，扣之铿然。试以为砚，甚发墨，顾无贮水处。先君曰：“是天砚也。有砚之德，而不足于形耳。”因以赐轼，曰：“是文字之祥也。”轼宝而用之，且为铭曰：

一受其成，而不可更。或主于德，或全于形。均是二者，顾予安取。仰唇俯足，世固多有。

怎样的“天石砚”，值得苏轼洋洋洒洒几百字作铭文纪念？

苏轼自己说，我十二岁时，和一帮小朋友在纱縠行的空地上挖土玩耍，挖着挖着，就发现了一块奇特的石头。它形如一条鱼儿，温润晶莹。浅表上呈碧色，表、里皆有星星般的银色斑点，细密相缀。轻轻敲击，石头竟然发出铿锵悦耳的声音来。甚喜，亦惊讶，遂当作砚台一试，慢慢研磨之，甚能发墨，只是没有储水的地方。将石呈于父亲鉴赏，父亲说，此乃天赐砚台。这砚已具备砚台之品质，只是形状不太完美。于是把它还给我，并告诉我，这方砚真乃好预兆，预示你的文章将会大成。于是，我十分珍爱地使用它，并作下铭文。铭文大意是，一生使用此砚台，不再做更改或修饰，不会转送他人，真诚接纳上天慷慨的馈赠。学习这砚台的精神实质，不在乎其形状的不完美。若得其精髓，取之精华，则好处受之不尽。而做人亦当如此，要注重德行兼修，不要仰人鼻息、跪人脚下，随波逐流，没有自我。

一块意外得来的石头，不但成为一方千古传颂的好砚，更重要的是，它在一定程度上成就了文学家苏轼的一生。何以这样说呢？

中国人讲究因缘，凡有不凡人，都会挖掘其背后的不平凡故事。别人挖，自己挖，后来人亦挖；当时挖，后世也挖。对于苏轼得“天砚”一事，最早的挖掘、传播人便是苏洵。且先不说得“天砚”的寓意何在，就苏洵生就的聪慧和洞开的思维，就非同一般。十二岁的年纪，正是孩子发奋努力之期，这个时期的苏轼，亟待一种自然之力使其提速奋发，而偶得的砚台，恰好给了苏洵打开其精神之契机。

暗示的作用是无限大的，大到会有始料不及的效果。苏轼得到这方“天砚”，砚台又经过父亲的“加持”，于是，“我要写好字，我要作好文，我要成为一位有品德、有风格、有文华的人”的信念便扎根在了苏轼的脑海中，因为老天预言的，必会兑现，成就传奇。

经此“洗脑”后，苏轼开始发愤图强。特别是在书法的练习上，更加刻苦研习。不但临摹王羲之、颜真卿、柳公权等历代大家的作品，还在博采众家之长的基础上，不断地发挥自己的优势、特长，注重自我风格的研修和形成，不拘一格地行书走笔，最终成就了“苏体”。

相传，苏轼家门前的小池塘，因为苏轼日复一日、年复一年地在此清洗毛笔和砚台，这一方小池塘最后被染成了墨色，被人称为“东坡洗砚池”。

世间诸事的成功，皆基于内外力量的激发和作用。

苏轼得“天砚”，“天砚”时时刻刻督促和影响着苏轼的行为与学习。“天砚”俨然成为一根无形的鞭子，鞭策着苏轼勇往前行，鼓励他成为父亲所说的那种如“天砚”一样品德高贵的人物。

小时候与砚结缘的苏轼，一生都与砚台有着深厚感情，犹如剑客好名剑、琴师爱好琴一般。他不但收藏了许多好砚台，还创作了几十首关于砚台的诗词——

《鼎砚铭》:“鼎无耳,盘有趾。鉴幽无见几不倚。旸虫陨羿丧阙喙,羽渊之化帝祝尾。不周偾裂东南圮,黝然而深维水委。谁乎为此昔未始,戏名其臀加幻诡。”

《端砚铭》：“千夫挽绠，百夫运斤。篝火下缒，以出斯珍。一嘘而泫，岁久愈新。谁其似之，我怀斯人。”

《孔毅甫龙尾砚铭》：“涩不留笔，滑不拒墨。爪肤而縠理，金声而玉德。厚而坚，足以阅人于古今。朴而重，不能随人以南北。”

苏轼品砚、观砚、道砚的诗词，犹如幻彩池，能照出砚之精骨，砚之精神，砚之独特之处。

因为苏轼爱砚台、知砚台、懂砚台，所以打破了自己撰铭文时惜墨如金的常规，为朋友的砚台留下了不少铭文并叙，这是书法史上一笔极为丰厚的财富，亦是文学史上难得的宝贵精华，对后世研究宋朝的人文活动和艺术收藏状况，提供了素材，极具研究价值。

苏轼一生谨记父亲的教诲，将“天砚”带在身边，但世事无常、吉凶难料，“天砚”陪着苏轼大放异彩，也伴着苏轼凋残零落。在“乌台诗案”后，“天砚”不幸遗失，苏轼揪心不已，犹如君子失去良伴，心上少了一个角——这是父亲的希望与寄托，也是自己的牵挂与希冀啊！

若有缘分，终会重聚。当“天砚”早已成为隐痛存封在苏轼心底久矣时，再次意外的重逢让他们更加“情深意长”。在书箱的某一隅，“天砚”静静地守候着苏轼，等候着再次与苏轼相遇、相守、相知。

人们总期许长长久久、永世不分，却哪有永永远远呢？后来，苏轼将这方“天砚”作为传家宝传给了大儿子苏迈，让其精神代代相传，世世不忘。然而，此砚终再次遗失，不知所踪。

明朝时，奸相严嵩被抄没家产时，竟被发现了苏轼的“天砚”也在其中。至此后，“天砚”便再未现于世。

无论“天砚”现处何方何地，作为东坡精神，它早已并入了中华文化璀璨的发展史中，从不曾消逝。

先生大作，孩童修过

读书不单能陶冶情操，还能改变命运。宋真宗赵恒说：“富家不用买良田，书中自有千钟粟。安居不用架高堂，书中自有黄金屋。出门无车毋须恨，书中有马多如簇。娶妻无媒毋须恨，书中有女颜如玉。男儿欲遂平生志，勤向窗前读六经。”

作为朝廷最高统治者，集权中央“一支笔”，宋真宗这首《劝学诗》，犹如“春雷一声响”，将读书人掌握知识的最终要义和终极目标做了简明扼要又极具煽动力的精辟论述。他说，读书会改变生活（千钟粟），有饭吃；读书会发家致富（黄金屋），有收入；读书会名利双收（多如簇），有地位；读书会收获爱情，得美人。因此，男儿要达成上述所愿，唯有勤读书、爱读书、读好书。

宋真宗这个劝学理论和方法，求真务实，直戳到读书人心窝子上。其实，这种通俗的、赤裸裸的劝学方式，远比颁布法令鼓励人读书来得直接也更管用。换一种说法，读书的实质是使人脱离低级趣味成为精神高尚的人，还能使人实现自我价值，有这样的好事，何乐而不为呢?

其实，自“五代十国”以来，天下动荡，生活不定，百姓身心不安，读书便成为一种奢侈、多余的事情，因而读书人越来越少。从宋朝开国始，几代皇帝鼓励百姓读书，举国上下不断营造读书环境和学习氛围，到了宋真宗这一代，已有很大改善。再经宋真宗下一“狠招”——推出了一个比圣旨更得人心的读书论，读书热潮慢慢兴起，读书人的发展前景和社会待遇达到前所未有的高度，一批批文士雅士脱颖而出，成就了宋代文化的灿烂和辉煌。

眉州苏家正是宋代读书人中的“佼佼者”，他们不但光耀了自家门楣，还引领了一批巴蜀读书人和以“苏门四学士”及“苏门后四学士”为骨干的文艺青年求学上进。

宋代文学家曾巩在苏序的墓志铭中说:“蜀自五代之乱，学者衰少，又安其乡里，皆不愿出仕。君独教其子涣受学，所以成就之者甚备。至涣以进士起家，蜀人荣之，意始大变，皆喜受学。及其后，眉之学者至千余人，盖自苏氏始。”

看来，眉州苏氏对巴蜀、宋代甚至中华文化的贡献，不单是出了三位文学“大咖”这么简单，其家风学风文风对当时读书风尚的影响，也达到了空前绝后的程度。以苏涣中眉州第一进士开始，当地读书风气欲浓，崇文好学者剧增，眉州才子在宋代共出了八百八十六名进士，可谓彪炳千秋。宋仁宗曾赞叹道：“天下好学之士，多在眉山。”

因而，眉山读书人的第一“功臣”，应该是“学习环境”和“好学气氛”。

苏轼开蒙之时，伯父苏涣是“榜样”，父亲苏洵是“棍棒”，母亲程氏是“雨露”，谁也缺不了，他们的言传身教，便是苏轼开启知识殿堂的“金钥匙”。

苏轼八岁时才进入正式学堂，主要是家中有“优秀老师”——父亲和母亲的缘故。不过，苏轼上的学堂，其所在地和老师都很特殊，对苏轼的人生具有至关重要的影响。

自东汉张道陵在青城山设坛布道以来，蜀地道教繁盛，道观遍布。在苏轼家不远处的山上就有一座道观，道观里有一位叫张易简的道人，他不但传播道学，还办了一所小学堂，授于孩子知识，在册学生多达百余名，苏轼便是其中之一。

这就有点儿让人疑惑了，此时的苏家并不缺钱，为何不将苏轼送到正规的学堂，跟随一位“牛掰”的老师学习呢?

或许，张道人就是“牛掰”老师吧，不然怎会桃李满观呢?

看一则小故事，或许就能略知张道人是何许人也了。

据传，一日，苏轼听见一位同学正在背诵《老子》中的“玄之又玄，众妙之门”，对其意不甚理解，于是，便求教于老师：“老师，奥妙不止一个，难道还会有许多吗？”

张道长微微一笑说：“只有一个奥妙不全面啊！只要仔细观察，世间万事万物的奥妙其实是很多的。”

苏轼听后，虽有领悟，但还是半信半疑：“老师说的奥妙何在呢？”

有一天，苏轼看见外面的坝子上有两个人在除草、扫地，分工明确，配合熟练，很快就完成了工作。面对此情此景，苏轼突然有所感悟：他们做事时各有各的领会和体悟，不正是老师所说的奥妙吗？

张道人教学，寓教于乐，针对教育对象，循循善诱，善于启发学生心智，打开学生思路，引导学生独立思考，与现代的教学理念有相似之处，真乃前卫的好老师啊。

苏轼一生善于观察、善于思考、善于分析，与小时候这段在道观的学习经历是分不开的。

当然，在道观上学，道长为老师，也会产生另一种“化合”作用，那便是关于道家的思想、理论、行为等，会不自觉地体现在张道长身上而贯穿于日常教学中。张道长在传授学生知识的同时，道学观念亦在慢慢播撒。特别是对于苏轼这样悟性极好、好奇心特重的孩子来说，张道长的道学观点，深深地扎根在了他的心中，只待日后开枝散叶。

苏轼一生修禅问道，也与这段经历有着密不可分的关系。

在道观上学三年，苏轼对这位张老师印象极深，暮年时还时常梦见恩师，并专门作文《众妙堂记》以示怀念。

其实，在道观学习前，苏轼还和一帮小朋友上过一阵子类似如今幼儿园的小学堂。在那儿，六七岁的苏轼已经开始崭露头角，显示出了非凡的文学天赋和敏锐的反应能力，还有雄辩之才。

教他们的刘微之先生，作了一首《鹭鸶》诗，甚为满意，便在课堂上抑扬顿挫地朗诵起来。诗道：“鹭鸟窥遥浪，寒风掠岸沙。渔人忽惊起，雪片逐风斜。”

先生念完，见堂下学生交头接耳，无不称赞，甚喜，便捋着胡子、踱着方步走下台来。经过苏轼桌前时，见其一言不发，面带迟疑，正欲问话，不料苏轼已言道：“先生好诗，不过学生对末句的‘雪片逐风斜’存有疑问？”

刘先生答曰：“此‘雪片’指鹭鸶的羽毛，羽毛随风而舞，有何不妥吗？”

苏轼恭敬地答道：“正因为是鹭鸶的羽毛，先生，它才不会逐风而飞。鹭鸶归巢时，羽毛通常会落在蒹葭（芦苇）上。若作‘渔人忽惊起，雪片落蒹葭’，不是更贴切吗？”

刘先生猛然一惊，随即大笑，道：“‘雪片落蒹葭’，真乃好句！吾非若师也！”

古时讲究尊师重道，先生在学生心中极具权威，不容置疑。苏轼小小年纪，不知是太过天真，还是太过胆大，抑或是性子使然吧，总之，他敢于挑战“权威”，敢于说出真话，敢于打破砂锅问到底，这是一般孩子无法做到或不敢做的。

终其一生，苏轼行文做事落落大方，直率坦白，不拘小节，心性真、直、刚、诚、明、净，不管遇到再多的困难、再大的挫折、再窘的困境，他都能风轻云淡，笑看云卷云舒。

闲听墙角，得知“偶像”

明代民族英雄于谦有诗道：“千锤万凿出深山，烈火焚烧若等闲。粉身碎骨浑不怕，要留清白在人间。”刚直不阿，意志坚定，不怕牺牲，情操高尚，始终如一，石灰精神也！

做人要做有“石灰精神”的人，于谦践行了自己的忠贞誓言。不过，惨遭诬陷而死的于谦，生命终是有遗憾的，也是令世人惋惜的。

历史上刚烈、坚定、无畏、坦荡之人，皆大受欢迎，歌咏其者不计其数。苏轼，可被视为其中的偶像代表了。

谈及苏轼，“但愿人长久，千里共婵娟”的温润蕴藉；“大江东去浪淘尽，千古风流人物”的大气豪放；“横看成岭侧成峰，远近高低各不同”的高瞻远瞩；“明月夜，短松冈”的深情柔肠；“待他自熟莫催他，火候足时他自美”的豁达乐观……每一首诗词，每一句经典，都是苏轼性格侧影的体现。特别是他两次“上神宗皇帝书”，万字之言，洋洋洒洒，慷慨激昂，肺腑之言皆是忧国忧民意，满腔热忱俱是爱国爱民情，其果敢、坚持之品格，不畏谗言而建言献策之精神，男儿“高大全”之气象，铮铮铁骨之风姿，备受后世人敬仰和爱慕。

俗话说：“有其父，必有其子。”的确如此。苏洵曾作《辨奸论》得罪过不少朝廷高官，已属“苏胆大”了，不料儿子苏轼更加“胆大妄为”，竟与皇帝说书言政，谈论国策民生，提醒和提点帝王该做什么、不该做什么、应该怎么做。此种行为，弄不好就会惹祸上身，然而，苏轼却毫不犹豫地做了。虽然最终收效甚微，但其言其行却令人尊敬和崇拜，至今仍被传为美谈。

当然，这些都是苏轼成年以后的所作所为了。其实，小时候的苏轼就是“犟驴子、硬脾气”，常常让学堂的教书先生下不了台，对其又爱又“恨”，又无可奈何。

苏轼生活的宋代，定都开封，地处华北平原，与四川盆地相隔千里之遥。“蜀道之难，难于上青天。”其幽闭的地理条件，阻碍了川人出川，不过，倒没有阻塞信息的传播、交流。

有一天，在学堂玩耍的苏轼，不小心看见几位先生低着头在看一页纸，还不时地互相说着什么。因为是听墙角，所以苏轼并没有听明白先生们到底在说什么。不过，看到先生们一脸的赞许，绝对有看点！“好奇宝宝”苏轼兴致遂起，缠着先生给他看看，先生摇着头拒绝了，他就绕着先生转，悄悄踮起脚尖来看，发现是一篇长诗，便问先生：“这诗歌里说的都是谁，他们做了什么啊？”

“反正没你小子。”先生一乐，笑着说，“这些人你不认识，没必要知道，即使知道了，你也不懂的。”

先生这么一说，苏轼的倔脾气倒上来了，反问道：“此天人也耶，则不敢知。若亦人耳，何为其不可？”

这句话出自《范文正公集》叙，意思是说，如果这些人都是天人，那么，我没有必要知道。但是，如若不是仙人，只是凡人，那我为什么不能知道？

遇到这样追问不休的学生，若用现代语言来调侃先生的心情，那就是：“我也是醉了！”

当然，苏轼的好学多问、聪颖异人、知礼懂事也让先生很是动容。于是，便将这首诗歌的来历以及提到的人物，简明扼要地告诉了苏轼：韩琦、范仲淹、富弼、欧阳修等才学出众、胸怀广博、热爱国家的正人君子，他们在想方设法地共研振兴国家之策，以使国家强大富饶起来，因而得到了许多人的支持和拥护。

此诗名为《庆历圣德诗》，写诗者为石介，所写人物乃范仲淹主持的“庆历新政”中的核心力量，而石介也是其中的重要参与者。因此，这首诗的内容涉及了朝堂之事，先生不给苏轼看，是很有道理的。

在先生的娓娓道来中，年纪尚幼的苏轼似懂非懂，但是，记忆非凡的他记住了这几个重要人物，特别是他们满腔热情的爱国主义精神和积极行动的实践精神，如一股力量盘桓在苏轼的记忆最深处，在他的骨子里酝酿和生发出一种积极向上、为国为民的意识和抱负，一生伴随。

通过这首诗，苏轼还得了一个“偶像”，这“偶像”还成为他人生中最重要的引路人，促成了苏轼的仕途大发展和文学新高度。他便是“唐宋八大家”之一的欧阳修。

在未来相遇的日子里，欧阳修不但做了苏轼的恩师，还将文学“掌门人”的“印玺”和“旗帜”传给了这位心爱的弟子。当然，这也是因为苏轼的文学成就和号召力能担此重任，还因为欧阳修秉承的文学发展和改革理念、精神在苏轼身上得到了再发展和再延续。苏轼实乃当之无愧的文坛新领袖，引导宋朝文学乃至中国文学达到了一个新高度。

这是苏轼的这位小学先生所预料不到的。当时的一番话，竟如一粒种子植到了一个人的骨子里，由此渐渐生出花蕊来，生生不息。这说明，孩子其实都是具有天赋的，也在于环境的潜移默化。好的环境，是宽容的、温厚的、广阔的，可以任人翱翔的。苏轼无论在家庭中，还是在学堂里，最幸福的事情就是他一直处在最优良的学习环境中。

学习的主动性、诚恳的态度，也让苏轼尝到了“不弄清楚决不罢休”的甜头。

敢于质疑，学会方法，弄清缘由，一追到底，苏轼的成功心得，就是从小能自觉站在与先生同平台的位置上说天道地。

一生与自己赛跑、与真理为伍、与正直做伴，苏轼，真英雄也！

神秘老尼，忘年之交

清代诗人王士祯说：“汉魏以来，二千余年间，以诗名其家者众矣。顾所号为仙才者，唯曹子建、李太白、苏子瞻三人而已。”

“苏门四学士”之一的黄庭坚则道：“人谓东坡作此文……文章妙天下，忠义贯日月。真神仙中人。”

诗中神仙，文中仙人，只应天上有，人间有几人？

东坡先生是也。不过，此赞誉特指其文其行。而现实中的苏轼是否也似神仙、有仙气？

有一个人非常有发言权，那就是从小与他相知、相随、相伴的弟弟苏辙。

中国人言“长兄如父”，兄长的一言一行便是弟弟妹妹学习的榜样，苏轼对于苏辙而言亦是如此。

那么，苏轼在苏辙眼里，到底是何形象？

苏辙在《武昌九曲亭记》中说：“从子瞻游，有山可登，有水可浮，子瞻未始不褰裳先之。”

意思是说，从小和子瞻一起出游玩耍，有高山便攀登，有绿水便泛舟，非常惬意欢欣。而每次都是子瞻快速地卷起衣裳、撩起裤管，第一个就跑去了，俨然山野中的“小大王”、无拘无束的野小子。

苏辙这一番描写，并没有什么出奇之处，无非是说苏轼小时候特别好动、调皮，特别喜欢高山绿水罢了。当然，这并不能完全表达出苏辙对苏轼形象的定位，于是转而再道：“至其翩然独往，逍遥泉石之上，撷林卉，拾涧实，酌水而饮之，见者以为仙也。”原来，这才是苏辙心中苏轼的美好形象。

他说，苏轼还有一个癖好，就是喜欢独自行走在山水中、逍遥于山涧里，寻泉问源，掬水听音，好不自在。与林中山花野草为伴，将它们编织成美丽的花环；一路捡拾沟壑小溪中落下的果子；若是渴了，便掬一捧山间洁净的泉水饮之，清凉通透全身，畅快无比，不亦美哉。但凡有人见到此情此景此人，都以为是山中的神仙。

原来，神仙就是这个模样。他不在云水天上，不在蓬莱仙境，却在峨眉青城的灵山秀水中逍遥，在竹林池塘的最深处蜿蜒穿行。他不是衣袂飘飘，不是行走如风，只是远远望去，洒然出尘，活泼精神，神气张扬。

在苏辙眼里，苏轼什么都好，模样好，神态好，品格好，反正没有不是之处。

其实，古往今来，华夏民族十分讲究精神追求和心灵探幽，所以，阡陌之上，山林之间，不经意间走来一位仙风道骨的出世人并不为奇。

好山好水好住神仙，眉州这地方就是。

苏轼曾在中年时回忆说，七岁那年，他在乡野间遇见了一位九十多岁的尼姑。老尼姑的精神风采深深地吸引了年少的苏轼，更重要的是，老尼姑身上藏着许多未开发的“秘密”。于是，他没事儿就往山中尼姑庵跑，为的是开采秘密，听尼姑奶奶讲那“过去的故事”。

原来，老尼姑还叫朱姑娘的时候，一直在后蜀国后宫当差。她侍从的主子便是历史上赫赫有名的“巴蜀四大才女”之一的“花蕊夫人”，即后蜀国皇帝孟昶的贵妃娘娘。这位贵妃娘娘一生命运多舛。后蜀国灭亡后，她被宋太祖赵匡胤纳入后宫，于是朱姑娘便落发为尼，从此与木鱼、青灯为伴。

当然，苏轼想挖掘的不仅仅是朱姑娘的故事，他对孟昶与“花蕊夫人”的传奇故事最感兴趣。他听老尼姑说，五代十国的时候，孟昶虽算不上是励精图治的好皇帝，但是巴蜀物产富饶、天险作屏，倒也和谐安定。对于喜好文学的孟昶来说，没有后顾之忧，便生游乐之思，闲暇之余诗书相伴、美人在侧，真是不亦乐乎。最为特别的是，有位美人的文学水平不在其之下，更有千古文章美名扬。她便是孟昶极宠的“花蕊夫人”。

有一日夜晚，作为侍从的朱姑娘，不远不近地跟在花蕊夫人和孟皇帝后面，看见两人拉着手，坐在水池旁，柳影婆娑，佳人为伴，，真是妙不可言的浪漫之景。即景下，孟昶作词一阕赠予佳人。每当老尼姑念起这阕词时，小小的苏轼便跟着背起来。可等到中年再忆起这个故事时，苏轼却无论如何也记不全此词了，唯记着其中一句“冰肌玉骨，自清凉无汗。水殿风来暗香满”。

后来，趁着兴致，苏轼赶紧提笔续作了这首有名的《洞仙歌》：“冰肌玉骨，自清凉无汗。水殿风来暗香满。绣帘开，一点明月窥人，人未寝，欹枕钗横鬓乱。起来携素手，庭户无声，时见疏星渡河汉。试问夜如何？夜已三更，金波淡、玉绳低转。但屈指、西风几时来？又不道、流年暗中偷换。”

孟昶版的《洞仙歌》已无从知晓其内容，不过，苏轼所续的《洞仙歌》清灵婉转，词意高妙，想象奇特，情意幽幽，韵味中多了一份浅淡的伤感，其中渗透着万千不舍和百般遗憾，许是对神仙眷侣的纪念、歌咏吧！

对于这一幕你侬我侬的“情景剧”，有人说是老尼姑当年随师父去宫中的所见所闻，意为老尼姑当时便是尼姑，并不是“花蕊夫人”的侍女。特别是苏轼有文证道：“余七岁时，见眉州老尼，姓朱，忘其名，年九十岁。自言尝随其师入蜀主孟昶宫中。一日大热，蜀主与花蕊夫人夜纳凉摩诃池上，作一词，朱具能记之。今四十年，朱已死久矣，人无知此词者。但记其首两句，暇日寻味，岂《洞仙歌》令乎？乃为足之云。”

这是《洞仙歌》的引言部分，即苏轼所做的行文注释，非常有研究价值。不过，既然苏轼不能记得《洞仙歌》的完整版，是不是也有记错尼姑当年身份的可能呢？毕竟，夜晚的后蜀国后宫，不是谁都能进出自如的。

不管结论如何，小时候的苏轼对于仙道都充满着好奇心，对于浪漫的爱情也有着万般美好的期许。

方外者说红尘事，世外仙道人间情。到底仙人在山中，还是在繁华俗世里？或许，仙人一直住在自己的心中，于是，高山流水有仙气，庭院繁华亦仙境。

各个击破，事事精通

但凡才情卓绝、成就非凡的学问者，除去家庭熏陶、先生教授、学堂学习外，都有一套自创的学习方法，以增进知识和精进底蕴。譬如诸葛亮的“观其大略”法、陶渊明的“会意”法、韩愈的“日记千言”法、朱熹的“三到”法，张溥的“七焚”法、郑板桥的“精当”法等，这些都是从读书实践中总结出来的宝贵经验，成为成功者的“独门绝技”，值得学习和探讨。

杜甫曾深有体会道：“读书破万卷，下笔如有神。”

而苏轼则说：“书之富如入海，百货皆有，人之精力不能尽取，但得其所求者尔。故愿学者，每次作一意求之。如欲求古之兴亡治乱、圣贤作用，且只以此意求之，勿生余念。又别作一次，求实迹故实，典章文物之类，亦如之。他皆仿此。此虽似迂钝，而他日学成，八面受敌，与涉猎者不可同日而语也。”

书如海，文如山，知识犹如汪洋，人之精力有限，短短几十年，怎可能全部汲取呢？

于是，计划性地学习，针对性地选材，侧重性地读书，借此各个击破，以达到事事精通。这便是苏轼研创的“八面受敌”读书法，适用性广，操作性强，古往今来借鉴者无数，受益人颇多。

“八面受敌”是怎样的一套学习理论，而让苏轼在文山书海中找到正确的航向，帮助其顺利抵达知识的彼岸呢？从苏轼对《汉书》的学习中，可觅其读书之法，探寻其成为千古大文豪的秘诀。

宋人陈鹤在《西塘集耆旧续闻》（卷一）中云：

朱司农载上尝分教黄冈。时东坡谪居黄，未识司农公。客有诵公之诗云：“官闲无一事，蝴蝶飞上阶。”东坡愕然曰：“何人所作？”客以公对。东坡称赏再三，以为深得幽雅之趣。异日，公往见，遂为知己。自此时获登门。

偶一日，谒至。典谒已通名，而东坡移时不出。欲留，则伺候颇倦；欲去，则业已通名。如是者久之，东坡始出，愧谢久候之意。且云：“适了些日课，失于探知。”坐定，他语毕，公请曰：“适来先生所谓‘日课’者何？”对云：“钞《汉书》。”公曰：“以先生天才，开卷一览可终身不忘，何用手钞邪？”东坡曰：“不然。某读《汉书》至此凡三经手钞矣。初则一段事钞三字为题，次则两字，今则一字。”

公离席复请曰："不知先生所钞之书，肯幸教否？"东坡乃令老兵，就书几上取一册至。公视之，皆不解其义。东坡云："足下试举题一字。"公如其言，东坡应声辄诵数百言，无一字差缺。凡数挑，皆然。公降叹良久，曰："先生真谪仙才也！"

他日，以语其子新仲曰："东坡尚如此，中人之性可不勤读书邪？"新仲尝以是诲其子辂。

文中说，苏轼被贬黄州时，因诗文结识了当地掌管钱粮的司农（官职）朱载上，引为知己，两人时常小聚交流。

一日，朱载上登门拜访苏轼，足足等了一个时辰不得相见，既困乏又纳闷，正待离开，不料苏轼匆忙迎来，见面便是道歉，说自己正在做功课，怠慢了朋友。有什么功课会让苏轼痴迷至此？朱载上难免心生疑惑。

诧异时却听苏轼笑道："我在抄《汉书》。"

朱载上猛然一惊道："先生才华了得，只需开卷览读即可终生难忘，何须再抄写呢？"

然而，苏轼说："未必这样的。我抄《汉书》已经三遍了。第一遍时，每段抄写三个字做题目，第二遍则抄写两个字做题目，现在我只抄写一个字做题目了。"

朱载上更为惊讶，上前施礼说："先生抄写的《汉书》可否让我欣赏一下？"

苏轼命仆人呈上一册，朱载上细细观赏，却始终看不出门道。苏轼便说："你试着说出标题上的任一字。"朱载上照做，只听得苏轼随口便背出几百字来。朱载上顺着册子往下看，目不转睛地加以对照，而苏轼所念字句与抄写的《汉书》一字不差。

真有这么精准？

朱载上半信半疑，再试几遍，苏轼仍是一字不漏地顺畅念地了出来。

“先生真是被贬到人间的仙才啊！”朱载上惭愧地感慨道。后对儿子新仲说：“像苏轼这样的天才都如此勤奋学习，天资一般的人更该努力奋发才行！”

这个故事，传颂至今，人们并不陌生。而对于苏轼的“三”“二”“一”标题学习法，有兴趣者颇多，领悟则各异。

所谓的“八面受敌”读书法，其实就是摒弃读书多目标的做法，一遍只选择一个亟待解决的中心问题，围绕这个问题去解析和摸索，步步深入，句句打通，了解核心，专注目的，水到渠成，问题自然会迎刃而解。

在“学习三部曲”中，苏轼常解决的核心问题顺序是：意义，故实，文物。而在抄写《汉书》时，第一遍时学习“治道”，即标题为三个字。第二遍时学习“人物”，即标题为两个字。第三遍时研究“地理”，即标题为一个字。这部书整整七十六万字，苏轼根据文章大意，高度概括关键词，然后将章节标题从三个字精简到一个字，这样的提炼功夫足显苏轼的读书能力。之后以此中心字延展记住书中内容，逐个击破，然后一通百通，犹如“多米诺骨牌效应”，计划好后顺势而为，必能收到效果。

不过，苏轼自创的“八面受敌”读书法，并不是人人都能懂得和学到的。

有一年，苏洵去益州拜见当时的知州张方平。这位知州不但深谙政事，同时也是大文人。当时眉州读书人多，“三苏”已小有名气，爱才惜才的张方平便问苏洵：“你家孩子们平时都看些什么书啊？”苏洵如实回答：“他们打算再读一遍《汉书》。”张方平听此，大为不解，问道：“有必要再看一遍吗？”

其实，对于记忆力超强、过目不忘的张方平来说，确是没有必要再看一遍。据说张方平小时候因家中贫困，都是借书来看，看一遍便牢牢记住了。因此，张方平得知苏轼这种“死啃书”的笨办法时，难免心存疑惑。

回家后，苏洵将张方平的想法告诉了苏轼，说人家读书都读一遍，就你读两遍，有些看轻的意思。以苏轼的性格来看，他肯定不以为然，不过，他也不会告诉父亲自己的想法——我还会读第三遍呢。于是，就有了这则关于读《汉书》的故事。

刻苦的人未必不聪明，天才也未必不刻苦。苏轼是天才，聪明如他却依旧勤奋好学，所谓“宝剑锋从磨砺出，梅花香自苦寒来”的学习精神便是如此吧。

“千里马易寻，伯乐难得”。欧阳修的慧眼识珠和热切力捧，奠定了苏轼发展的高度。站在巨人的肩膀上，一飞冲天也在情理之中。

应似飞鸿踏雪泥 · 考取功名

慧眼识珠，方平引路

中国有句俗话说得好：“师傅领进门，修行在个人。”

明者引路，慧者推荐，智者提携。一位成功者的背后，缺不了慧眼识珠的领航导师，他们犹如一座灯塔，照亮了前行的方向，指引着一叶小舟乘风破浪去远航。

因此，讲究尊师重道的华夏儿女，总将师生情谊看得重如泰山，并一生铭记。特别是文人学者，多用文字以表铭记师恩和情感永续。

苏轼在《祭张文定文》中说：“轼于天下，未尝志墓。独铭五人，皆盛德故。”

“独铭五人”，即富弼、司马光、赵抃、范镇、张方平，此五人乃苏轼一生崇敬与仰慕之人。

从《苏轼文集》中收录的十三篇墓志铭与十二通“碑”可见，苏轼所记之人主要以宋代元老重臣、妻妾、门生、保姆、朋友等为主，在其“平生不作行状、碑志”的原则下，这些“破例而撰”的人物就尤显与众不同了。

张文定公便是其中之一。张文定公，名方平，字安道，号“乐全居士”，谥号“文定”。中茂才异等科，又中贤良方正科，曾在江苏、浙江、安徽、四川等地担任地方长官，官至参知政事（宰相），反对任用王安石，反对王安石新法。政治上多受非议，是处在政治风暴中心的“敏感”人物。

那么，苏轼为何不避讳而要为其撰写墓志铭呢?

因为张方平对于“三苏”有引荐之恩、提携之情。正是由于他的极力推荐，“三苏”才在朝堂上脱颖而出，成为国家高级领导干部，荣登“唐宋八大家”之列。而苏轼还独领宋代文坛，继欧阳修之后荣登了新文坛领袖，引导宋代文学走向更为辉煌的道路。

张方平任益州知州时，不但为民造福，保一方平安，同时，还积极为朝廷物色可造之才。由于“三苏”声名鹊起，他们的名字自然而然就传到了张方平的耳朵里，于是有了想结识苏氏三父子的强烈意愿。

不过，未待张方平召见，苏洵倒抢先一步，主动登门拜望。这对于性格执拗、难得低头的苏洵来说，此举意义非凡。

究其原因，主要是苏洵多年科考不中，冲劲被折，锐气受挫，一直处于“闭关”状态，一是养精蓄锐，二是等待时机。期间，他似乎明白了一个道理，自己不能再参加考试了，若再不中，“面子”拾不起来，自信心也会受挫。因为两个儿子已经长到了可以参加科举考试的年龄，父子同试，多少有些难为情。

而张方平的出现，让正怀才不遇的苏洵见到了一抹久违的阳光。

张方平，刚直不阿，清正廉明，坚持己见，是大才子，亦是爱才惜才者，有慧眼之识，怀举贤之心。人言“千里马易得，伯乐难求”，便是指张方平这种具有辨人、识人、荐人能力的了不起的人物。

在宋代，眉山到成都，路途遥远，异常难行，不过，这并不能熄灭苏洵拜望张方平的热切之心。打马锦官城，芙蓉花开好。

用现代话来说，成都是一座来了就不想走的城市。不管是现在，还是在苏洵生活的年代，这座有着浑厚历史底蕴和浓厚文化氛围的古老城市，溢满烂漫情怀——武侯祠里《出师表》，杜甫草堂有诗篇，浣花溪畔薛涛影……真是天府宝地，风韵无限。

此时的成都在苏洵眼里风情万千，生机无限。他如愿得到了地方长官张方平的接见，兴奋不已，同时还虔诚地呈上了代表自己心声的《上张侍郎第一书》。探寻书中之意，耐人寻味。

苏洵说：“暴之天下，皆可以无愧。”即我与张知州交往，属于光明正大的朋友之间联络感情，是问心无愧的。

他继续说：“将以屑屑之私，坏败其至公之节，欲忍而不言而不能，欲言而不果，勃然交于胸中，心不宁而颜忸怩者，累月而后决。”求人不够干脆，说话不够直接，苏洵属于典型的文人风格。

他接着说道，我那俩孩子“不知他习”，不懂“进趋拜跪，仪状甚野”。但是，他们“独于文字中有可观者”，且“年少狂勇”，而“京师多贤士大夫”，“因以举进士”必是有希望的。

苏洵对苏轼和苏辙的介绍和褒奖，恰到好处，既谦虚，又力推，说他们是青年才俊，好学进取，实乃可塑之材。其言进退有度，效果甚佳。而他却自谦道：“以懒钝废于世，誓将绝进取之意。”言外之意是，我本无意于功名前程，但是两个儿子真不错啊！

之后，说清来意，推销完儿子的苏洵，又加料好好地将张方平吹捧了一番。说他是“居齐桓、晋文之位”的国家高级好干部，想办事、办好事“何求而不克”呢？

不过，苏洵捧人还没完，他又说：“轻之于鸿毛，重之于泰山，高之于九天，远之于万里，明公一言，天下谁议？”这样一位顶天立地的人物，还不能将我两个儿子“引而察之”吗？

苏洵这马屁拍得呱呱响！想来纵是张方平不愿，也不会当面拒绝吧？

就是这么一见，苏洵回到眉山后名声更响，父子三人的前景似乎亮堂起来。

公元 1055 年，即至和二年，张方平邀请苏洵三父子到成都相叙，并“待以国士”之礼。此次邀请他们来不是吃喝、交流那么简单，实则是考察“三苏”的才学和政见。当然，以“三苏”的满腹才华，肯定是让张方平无比满意的。而苏洵和苏轼的口才和辩思，更令张方平称赞不已。因此，这次考核后，更加坚定了张方平推荐“三苏”的决心，这一门三父子皆是栋梁之材啊，可遇不可求也。

成都离京城天远地远，张方平不可能亲自前往荐之，那么，该如何推荐，向谁推荐最好呢？张方平踌躇不决，一一比选后，最终确定了一个意料之外的人物，那便是自己的政敌欧阳修。

欧阳修在跟随范仲淹施行“庆历新政”失败后被贬，张方平恰好接任御史中丞，参与处理了此事，因政见不同导致二人结怨，关系紧张，素不来往。因此，要将“三苏”推荐给欧阳修，是冒着巨大风险的。不过，张方平认为，此举有几个优势，因而值得一试。一是欧阳修胸怀宽广，乃君子也，不会因为是政敌推荐的人而不屑一顾。二是正因为是政敌张方平的推荐，反而能激起欧阳修的考察想法，而“三苏”正需要这样的特殊关注。三是欧阳修为科举主试官，他的意见和想法至关重要。而更重要的是，欧阳修乃文坛领袖，他对文学方面有许多“革新”的做法和想法，“三苏”恰好与之观点一致，此优势成为绝密武器。因此，张方平很慎重地写下了推荐信，引荐“三苏”与大文豪欧阳修认识。

因为张方平的引路，“三苏”从眉山、成都腾飞，从此名垂千古。他们也算是张方平的门生，而其中苏轼的性格最像张方平，两人皆极力反对王安石变法，且关注民生，能为老百姓说话，也敢于在皇帝面前直谏问题。如此思想相同的人并不多，所以苏轼为张方平撰写墓志铭，既是珍惜师生情，又饱含了知己意。

经过张方平精心的策划和用心的参谋，“三苏”满怀信心地离开巴蜀，向京城进发。

牛气导师，欧阳修也

当一个人取得了非凡成就，成为出类拔萃的公众人物后，便会有人称其为“出人头地”。“出人头地”，一个令人欢欣鼓舞的美好成语，人人爱之，希冀得之。只是，当初的“发明者”难得赞人，但凡经他夸奖、看中的人，大都成了历史名宿。譬如“唐宋八大家”中的王安石、曾巩、苏洵、苏轼、苏辙，这些响当当的文学大家，都是他的弟子团成员，阵容强大得让人难以置信。他便是宋代文坛盟主、一代大文豪，人称“醉翁”的欧阳修。

欧阳修曾道：“读轼书，不觉汗出。快哉快哉！老夫当避路，放他出一头地也。”读到晚辈的文字，不知是“汗颜”还是惊出了一身汗，反正从“快哉”的心情中能体会到欧阳修对苏轼诗文的喜爱至极，惊喜溢于言表。自愧不如地摆摆手，说我得退居二线了，给这位青年让开一条道，让他成就自我，创造辉煌，今后必定会超过我。

欧阳修超凡的预见性和前瞻性，不但体现了他对人才的发现眼光和挖掘能力，更重要的是展示出其宽厚、谦虚、仁爱的美德，特别是对青年人才的扶持决心和提携精神令人动容。于是，一句“出一头地”便确定了宋朝两大文坛宗师的新老更替。“醉翁”的接班人，似乎非苏轼莫属。

这一年，苏轼二十二岁。二十二岁正是现代大学生毕业的年龄，“小荷才露尖尖角，早有蜻蜓立上头”。花样的青春，苏轼迎来了花一般的未来。那么，欧阳修的预测是否能成真呢？

这个答案在今天而言已经不是秘密，最终苏轼接过了欧阳修“文林宗师”的大旗，将宋代文艺文学推到了新高度，树立了新气象，确立了新时代。欧阳修有弟子无数，而他的爱徒亦有徒儿不少，著名的“苏门四学士（黄庭坚、秦观、晁补之、张耒）”，以及被称为“苏门后四学士”的李格非、廖正一、李禧、董荣等人，都是宋代文坛的中坚力量，他们与苏轼亦师亦友，在苏轼的生命中扮演着不可或缺的重要角色。

不过，此时的苏轼还是翩翩少年郎，正在攀爬人生理想之峰，他想要登上的第一座山峰便是“科考”。就是在这场攀登中，苏轼一鸣惊人，打动了做事、说话向来谨小慎微的欧阳修，使其不遗余力地推荐他、宣传他、培养他，并准备将文坛大旗授予他。

不过，说来还得先感谢益州知州张方平将这颗即将闪耀政坛、文坛的双栖“巨星”推荐给了欧阳修。

张方平这封牛气的介绍信一下子就将苏家三父子送到了一个大平台、新高度上，犹如坐上了火箭。

当然，要想真正地“出人头地”、科考高中，那可不是只靠关系就能走来的。一是欧阳修做事原则性强，在考试问题上亲疏不论；二是宋代考试的制度非常系统，有一套科学而严谨的管理办法，作弊是极不容易的。再者，遇到欧阳修这样的主考官，不想公平、公正、公开都不行，下面几则故事就充分展现了其为人处世之风。

刻苦如他。欧阳修早年丧父，从小家庭贫困，不能正常上学堂，其启蒙教育便落到了母亲郑氏身上。因为没有纸笔，母亲便将芦苇秆削尖了做笔，沙地做纸，而后欧阳修在“沙纸”上刻苦地练习写字，纸张不尽，练习不止。就是在这样艰苦的条件下，欧阳修完成了学前教育，这个故事就是历史上著名的“画荻教子”。

练达如他。嘉祐三年（1058）六月，欧阳修正式接过包拯的班，以翰林学士身份兼龙图阁学士权知开封府。与包拯的雷厉风行、干净利落相比，欧阳修更擅长循序渐进、不慌不忙地处理各项事情。有人问他为何不“新官上任三把火”，他道：“人的性格不一，所以处理事情的办法和手段也不一，适合自己就最好，各有所长，各有风格嘛。”

谦虚如他。嘉祐五年（1060），《新唐书》编纂完成后，作为主修官的欧阳修，负责总审核工作，要求力求精细，并统一文风。然而，欧阳修认为，与他一同参与编纂的宋祁和范镇，本是德高望重的专家，何需修改呢？而历来修书有一个不成文的规定，就是定稿刊印的书上只会出现总编辑的名字，其他参与者则自动忽略。欧阳修认为这是对编纂者的极大不尊重，在他的努力下，宋祁和范镇编纂的部分则署上了他们的名字。后来，宋祁的哥哥宋庠感慨道：“自古文人好相凌淹，此事前所未有也！”

宽厚如他。在文风日下的当时，欧阳修不但扛起了文坛大旗，并以宗师的高大形象影响了一代又一代的文学者，他倡导的诗文革新运动，不但推动了宋代的文化改革，也对中华文化发展起到了至关重要的作用。他还培育和提携了一批又一批的青年才俊，成就了宋代文化的辉煌。

逍遥如他。六十岁时，欧阳修向皇帝提出致仕（退休）要求。人生得意须尽欢，纵情山水间，给自己留下生活空间，给他人留有发展余地，不迷恋权力，不贪图高台，欧阳修为后来人做出了榜样。

欧阳修归隐安徽滁州后，苏轼和苏辙两人一起去拜望恩师，高山流水，好不乐乎，一段佳话，至今传扬。不想又过了三十年，苏轼也到这里做官了，恩师音容笑貌犹在，翩然在青山绿水间，踏歌在阡陌纵横里。轻轻拨弄琴弦，《醉翁操》飞上云天外。

这样的前辈，这样的师长，谁不喜爱呢？

杜撰典故，瞒天过海

作为特殊人才被引荐上京的苏轼和苏辙均未参加过老家的乡试，因而必须先取得举人资格才能参加进士考试，这是考试的第一关。嘉祐二年(1057)八月，两人参加了在开封府景德寺举办的举人考试，皆轻松过关，且苏轼取得了第二名的骄人成绩，从众多考生中脱颖而出，备受瞩目。

第二年年味还未散去，全国贡举考试在皇帝的诏令下如期举行，钦点欧阳修做主持，梅尧臣为点检试卷官，此乃第二关考试。二月的开封依然余留着正月的喜庆氛围，还有紧张的考试气息，学子们既兴奋又好奇，掺杂着刺激的些许意味溢满城中。二月惊蛰，总令人怀想！

进士考试的场地名为“贡院”，贡院设“号舍”，又称“号房”或“号子”，学子进入后，吃住都在一条长长的号巷内，三天三夜，直到考试结束方能出来。这次由礼部（相当于今天的教育部）组织的相当于省考的试题非常难，题目为“刑赏忠厚之至论”，翻译成现代文就是：论述古代君王在奖惩赏罚时应着的宽大为怀的仁爱原则。这道题很不容易发挥，如果事例太过熟悉，观点便缺乏新意，容易落入俗套和平淡；如果太过夸饰，则物极必反，因而把握尺度和拓展新意尤为重要。苏轼的论点如何呢？他说：

当尧之时，皋陶为士。将杀人，皋陶曰“杀之”三，尧曰“宥之”三。故天下畏皋陶执法之坚，而乐尧用刑之宽。

四岳曰：“鲧可用。”，尧曰：“不可，鲧方命圮族。”既而曰：“试之。”何尧之不听皋陶之杀人，而从四岳之用鲧也？然则圣人之意，盖亦可见矣。

当主考官欧阳修和点检试卷官梅尧臣阅到此卷时，不由得点头嘉许，此考生不但历史知识丰富，而且理论水平深厚，政见眼界高远，其文字恣肆汪洋，层次清楚明了，立论深刻到位，非常有大家风范，当属考生中的翘楚，当之无愧的冠首。不过，就是因为这篇文论太过优秀，倒生出一番话题来。

欧阳修认为，能有这等实力者，唯有自己的弟子曾巩而已，如果点为第一，是不是有徇私舞弊之嫌？毕竟自己是主考官，有惹来非议的可能。于是，建议此文屈居第二。而点检试卷官梅尧臣则不这么认为，他觉得不管是谁的文章，第一就是第一，没必要考虑这么多。当然，以欧阳修的为人和性格，绝不会让自己落人口实，因而苏轼这篇文章就被降为第二名。

也许会有人疑惑，难道是欧阳修看出了这是曾巩的字迹吗？

实则不然，就因为看不出是谁的文章，才有这样的揣度。因为考生交卷后，会有专门的“誊录院”官员将每份试卷抄写成“副本”，评卷人只能打分“副本”，以此来确保考试的严肃性和公正性。

当苏轼得知此事后，还专门去了一封感谢信与梅尧臣：“轼七八岁时，始知读书，闻今天下有欧阳公者，而又有梅公者，其后益壮，始能读其文词，想见其为人。来京师逾年，未尝窥其门。今年春，天下之士，群至于礼部，梅公与欧阳公亲试之。轼不自意，获在第二。既而闻之，梅公爱其文，以为有孟轲之风，而欧阳公亦以其能不为世俗之文也，而取焉。是以在此，非左右为之先容，非亲旧为之请属，而向之十余年间闻其名而不得见者，一朝为知己。”

感谢了点检试卷官，并不等于苏轼不感恩欧阳修。作为这次考试的主考官，高中进士的苏轼便是欧阳修门下学生了，师生之谊，是古代知识分子极为看重的感情，有“一日之师终身为父”之说。此刻的苏洵满怀激荡，仿佛自己也年轻得意了，因为不但苏轼高中，苏辙也榜上有名——他们顺利进入了殿试。

这一年苏轼二十二岁，苏辙十九岁，而他们的恩师欧阳修也是在二十多岁时高中的。三人可谓天纵奇才了。

苏轼何能以此文章打动两位博学多才的老师呢？说来，还有一段逸闻值得探究。

据说，苏轼文中有个典故“难倒”了两位考官，阅卷时不知出处，回家翻阅书籍也不知所以。古人好学，对于疑难问题有不弄清不罢休的决心，于是欧阳修就问上门来行谢师之礼的苏轼，你的文章提到“皋陶曰‘杀之’三，尧曰‘宥之’三”的典故，出自何处呢？

苏轼答：“老师，是《三国志·孔融传》。”

欧阳修又遍翻书籍细查，还是没有找到答案，于是再问弟子缘由。

苏轼道：“打完胜仗后，曹操将袁熙的妻子送给儿子曹丕时，孔融就说：‘从前周武王曾将妲己送给周公。’曹操问孔融：‘哪一本经书上说的？’孔融答曰：‘用现在的事实看来，应该就是这样吧。’所以，关于尧和皋陶的故事，我是依据推测而已。”

杜撰一个子虚乌有的典故用在考卷上，苏轼真够大胆的，这也可见其应变和思维能力卓尔不凡，而更可贵的是赋有超前的创新发展意识，不拘泥一格，善推陈出新，令人刮目相看。他的观念和做法不正符合欧阳修心中对接班人的要求吗？

除了在政治上为帝王筛选栋梁之材，欧阳修其实也在为文坛培育新生力量，他期待更多更优秀的具有创造力的人才能参与一场诗文革新运动，改变当时作文中常见的靡丽矫饰、空洞无物、晦涩艰辛、浮躁轻媚的病态习气，形成一股朴实、清新、温婉及反映现实的文学新风尚。而欧阳修所主导的诗文革新运动，其实是唐代韩愈首先提倡的，经由他孜孜不倦地发展拓宽和发扬光大，已经开辟出一片新天地。只是“革命尚未成功，同志尚须努力”，如何将自己的衣钵传承下去，为诗文革新运动添砖加瓦更为重要。，欧阳修责无旁贷地肩负起了选拔下一代文化领袖的责任，这种士子情怀和文人风范，鲜有人所能及。宋代文学之所以达到新高度、成就更辉煌，实则与当时整个文人圈的风气很有关系，政见可以不同，想法可以不一致，但是在文学文艺的追求上，不可阻碍彼此的交流和交心，他们分得很清楚。

这场考试，将欧阳修和苏轼的心拉近，相通的政治理念、相近的文化素养、相同的人生抱负、相似的性格作风，缔结了亦师亦友的师徒关系，成就了一桩千古美谈。

接下来是殿试，即考试第三关，由皇帝宋仁宗亲自主持。此次有三百八十八名举子入围了“殿试”，而此次的入围者皆自动升格为“同科进士及第”，其等次分为：一甲前三名钦点为状元、榜眼、探花，二甲约二十名赐“进士出身”，三甲赐“同进士出身”。

这批嘉祐二年的进士很有看点，足以让人眼花缭乱。除了后来的文坛领袖苏轼之外，还有曾巩、苏辙、程颢、章惇、张璪、张师道、邓文约等一批流芳千古的人物。倒是被皇帝钦点的状元章衡、榜眼窦卞、探花罗恺三人在历史上籍籍无名，最终苏轼两兄弟和曾巩等人大放异彩，名振千古。

不是一甲又何妨？历史证明，有傲人的“成绩”固然好，而取得骄人的成就才更有说服力。文豪苏轼和大儒朱熹都是这样的典型例子。

世人都道眉山好、赞说眉山妙，其特别之处何在呢？

据史书记载，这一年眉山有四十五名学子参加科举考试，中进士十三人，足见眉山才子出类拔萃，文风昌盛繁荣，真乃人杰地灵、卧虎藏龙之所。

因此，苏轼的仕途之路和文学大道，在欧阳修的带领和指引下，前景越来越美好、道路越来越宽广，他的理想天空越来越蔚蓝辽阔了。

高考“状元”，失业青年

每年高考成绩公布后，铺天盖地的“状元”字眼充斥着各种媒介，宣传热火朝天，气势浩大，这些都旨在宣传本地区高考战绩如何骄人、高考分数如何突出、高考状元如何优秀。而老百姓对“状元”一词也并不陌生。

而以区域划分成绩，现代的“状元”可谓真多。

古代则不同，全国每次科考的“状元”是唯一的。像苏轼高中“进士乙科”这种情况，只能称之为“进士及第”。当然，如果赋予新时代观念和理念，现下也可以说苏轼是当年四川科考的“状元郎”。

得中全国状元，固然美哉，发展前景一片大好，但是未进前三甲的苏轼却在文坛上拔得头筹，不输状元半分名气和气势。

从益州府寻求指引开始，到进京拜望前辈，参加科考中进士，进士及第后拜谢恩师，很明显，苏轼的发展路径既寻常又有些特别之处。综合而论，有如下几个特征：

一是“打铁还需自身硬”。毫无疑问，苏轼的自身条件万里挑一，这是他发展最牢固的基石。

二是“千里马易寻，伯乐难得”。张方平的修书指引，无疑是块极具分量的敲门砖，实乃可遇不可求的人生机缘。而欧阳修的慧眼识珠和热切力捧，奠定了苏轼发展的高度。站在巨人的肩膀上，一飞冲天也在情理之中。

三是“科考引擎的化学反应”。以创造性的思维书写考卷，展现了活学活用的临场应变力，成功吸引了一些上层建筑人物以及学子的关注和探究，造势成功，由此声名鹊起。

除此以外，苏氏父子在京城的活动起到了穿针引线和积极“促销”的作用，功不可没。

试想，三位本不出名的乡镇学子，短时间内要在京城站稳脚跟，开创出新局面、新天地，真比登天还难。不过，有句谚语说得好：“人不可貌相，海水不可斗量。”眉山“三苏”就属于这种不可“斗量”的人物。

虽说来自偏远的小地方，但是并不能说“三苏”没见过世面，不懂得交际和沟通。从他们很快就崭露头角的结果来看，他们与京城各界的感情联络效果是相当好的，游刃有余的社交能力也显示了他们的沟通水平、处世情商极高。

初来乍到，苏洵带着两个儿子都拜望了哪些开封名家，对他们有何帮助呢？

张方平推荐的人物肯定是重中之重，于理于情都应该先去拜见。这个人便是苏轼从小到大的人生偶像兼梦想“导师”欧阳修。不过，以苏轼和苏辙同为考生的身份去拜望即将成为主考官的欧阳修，极为不妥，应避嫌为先。因此，很有可能是苏洵带着两个儿子的梦想和愿望，怀揣着政治理想和抱负，独自去拜见欧阳修的。

事实表明，这一次登门拜访成效显著。欧阳修不但热情接待了苏洵，并认真阅览了其所著的《权书》《衡论》《机策》等文章，认为这些策略大有见地，可与贾谊、刘向的文章相媲美，真是难得的人才。于是上书《荐布衣苏洵状》向皇帝推荐道：“文章不为空言而期于有用……辞辩闳伟，博于古而宜于今，实有用之言，非特能文之士也。其人文行久为乡闾所称，而守道安贫，不营仕进，苟无荐引，则遂弃于圣时。”

而后，欧阳修又将苏洵引荐给开封其他高官显宦，其中就有枢密韩琦。又经韩琦再行推荐，这样一来，苏洵认识了不少达官显贵，资源齐聚，名气剧增，美好前程似乎触手可及。

随着苏洵频繁的“推销活动”，加之苏轼和苏辙同时考中进士，父子三人在学子中可谓出类拔萃，名噪一时，名流士子对他们都颇有印象了。不过，由于苏洵为人清高自负，性情偏执冷淡，也引起一部分达官贵人的不满，对他不太待见。认为其光有政治设想，未有策略落实，纯属书生意气、纸上谈兵罢了。这与另一个推荐人——雅州太守雷简夫荐言说的“王佐之才”相差甚远。

虽然没有让所有被拜访者认同自己，但是苏洵通过“外交”努力，得到了部分朝廷重臣的鼎力支持，不枉此番经营和宣传，甚至超出了当初的设想预期。而两个儿子也随者他的步伐得到了更多人的认识和认可，特别是苏轼和苏辙高中后，欧阳修曾信誓旦旦地断言：“更三十年，无人道着我也！”使得苏轼的名气暴增。

来到开封一年多的时间里，父子三人分头行动，发挥着各自的特长和优势向外扩展壮大。苏轼和苏辙精心准备，应对考试，确保成功。苏洵则努力寻求契机，用心拓展关系，专注经营未来。通过他们的齐心努力，终于站在了人生中最大的舞台上。

似乎这一切都那么顺其自然，也那么尽如人意，他们沉浸在对美好明天的憧憬中，只待朝廷一纸任书，便可以随时精神抖擞地出发，大展拳脚，实现人生的理想抱负。

但是天不遂人愿，得失转瞬间。朝廷的喜报还未到来，从眉山来的加急“电报”却让苏家三父子哀恸不已。程氏病故！这突如其来的噩耗，让他们来不及与开封的各位好友告别，便匆匆收拾行囊，连夜加急赶回眉山奔丧。与开封这一别，便是两年零三个月。

近三年的守孝时光，赋闲在家的苏轼从进士及第瞬间变成“待业青年”，加之母亲意外病故，他心中的伤心、失落、悲哀可想而知。

未来，总有一天会到来。

苏老泉边，父子三人

中国人常说："祸兮福所倚，福兮祸所伏。"生命本无常，世事总难料，那些预期的平平安安，想要的团团圆圆，盼望的圆圆满满，总因天意作弄人，时常难以实现。

就像苏家三父子此刻木然地站在家门口那般，情绪悲怆，无语凝咽。

家还是那个家，只是，与他们最亲最近的那个人已然天人永隔。

房子还是那座房子，却不知何时，房梁上开了天窗，风顺着罅隙清冷地灌进来，呜呜轻鸣着。

墙垣外，枝枝蔓蔓扑倒一地，几簇野南瓜花爬满了倾倒的藩篱，不远处竹林颤抖着沙沙作响，惊起的飞鸟稀稀落落地掠过，屋内屋外都凄清得令人窒息。

“哎！”苏洵的胸腔里闷闷地发出一声叹息。

眼前景，已不是当初离家时那般欣欣向荣、笑声朗朗了。面对如此苍凉景、苍凉意，泪眼迷离，心生绞痛，有股莫名的失落荒凉感升起。父子三人奔进门去，失声痛哭起来……

失去才知有多珍贵，爱过才知有多心痛，家中的主心骨说没有就没有了。只道是人生无常、生命难料，恍然一梦间，犹觉意清寒。

有程氏的家，就是苏洵永远的港湾；有程氏的家，就是苏轼和苏辙永远的小窝；有程氏的家，年年岁岁弥漫着桂子酒的醇香，芬芳醉人。然而，转瞬间，这爱的堡垒就轰然坍塌了。

捡拾起心中无限的哀伤，悲痛欲绝的苏家三父子打起精神来送程氏最后一程。苏洵在一个叫“老翁泉”的地方寻了一块福地，厚葬下爱妻，并定此处为苏家坟地。

苏洵之所以定下这块地，据说是因为一个美丽的传说。每当月明之夜，堤岸上总会出现一位白发飘飘、硬朗俊逸的老翁坐在泉水边，若有人靠近，老翁则瞬间消失在水中，无影无踪。有此美好传说，可谓宝地也。苏洵认为此地定能福泽后代、惠及家人，于是，他交代苏轼和苏辙，自己百年之后一定要葬到这里，与妻子程氏相依相伴到永远。

如果人世间真有天荒地老的爱情，那么，苏洵的想法和做法就是最简单、最实际的誓言吧！

后来，因这一汪“老翁泉”，苏洵便以此为号，被人们尊称为“苏老泉”。

对于爱妻的早逝，苏洵很是内疚。年轻时顽劣不羁，成天游荡乡野，家中全靠程氏操持打理。后来，苏洵又赴京赶考，在外漂泊几年才回家，苏轼和苏辙的启蒙教育自然都落到了程氏身上。而对于最关键的家庭经济收入，程氏也操碎了心，在她的苦心运筹下，苏家一直保持着“小康”的水平。像程氏这样的好帮手、贤内助，一生难求。

苏洵在《祭亡妻文》中沉痛地说道：“二子告我：母氏劳苦。今不汲汲，奈后将悔……归来空堂，哭不见人。伤心故物，感涕殷勤。

“嗟予老矣，四海一身。自子之逝，内失良朋……昔予少年，游荡不学。子虽不言，耿耿不乐。我知子心，忧我泯没。感叹折节，以至今日……

“有蟠其丘，惟子之坟。凿为二室，期与子同。骨肉归土，魂无不之。我归旧庐，无不改移。魂兮未泯，不日来归。”

一把伤心泪，满纸肺腑言，彼此的前尘过往岂是点点滴滴能写尽的？

时光是说书的人，世间生命用心演绎，它负责虔诚地记录和传播。追溯历史长河中掩埋的线索，总有些人事过往发人深思，值得体味和探究。

妻子逝去后，苏洵的性子更加清冷，一头扎进了书房，看书、著述、沉思，修身养性。

而年轻的苏轼和苏辙则闲不住，总会找些有意思的事情打发日子。眉山的青山绿水便成了他们的乐土，优游其间，不亦乐乎。

不过，这次更多了一处好地方，那便是苏轼岳父家的青神县。

其实，进京考试前，苏轼和苏辙就已经成亲，苏轼娶青神县乡贡进士王方之女王弗为妻，苏辙娶四川旧家史氏为妻。待逝母之痛慢慢抚平后，兄弟二人便和年轻的妻子，携手游玩在青神和眉山的山水之中。

青神较之眉山山更多，涧更深，佛寺更清幽，这对于本好道教佛教的苏轼来说，无疑是觅得了一方天堂。而王家对这位高中的女婿更是喜爱有加，王家兄弟姐妹皆是热情相待，争先恐后陪着苏轼一行外游。他们探幽各处，寻仙问道，荡涤心灵，宛如云游在仙境中，苏轼更觉自己超然出尘了。

溪水旁，小桥边，青山上，寺庙里，美丽的青神的山山水水都留下了他们的身影。

烤一串豆，挖一窝瓜，摘几个果，在说说笑笑、欢欢喜喜的野餐聚会上，越吃越“巴适”，四川味道就是惹人馋、令人羡。

迷人的风光，可爱的伙伴，可口的美食，这样的生活，谁不快乐，谁不留恋?

也是这一次青神游中,苏轼结识了生命中另一个密不可分的人——妻子王弗的小堂妹王闰之，名唤“二十七娘”。

当然，除了玩耍、游赏，苏轼并没有落下学业，为母亲守孝的这段时间，因为前途无忧，又有娇妻陪伴、亲情滋润，心性无羁，他心中自是最自在的!

等到再次起航时，苏轼的精神更加饱满、心情更为雀跃、对未来更是憧憬，满血复活的他激情飞越，充满了前行的力量。

再次起航，梦在前方

自程氏安葬后，足不出户的苏洵悲痛稍减后，终于认真地做了几件事。

一是修书欧阳修。对匆忙离京、不辞而别表示深深的歉意：“昨出京仓惶……始知悔恨。”然后真诚地感谢欧阳修的知遇之恩，再提及家中琐碎之事，最后笔锋一转道：“自蜀至秦，山行一月，自秦至京师，又沙行数千里。非有名利之所驱，与凡事之不得已者，孰为来哉？洵老矣，恐不能复出。”

此信笔意婉转，苏洵到底何意？

他说，当初上京师“非有名利之所驱”，说自己“老矣”，然后推辞说“恐不能复出”。

拒绝“复出”？难道朝廷对苏洵有任命，又或者是欧阳修又向上推荐，再或者是其他人有引荐？

其实都不是，是苏洵想出山了。他半遮半掩地谦虚了半天，无非是在传达一种心声：我怕自己真老了，不能胜任朝廷任命，辜负您的栽培和期望。就看欧阳修是否善解人意、为真知音了。

见字如面，欧阳修还真读懂了苏洵，知晓其心其意，就向仁宗皇帝上了一道折子推荐苏洵。

不久，眉州府就收到了让苏洵到京城“论策试于舍人院”的札子。这道札子的实质还是“要为官就必须考试”，苏洵见此，心中凉了半截，不禁幽愤感慨。苏洵本想依靠欧阳修举荐自己，让皇帝唯才是用，却不料宋仁宗不吃这一套，也或许是其没有真正看上苏洵的才能。

韩琦说过一句话：“此君专门教人杀戮立威，岂值得如此要官做！”在欧阳修的眼里，苏洵才情兼备，实乃可塑的栋梁之材，但在其他一些重臣眼中，并不是这么一回事，不但对苏洵有反感、厌恶的情绪，而且内心鄙夷其人品。好在多数人对苏轼印象极好，消化了部分矛盾。

但苏洵要真正地被起用，甚至达到自己想要的“重用”，非常有难度。因为他得了“考试恐惧症”，根本怕参加各类考试。

不过，即便苏洵称病放弃了此次考试，他也能在其间寻找到契机。他在给朝廷的回信中向皇帝提了十条治国策略，表明了自己的爱国之心、忧国之思，更重要的是展示了自己的“肌肉”——有治国之雄才大略。

除了找欧阳修这条路子，苏洵还走了梅尧臣的关系，即第二件事。

同样修书一封，他道：“圣俞自思，仆岂欲试者？惟其平生不能区区附合有司之尺度，是以至此穷困。今乃以五十衰病之身，奔走万里以就试，不亦为山林之士所轻笑哉？自思少年尝举茂才，中夜起坐，裹饭携饼，待晓东华门外，逐队而入，屈膝就席，俯首据案。其后每思至此，即为寒心。今齿日益老，尚安能使达官贵人复弄其文墨，以穷其所不知邪？”

苏洵去信梅尧臣的目的，其实很简单，就是为自己不参考而开脱。苏洵说自己都到退休的年纪了，不能为了混个工作，而去迎合那些不懂文墨的达官贵人，屈就了自己。

不过，其实此时苏洵早已经做好了再进京师的打算了。接下来要做的第三件事便是将家事处理好，因为这次离开后，他也不知道何时才能再回眉州。

于是，苏洵找人为程氏塑了六座神像：观世音、大势至、天藏王、地藏王、解冤王者、引路王者，供奉在极乐院的如来佛殿里。同时，作《极乐院造六菩萨记》。记中感慨万千，倾诉了生死离别的哀恸，以及对亲人的缅怀和悼念。文中道：“自长女之夭，不四五年而丁母夫人之忧，盖年二十有四矣。其后五年而丧兄希白，又一年而长子死，又四年而幼姊亡，又五年而次女卒。至于丁亥之岁，先君去世，又六年而失其幼女，服未既，而有长姊之丧。悲忧惨怆之气，郁积而未散，盖年四十有九而丧妻焉。嗟夫，三十年之间，而骨肉之亲零落无几……将去，慨然顾坟墓，追念死者，恐其魂神精爽滞于幽阴冥漠之间，而不获旷然游乎逍遥之乡，于是造六菩萨并龛座二所。”

苏洵在爱妻坟前最后一念，至此后，天涯遥隔，再相会时，已是同在天堂了。

打理好家产后，苏洵带着苏轼和苏辙以及俩儿媳妇，还有一干家仆，从嘉州大石佛上船，一路沿江顺流而下。沿途的庙宇道观、城镇阡陌、山水风景，各有不同，各有精彩，极大地满足了苏家三父子好游历的喜好。舟楫一路荡悠悠，引发诗情蓬勃，他们对景当歌，对月饮酒，忘情山水间。

特别是苏轼和苏辙兄弟二人，更是以作诗为戏，相互切磋交流，起意创作了不少作品，他们将其整理成集，苏洵题名为《南行集》，共收录了苏轼四十余首诗词。不过，这之中并未有突出的惊世之作，两人都处于学习成长的阶段，没有经历，自然欠缺厚度。不过，其中一首倒是能体现苏轼超逸脱俗的寻仙问道思想，诗曰："日月何促促，尘世苦局束。仙子去无踪，故山遗白鹿。仙人已去鹿无家，孤栖怅望层城霞。至今闻有游洞客，夜来江市叫平沙。长松千树风萧瑟，仙宫去人无咫尺。夜鸣白鹿安在哉，满山秋草无行迹。"

这是一首关于修仙的故事，诗中白鹿成为诗人表达所思的载体，极有特色和韵味。

长江沿岸除了诗情画意的风光，还时有危险发生，不小心便会降来灾难。这种艰难行船的情景，苏轼也曾记载："入峡初无路，连山忽似龛。萦纡收浩渺，蹙缩作渊潭。风过如呼吸，云生似吐含。坠崖鸣窣窣，垂蔓绿毵毵。冷翠多崖竹，孤生有石楠。飞泉飘乱雪，怪石走惊骖。"

"无限风光在险峰"，好风景都是如此吧。

这一路来，心里最甜的要数苏洵了，俩儿子如此出类拔萃，俩儿媳如此贤惠听话，而最令他喜不自禁的是要做爷爷了。苏轼的妻子王弗有了身孕，陪伴他们一路同行，看天高水远，望星辰日月。这份对未来的憧憬、对美好的渴望，苏洵愈加表现在舒展的眉头间。

从嘉祐四年（1059）十月出发，至次年二月，苏家人安全抵达京都。一场由苏氏三父子演绎的宋朝文人大戏悄然拉开了序幕。

韩琦就说了，皇上你看，苏轼文章做得不错，可以去国家图书馆、史馆之类的文化部门，正好与他的才学对口，更能发挥他的特长。不过，要去这样要求知识渊博的地方，还得通过任前考试认可其资格才行。

激情策问，雄心欲展

京师好，好在有向往、希望、未来，有孩子、诗友、皇帝，还有欣欣向荣的气象绽放着光亮。苏洵眼里的京师，丰满、鲜活，他的心中充满了前所未有的归属感和欲望。

不过，真要落实所思所想、实现诸多美好憧憬，得有先决条件，那就是落户京师，安营扎寨下来。

于是，苏洵开始忙碌起来，到处物色适合一大家人居住的宅院。

在苏洵眼里，家，门庭得清朗，环境得幽雅，草木得丰茂，面积得够住，最好是圆圆满满的四合院。这样的想法和定位，既满足了苏家人的生活所需，又符合文人风雅之趣，还撑得起作为新官宦的门楣。

然而，京师寸土寸金，房子价格不菲，特别是繁华或者宜居地段，有钱也未必能寻到适合的院子。更何况，苏家在眉山并非“土豪”级别，只是富足有余罢了。因此，面对京师的高房价，还得另辟蹊径。

好在苏洵极具投资眼光和生活理念，最终将家安在了不是闹市的清静一隅。

这座院落属独门独户，卖主赠有花园可种菜蔬。花园里有老槐树、老柳树，古树苍翠，绿茵幽然，如此的自然风情和田园风貌，正能浸润诗人的心灵和性灵，非常适合居家和养心。苏洵对新家特别喜爱，曾在书信中对友人杨济甫道：“都下春色已盛……所居厅前有小花圃，课童种菜，亦少有佳趣。傍宜秋门，皆高槐古柳，一似山居，颇便野性也。”

这封简单的书信，却别有内涵。信中提到的“山居”和“野性”等词，蕴含了不少信息——此院的位置极可能在都市边缘。这儿僻静幽美，空气清爽，视野开阔，很适宜人居，且房价也在苏洵的预算范围内，于是便满意地买下了。

家是安定，家是温暖，家是港湾，家给苏家人带来了前所未有的安全感和踏实感。

自从有了安定之所，苏家三父子便开始认真筹谋未来。

不久，苏轼和苏辙参加了吏部主持的授官前的综合考评。这种考评有点像现在的面试，特别是公务员招聘程序中的面试，内容涉及“口才”“应变”“思想”“精神”“风貌”，借此评定被考核者的综合素质是否符合岗位要求。不过，宋代将考核项目分得清晰简洁，归纳为“身”“言”“书”“判”，即是形象、举止、谈吐、逻辑、文笔、书法、观点、思维，全面而细致，灵活且多变，考核程序规范、明晰、严谨、科学、客观，在用人机制上开了历史之先河。

当然，以苏家兄弟的才识学问、思辨谈吐、身姿风采，毫无悬念，顺利通过考评，只待任命。

但是，最终等来的派任结果，却并不十分满意——苏轼任职福昌县主簿，苏辙任职渑池县主簿。对于胸有鸿鹄浩志的两人来说，这与理想中的职位明显有差距，于是均放弃了第一次朝廷任命，继续等待任命消息。说来，在宋朝做官还真是有意思，可以拒绝朝廷封任，拒绝安排上岗，还没有谁会给你扣上无组织、无纪律的帽子。其人事制度的宽松和大胆，或与当时的政治气氛和政治环境息息相关，朝堂之上，大文豪主政成了一道最具特色的政治风景。

宋代的经济、政治、军事、文化、教育乃至民俗等，其独有的特征和风貌，有种鲜活的魅力和新颖的意趣，都影印在了历史长河中，备受后来人关注。

苏轼和苏辙兄弟俩从朝气蓬勃欲施展才华的年轻准官员，再次跌入待业青年的行列。其实，他们的仕途“不顺”，出乎意料，却也在情理之中。未达成理想目标，保持“潜龙在渊”的蛰伏姿态，正是他们性格特征的体现——拒绝“将就”，只等机会来临时一飞冲天。

机会是给有准备的人的，而有准备的人机会时时有。不久，苏轼和苏辙还真迎来了一次发展大机遇，宋代历史上著名的制举考试即将拉开帷幕。

何谓制举考试？简单解释就是，“天子之命为制”，即宋代选拔特殊人才的一种措施，由皇帝亲自出题、亲自面试。

制举考试分为四步。一是资格认证。先由朝中大臣举荐，符合者候选。二是缴进词业。提交撰写的策论文章参与初评，优秀者进入下一轮。三是秘阁六论。由皇帝钦点秘阁考官出六篇论文，每篇论文不得少于五百字，一天之内完成，合格者入殿试。四是皇帝亲自命题，要求考生一天内完成一篇不少于三千字的策论，内容多以时政为主。如此过五关斩六将后，留在殿堂上的才子便寥寥无几了。一组数据即能体现其难度和严格。宋朝三百多年间，共录取进士四万余人，而制举考试共举行二十二次，入等者仅有四十一人。千倍的差距，制举考试的难度可想而知。这是一种塔尖式的人才遴选，入选者皆是人中翘楚、当代英才。

宋代最早的制举设有三科，布衣也可自荐。后宋仁宗将科目进行了细化，重新设置成六科，分别是“贤良方正能直言极谏科”“才识兼茂明于体用科”“博通坟典达于教化科”“详明吏理可使从政科”“识洞韬略堪任将帅科”“军谋宏远材任边寄科”。从科目的名字、设置能深切体悟到皇帝的用心良苦和朝廷的求才之心，科目涉及政治、军事、教育、人事、纪检、文化等方面，设计非常合理、全面。不过，最终能入等者却寥寥无几。苏轼和苏辙便是其中的幸运儿。

苏轼在制举考试中报的是“贤良方正能直言极谏科”。所谓“贤良方正”，即有道德、品行好，为人端正贤良。而“能直言极谏”，则是说擅长提意见、说想法、进策论，言论直接，观点直入，看法直性，既要求谏者有才华、有认识、有判断、有思想、有口才，还要求谏者有一颗坚持自我的恒心和赤心。而在封建社会的君主制度下，能做到者极少，中国历史上最负盛名的谏臣代表就是唐代魏征。

苏轼报考“贤良方正能直言极谏科”，应该是经过深思熟虑的，是根据自我特长和个性特征综合考虑后的结果。这也非常能说明他的口才、思辨、应对、策论等能力非常突出，优势明显。

目标锁定后，接下来就是备考。

嘉祐六年（1061），新年的气氛还未消散，苏轼和苏辙便离开温暖的小窝，搬到了怀远驿这处清静之所，开始了长达大半年的备战学习。

闭关是寂寞的，成天钻进书堆，思在文中，虑在心头。

闭关是清苦的，黎明即起，子夜难眠。不能外出，不许友来。顿顿“三白饭”，日日照旧来。所谓“三白饭”，即是桌上一碟“白萝卜”，一撮“白盐巴”，一碗“白米饭”，这就是一餐，毫无营养可言。可见两兄弟在驿馆的生活极为简素和清淡。

是他们不愿意将生活过得好些？想来也不是。从高中到待业，从待业到备考，苏轼和苏辙虽然已是国家公务员身份，却因从未上班至今没有领过工资，尚在“啃老”。苏家在京师购屋兴家，花了不少银子，大约全家都在省吃俭用。

在驿馆读书很是无聊、没趣，但是，兄弟两人的感情却在这样的日日对床而眠中日渐加深。一晚，两人灯下夜读，时天色微变，习风顿骤，阵雨集来，卷起窗帘沙沙作响，苏辙起身欲关之，恰苏轼在读“安知风雨夜，复此对床眠”一句，正应了此时的风雨交加之景。猛然间想到他年不知身在何处，还能这样夜夜相对而眠吗？兄弟俩心中涌起莫名的酸楚，顿时感慨万千。

许多年后，苏轼仍记得那夜的风雨，苏辙也记得哥哥那时轻诵着的“安知风雨夜，复此对床眠”，那么让人安宁清净，又那么使人心碎。这句诗，便成为苏轼和苏辙一生中最美好的怀念载体，在他们心中深深扎根，从不曾忘却。

制举考试的日子越来越近，激奋的心情越来越高涨，眼看要雄心勃勃地踏上征考路，苏辙却病倒了。这可急坏了苏洵和苏轼，怎么办呢？考试不等人啊！

真没想到，这次制举就是“等人”了！大臣韩琦得知此事后，紧急报奏仁宗皇帝，恳请延迟考试时间，理由是制举随时举行都可以，但是人才浪费不得。爱才、护才、惜才，韩琦真乃当之无愧的伯乐。但回过头来想，仁宗皇帝为了苏辙而推迟制举时间，这事是不是有点草率、随性呢？

评判其“朝令夕改”并不重要，重要的是苏轼和苏辙最终闪亮亮、华丽丽地站在了金殿上，这才是关键，说明韩琦没有看错人，栋梁之材如果“胎死腹中”才叫可惜！或许有人要问了，他们之前就做官不是同样可以展示才能、为国家做贡献吗？这就牵扯到了制举的核心理念——不拘一格选拔特殊人才。所谓“特殊”人才，肯定是“特殊”任用，问题关键在此，这是最快最通畅的官道，人人皆向往的快车道。

功夫不负有心人，在最后的殿试中，苏轼和苏辙如愿以偿地站在了“领奖台”上，苏轼摘得了一枚“三等”勋章，苏辙收获了一枚“四等”奖牌。可别小看了这三等和四等。宋代制举共举办二十二场，唯有吴育、苏轼、范百禄、孔文仲四人取得三等荣誉，而一等、二等皆为虚设，无一人获此殊荣。因此，苏轼荣摘的“三等”实则是第一等，无冕之冠也。

兄弟二人出色的表现，让仁宗皇帝激奋不已，回后宫后不由得兴叹：朕今日为子孙找到了两个宰相！

至此，苏轼又抒写了人生中光彩的一页，那么，等待他的好运来了吗？

赴任凤翔，降龙降雨

循着苏轼发展的路径，若细细体味，可以清晰地发现，短短几年时光，他取得的斐然成绩，足可闪耀京师：礼部考试第二名，制举三等（第一等）；良师的大力提携，众考官的高度评价，学子的钦佩、叹服，仁宗皇帝的热切褒奖。

苏轼从默默无闻的年轻学子一举闻名天下，是好运当头照，还是发展之必然呢?

当苏家兄弟名振京城的时候，其父苏洵也守得云开见日出，终于获得免考资格，被任命为“试秘书省校书郎”，享受朝廷从八品官员待遇。所谓“校书郎”，从字义上理解有点高级校对编辑的意思，而“试”

即是“试用”。宋代将官员任职权限分为“行”“守”“试”“权”，“权”乃“暂且代理”，更是低一级。想来，这道任命的主导者还是花了心思的，既满足了苏洵报效国家的热切之心，又照拂了知识分子的为官心理，考虑非常妥帖，做法无可挑剔。但是，任此清闲职位，与苏洵欲大展抱负的政治理想差距甚大，故而发牢骚后不久辞官。当然，他是闲不住的，后经韩琦推荐，当上了地方行政官员，任职霸州文安县主簿，带薪不赴任，留任京城负责编礼书。

说起来，编礼书也是清闲岗位，不过是行政干部做着专业教授的工作罢了，不可能真正登上政治舞台。看来，苏洵的鸿鹄浩志是难以实现了。人生结局如此，其实是有着许多必然内因的，比如与他的性格特征和做事风格以及政见有关。另外，“不合时宜”或是苏洵游走在庙堂边缘的症结所在吧。

而苏洵的思想、意识、行为、气质、作风，更是从小就熏染了苏轼。苏轼年纪轻轻就在京城崭露头角，与父亲苏洵的教导和影响是密不可分的。归纳起来，苏轼少年成名无非有如下几个因素：一是教育氛围好，父母皆严师；二是天赋异禀，好读好学好问；三是善于学习，科学总结，方法得当；四是功底扎实，基础牢固，底蕴深厚；五是才思敏捷，口齿伶俐，颇具胆识；六是机遇良好，善于把握，敢于展示；七是千里马巧遇伯乐，起点高，平台大。

有了以上七大优势，苏轼的发展还能不顺利吗？虽说顺利，但从基层干起这规矩似乎谁都不能打破，为官须得循序渐进，苏轼也不例外。

嘉祐六年，朝廷任命苏轼为“大理评事、签书凤翔府判官，有权连署奏折公文”。王安石在任职敕书中撰写道：“尔方尚少，已能博考群书，而深言当世之务，才能之异，志力之强，亦足以观矣。其使序与大理，吾将试尔从政之才。”此敕书中激赏、褒奖、勉励之情溢于言表，夸耀毫不吝啬，推举极具力度，是王安石本意，还是皇帝授意呢？

个中情形，值得品味和咀嚼。

第一次长相别，送至四十里地也不觉远。苏辙不舍兄长离去，依依惜别之情无以言表，唯愿牵念随风而去，长伴亲人身畔。

苏轼所去的凤翔位于陕西西部，濒临渭水。陕西名胜古迹遍布，文化源远流长，又因临近西夏，时有外患侵扰之忧，人民生活清苦，因而造就了特殊的人文环境、政治环境以及军事环境。这里资源丰富，沉淀出优秀灿烂的文化，内蕴深厚，正合了苏轼猎奇探新的求知欲望。

凤翔的地方长官宋选贤德宽厚，是苏轼官场生涯中的第一位搭档，他给予了苏轼充裕的观光时间和足够的空间，让苏轼在闲暇之余，能尽兴地游赏凤翔各处风光，感受当地的人文、风土、民生、民情等，积累治理经验和陶冶情操。

普门寺、开元寺，太白山和黑水谷一带的寺院，周文王的故里，还有终南山附近的风景，苏轼都一一探访。他看吴道子画的佛像，品王维描绘的墨竹，并以一首《王维吴道子画》作点评：“何处访吴画？普门与开元。开元有东塔，摩诘留手痕。吾观画品中，莫如二子尊。道子实雄放，浩如海波翻。当其下手风雨快，笔所未到气已吞。亭亭双林间，彩晕扶桑暾。中有至人谈寂灭，悟者悲涕迷者手自扪。蛮君鬼伯千万万，相排竞进头如鼋。摩诘本诗老，佩芷袭芳荪。今观此壁画，亦若其诗清且敦。祇园弟子尽鹤骨，心如死灰不复温。门前两丛竹，雪节贯霜根。交柯乱叶动无数，一一皆可寻其源。吴生虽妙绝，犹以画工论。摩诘得之于象外，有如仙翮谢笼樊。吾观二子皆神俊，又于维也敛衽无间言。”

苏轼认为，吴道子的画，意象雄放，气势宏伟，磅礴恣意；王维的画，功夫在内，自然浑朴，格调清奇，意境清雅，尤为清妙。此悟实则超出画之本体，已然点出画者风骨，属画外之音也。

在凤翔期间，情趣风雅的苏轼开始构想设计自己的居所，他在堂舍之北建了一庭园作为官舍，前挖池塘，种莲养鱼，后架小亭，遍植桃李杨柳，曲径延有廊桥，通向轩窗朗屋。改建结束之日，苏轼作《新葺小园二首》，其二中道：“三年辄去岂无乡，种树穿池亦漫忙。暂赏不须心汲汲，再来惟恐鬓苍苍。应成庾信吟枯柳，谁记山公醉夕阳。去后莫忧人剪伐，西邻幸许庇甘棠。”三年任职之期转瞬就到了，他还精心雅致地设计规划院落，乐在其中，不知疲倦，真是“瞎折腾”。

清闲的日子并不是苏轼想要的，有所作为、有所成绩才是他心中所思所想，这样的机会终于盼来了。

苏轼到任凤翔不久，便遇见罕见大旱。几个月不见雨，田地干裂，大片大片的庄稼枯萎死去，再不下雨，老百姓将无生活所依，便会造成更大的灾祸。眼见农人将颗粒无收，宋选和苏轼着急起来，商议后，决定前往太白山祈雨。

在自然灾害面前，古人若使用各种办法不奏效，最终便会采用一些传统的神灵求助法解困，不过也是尽人事听天命罢了。

传说，在凤翔城南的太白峰上，山上神庙的小水塘里住着龙王爷，龙王爷化身小鱼儿畅游其间，因而无论什么情况下，这方小池从不会干涸。每逢当地干旱，就有去太白山神庙中祈水求雨的做法。苏轼他们这次也不例外。虔诚斋戒三日后，于三月初七山神生日当天，苏轼备好丰厚的礼物，前往神庙贺生更兼求雨。同时，苏轼还专门写了一篇《凤翔府太白山祈雨祝文》在庙前诵读，期待以此感动山神。

与神对话，与神神交，人神之间，是否心灵相通呢?

美文美言敬献山神后，天空真的飘下了小雨，但不成气候，有点雷声大、雨点小的意思。有当地人进言说："这山神在唐朝时被封为'明应公'，到了当朝将其改封为'济民侯'，平白无故爵位降了一级，肯定是生气了，不肯普降大雨。"看来这山神乃"官迷"，不满被无故降级，因而有意刁难。

苏轼了解到山神的"心理活动"后，连忙上奏折一道，一面报请朝廷将山神尽快"官复原职"，一面派人将奏折副本在山神面前宣读并焚烧，并再次于池中取回"龙水"，准备迎接至城中真兴寺举行祈雨仪式。然而，就在城外相迎时，晴朗的天空突然乌云密布，一副大雨将至的场面，宋选和苏轼大喜，遂赶紧接住"龙水"，在祭台上高声祈雨祷告。只听一声霹雳，倾盆的大雨从天而降，城墙内外，一片欢腾，人们尽情地奔跑在雨中，沐浴着甘露。

大雨整整下了三天三夜，真正解决了凤翔的干旱之灾。恰巧此时府衙建成一亭子，落成求名，于是，苏轼便“亭以雨名，志喜也”，将其命名为“喜雨亭”，并作千古名篇《喜雨亭记》以记之：

予至扶风之明年，始治官舍。为亭于堂之北，而凿池其南，引流种树，以为休息之所。是岁之春，雨麦于岐山之阳，其占为有年。既而弥月不雨，民方以为忧。越三月，乙卯乃雨，甲子又雨，民以为未足。丁卯大雨，三日乃止。官吏相与庆于庭，商贾相与歌于市，农夫相与忭于野，忧者以喜，病者以愈，而吾亭适成。

于是举酒于亭上，以属客而告之曰：“五日不雨可乎？”曰：“五日不雨则无麦。”“十日不雨可乎？”曰：“十日不雨则无禾。”“无麦无禾，岁且荐饥，狱讼繁兴而盗贼滋炽。则吾与二三子，虽欲优游以乐于此亭，其可得耶？今天不遗斯民，始旱而赐之以雨，使吾与二三子得相与优游以乐于此亭者，皆雨之赐也。其又可忘耶？”

既以名亭，又从而歌之，曰：“使天而雨珠，寒者不得以为襦；使天而雨玉，饥者不得以为粟。一雨三日，伊谁之力？民曰太守，太守不有，归之天子；天子曰不然，归之造物；造物不自以为功，归之太空。太空冥冥，不可得而名。吾以名吾亭。”

不久，凤翔人事变动，一把手换成苏轼的同乡兼远房亲戚，据说此人比苏洵还高一辈，名陈希亮，字公弼，青神人。

按理说，“老乡遇老乡，两眼泪汪汪”，加之又是不远不近的亲戚关系，苏轼与陈希亮在工作上应该珠联璧合、更为默契才是。但是，世间事本无法以主观思维和意识来判断与揣度。在作文处事上，这位长辈兼上司对待苏轼反倒很是严苛，让一直处于“放养”（宋选任职期间从不苛求苏轼）中的苏轼难以接受，因此，矛盾渐起，两人开始在不同场合“干仗”。

陈希亮做了几件事，给苏轼来了个下马威，让苏轼一度下不了台。

其一，苏轼因赌气拒绝参加官府举办的每年一度的中元节（七月十五日）聚会，被罚铜八斤。罚款多少倒是其次，可是苏轼向来好面子，这不等于抽了他一耳刮子吗？

其二，当时苏轼的文章已名动天下，他对自己起草的奏章文书等是颇为自信的。但是，自陈希亮继任后，常圈圈点点地对他所写的文书改来改去，有时还几易其稿，这可戳痛了苏轼的神经。欧阳修和仁宗皇帝都大加称赞他的文笔，到了陈希亮这儿，反倒问题多多，苏轼甚是懊恼。

其三，苏轼因制举“贤良方正能直言极谏科”被皇帝钦点为三等（第一等），有同事便尊称其为“苏贤良”，一次被陈希亮听到了，非常不高兴地说道：“小小的判官有什么贤良的？”不光嘴上直接批评，而且不分青红皂白，将这人打了板子。虽痛在同事身上，可心中流血的却是苏轼。

这桩桩件件都是针对苏轼的。是陈希亮嫉妒苏轼，还是陈希亮本身毛病就多，不会为人处事，不懂为官之道？

苏轼虽不明白其中缘由，但也得忍气服从。郁闷一阵后，终于等来了难得的“报复”良机。

陈希亮在府衙背后建了一座楼台，供官员们闲时休息之用，取名“凌虚台”。建成之日，陈希亮请苏轼为楼台写一篇文章，以作纪念。

得到邀请，苏轼暗自窃喜，酝酿着如何来构架这篇《凌虚台记》，他落笔道：

国于南山之下，宜若起居饮食与山接也。四方之山，莫高于终南；而都邑之丽山者，莫近于扶风。以至近求最高，其势必得。而太守之居，未尝知有山焉。虽非事之所以损益，而物理有不当然者。此凌虚之所为筑也。

方其未筑也，太守陈公杖履逍遥于其下。见山之出于林木之上者，累累如人之旅行于墙外而见其髻也。曰："是必有异。"使工凿其前为方池，以其土筑台，高出于屋之檐而止。然后人之至于其上者，恍然不知台之高，而以为山之踊跃奋迅而出也。公曰："是宜名凌虚。"以告其从事苏轼，而求文以为记。

轼复于公曰："物之废兴成毁，不可得而知也。昔者荒草野田，霜露之所蒙翳，狐虺之所窜伏。方是时，岂知有凌虚台耶？废兴成毁，相寻于无穷，则台之复为荒草野田，皆不可知也。尝试与公登台而望，其东则秦穆之祈年、橐泉也，其南则汉武之长杨、五柞，而其北则隋之仁寿、唐之九成也。计其一时之盛，宏杰诡丽，坚固而不可动者，岂特百倍于台而已哉？然而数世之后，欲求其仿佛，而破瓦颓垣，无复存者，既已化为禾黍荆棘丘墟陇亩矣，而况于此台欤！夫台犹不足恃以长久，而况于人事之得丧，忽往而忽来者欤！而或者欲以夸世而自足，则过矣。盖世有足恃者，而不在乎台之存亡也。"

既已言于公，退而为之记。

读《凌虚台记》，古今不少人认为苏轼是故意戏弄或刁难陈太守，有贬低之意。但若以平常心细作体味，或能感悟其中内蕴。文中咏今怀古，感叹“废兴成毁”的过往历史，感叹世间万物的无常变化，感叹一种有所得的自足自满，感叹生命的真谛应该是勇于探索、求真未来。苏轼无非是想要告诫世人，切忌停滞不前，切忌意志消沉，切忌怀古伤今，切忌满足当下。不管苏轼此文是否针对陈希亮而作，其文已然超出了简单为楼台作文的意义，成为千古佳作。

如此耐人寻味的《凌虚台记》，陈太守欣然接受，一字不落地刻录在了碑台上，成就了一段佳话。

经过此事，苏轼与陈希亮成了忘年交。

为官道上，又生波澜

夜深人静的时候，是想家的时候。想家的时候，最想与子由“风雨对床”的日子。何时才能相逢，能长圆呢？

京都与凤翔的距离，不过十来天的路程。风尘仆仆的官道上，总会有惊喜不经意间出现。在凤翔任职的三年时光里，苏轼与苏辙的牵挂与交心，都系在一次次的通信中。他们常诗歌唱和，以此诉说心中的想念、表达心中的想法、抒发心中的感慨，通过这种命题式的定期的诗词切磋，两兄弟的诗情愈加丰富，文笔更为丰满，技法日臻成熟，作文水平精进不少。正是这段有意义的通信时光，让苏轼和苏辙感受到了文字的快乐，思想不断升华，诗心更为纯真。

然而，书信始终只是一种载体，虽可以谈情、可以道意，却少了些许温度，一张信纸隔着千山万水。

想家的时候，苏轼的心情很不快乐。但有时，苏轼的不快乐也源于始终未找到事业的“点”。在凤翔忙忙碌碌整三年，除了处理日常事务，难有激发他工作热忱的兴奋点，足以吸引他甩开膀子大干一场。

好在任期快到了。嘉祐八年（1063）三月二十九日，仁宗驾崩，英宗赵曙即位，年号“治平”。这一年十二月，苏轼如愿以偿地回到京城，等待朝廷考察政绩后另委新职。这种考核形式称之为“磨勘”，即文官任职三年、武官任职五年后，须得回京述职等待业绩评定后重新另派他职。

自宋朝开国以来，宋太祖赵匡胤“杯酒释兵权”解除武官大权后，消除了唐朝藩镇割据和专政的政治弊端，开辟了“皇帝与士大夫共治天下”的中央集权新格局，建立了皇权、相权、台谏三者相互倚恃、相互限制的“共治”架构，力图改变中央软弱、地方权重的政治痼疾。不但如此，宋太祖还立下了“不杀士大夫及言事者”的祖训，极大地鼓舞了文人从政的热情，保障了从政者施展才能的平台和条件。因此，形成了高级知识分子扎堆儿朝廷的空前盛况，政治领袖即是文学领袖，这是宋代独一无二的瑰丽风景。

与家人短暂团聚后，一直在家陪伴父亲编写《太常因革礼》的苏辙，被外放到北方的大名府任职。当时大名府称为“北京”，即如今的河北大名县东南部。而苏轼在回京第二年也有了新职——入判登闻鼓院。登闻鼓院有点类似现在的“信访局”，如果老百姓想申冤诉苦、检举揭发、议论朝政，可以通过这个部门进行申诉，有人击鼓就表示要投递状子，因此，名中有“鼓”字，非常形象、贴切。

在此本是过渡，不过苏轼还是觉得挺憋屈。还好，新皇帝英宗对苏轼印象极好，加之先帝曾褒奖苏轼和苏辙两兄弟有宰辅才能，因此，英宗想将苏轼安排在身边做翰林学士知制诰。这是一个特殊的岗位，主要是为皇帝起草诏令。此岗位不但能最大限度地亲近皇帝，更重要的是能时刻掌握皇帝的思想动态和政治意图，俗称“内相”，任用者皆是皇帝亲信之人，也是朝廷培养和打造的重点对象。看起来，苏轼的前程该是春光明媚了吧。可是，事与愿违，纵是皇帝的“金口玉言”也有不作数的时候，“外相”韩琦持坚决反对意见，理由是不能做“拔苗助长”之事。苏轼即使有辅佐之才，也得一步步地锻炼，一步步地培养，而不是坐直升机“一飞冲天”。英宗想了想，这“破格提拔”确难落实，那就改任修起居注吧。不料韩琦依旧反对，说皇上你这是另一种“拔苗助长，换汤不换药”的做法啊。到底英宗提拔苏轼，是唯才是用，还是脑子发热想到的点子？其实，这都不重要，让人疑惑的是，韩琦极力反对，到底为何？

其实，韩琦不外乎这样几点想法：一是皇帝起用新“内相”，有开创政治新局面的意图；二是苏轼不是韩琦圈子中人，“内相”与“外相”如果形不成统一战线，或多或少会影响“外相”的工作；三是苏轼确实太过年轻，资历也尚浅，此时提拔，一个未及而立之年的毛头小伙子，能担当此重任吗？

想来，如今二十七八岁的年轻人，也就是大学毕业刚参加工作没几年，社会经验和工作经历尚浅，能胜任本职工作已是不错，若让其任职最高行政机构的最核心部门，恐怕力不从心。即使像苏轼这样出类拔萃、在地方政府做过工作的有为小青年，提拔到皇帝身边任重要职务，也是欠妥的。

如此看来，韩琦的阻止似乎是合情合理的，建议无可厚非。

那么，该将苏轼放于何处工作更恰当呢?

韩琦就说了，皇上你看，苏轼文章做得不错，可以去国家图书馆、史馆之类的文化部门，正好与他的才学对口，更能发挥他的特长。不过，要去这样要求知识渊博的地方，还得通过任前考试认可其资格才行。

曾在进士和制科考试中大放异彩，且在地方干过两年副职的苏轼，真的需要再考试吗？还是韩琦太过“矫情”呢？这难免会让人联想到他在苏轼的提拔上暗藏私心。结果是皇帝也没能拗过“外相”，而苏轼则通过考试最终任职于国家史馆，做了一名“清闲高知”。或许，正是在史馆工作的日子里，让苏轼接触到了普通人见不到的名贵古书字画等，使其书画鉴赏能力骤增，文学素养水平精进，奠定了成为文学大家的深厚基础，只待一飞冲天的那一刻。

平日品茗赏读，还有老婆孩子热炕头，还可以陪伴父亲说话喝酒尽孝道，苏轼倒也开心。不过，这样的好光景持续不到半年，年仅二十七岁的王弗就抛下六岁的稚子、心爱的丈夫，撒手而去。看着妻子清冷的面容，握着妻子冰冷的手，此刻的苏轼，再也抑不住心中的痛楚，两行热泪顺脸颊而下。王弗的溘然逝去，不仅让苏轼沉浸在悲痛中难以自拔，失去王弗这般贤惠、通达、明理的儿媳妇，苏洵一夜之间似乎也苍老了许多。更让苏家人难以接受的是，治平三年（1066）四月，距离王弗去世不到一年，五十八岁的苏洵也走完了他坎坷的一生，唯留下一代文学大家的美名代代相传。

苏洵在世时，并未得到朝廷重用，也没有太多朝廷要员朋友，但去世后来灵堂吊唁的各路“大咖”倒不少，从皇帝到宰相，从达官到贵人，人来人往，络绎不绝。苏轼和苏辙婉拒了皇帝送来的一百两银子和一百匹绢，而是为父亲请到了“光禄寺丞”的哀荣，达成了苏洵生前想做官的意愿。兄弟俩同时谢绝了欧阳修和韩琦等送来的银子，并请欧阳修为父作“墓志铭”，请司马光为母也作一篇。

同年六月，朝廷安排了官船，两兄弟护送苏洵和王弗的灵柩，行水路回川。山高水远，此次返乡的心境，更是凄凉哀伤，悲苦难耐。还好，兄弟二人同行，一路上还有个说话的人。足足走了近一年，才终于到达眉州。

安葬好亲人，苏轼和苏辙开始了近三年的守孝。期间，苏轼在他们的墓旁，栽种了三千棵（亦有说三万棵）松树。他们还请来僧人，建造了一座庙纪念父亲，建造费用共白银一千两，两兄弟共出一半，其余由和尚募捐筹集。庙中悬挂着苏洵的画像，另外，苏轼将他收藏的四幅珍贵的吴道子所画的菩萨画像供奉其间，以示孝道。

在眉州的日子里，兄弟俩似乎又回到了童年的时候，欢喜在山水间徜徉。其间，苏轼续娶王弗堂妹、二十岁的王闰之为妻。此后的日子，这位宽厚善良、温柔懂事的女子，伴着苏轼度过了最为辉煌也最为艰难的生命历程，以她的美好、她的光彩、她的大度、她的温情，包容和宽纵着任性、率真、自我、略带孩子气的苏轼，成就了其豁达、乐观、积极、自由、豪放的生命性格和人生信仰。

世界上的因缘总是这么奇妙，有些人，有些事，有些情，它就在那儿，不离不去，等着你来，因缘天定！

譬如，京城一场轰轰烈烈的改革大幕已然拉开，一批批的人挤了进去，一茬茬的人又逃了出来，进退皆有因，来去亦随缘。这就是历史上著名的“王安石变法”，牵扯之广，涉及之大，影响之深，是非功过，千年来总被人说道。而苏轼又因在其中扮演着重要的角色，成为千古热论的话题人物。

安石变法，谁主沉浮

熙宁二年（1069）二月，脱孝返京的苏轼，复职史馆。一切看似顺理成章，一切仿若离京之时，如若国家没有动荡、朝廷没有变革，或许，这种按部就班的仕途进程，便是苏轼一生的政治轨迹吧。

只是，随着一场轰轰烈烈的国家改革的序幕拉开，这些想象中的愿景被意外打乱。历史上著名的“王安石变法”，不但改变了苏轼的政治命运，也改变了宋朝的发展方向。从朝堂到府衙，从城镇到市井，从闹市到乡野，改革席卷朝野，上到皇亲国戚、达官显贵，下至商贾小贩、普通百姓，人人置身于这场风云变幻的改革潮流中，不由己，不由身。从熙宁二年开始，到元丰八年（1085）结束，变法历时十七年，牵涉之众，涉及之广，影响之深，特别是给宋朝百年基业带来的潜在性危害，均是不可估量的，也是改革者始料不及的。千年过去，是非功过，仍难有定论。

中国历史上有四次著名变法，商鞅变法、桑弘羊变法、王莽变法、王安石变法，这四次变法的共同点都是以失败而告终。因此，有研究者会将四次变法的倡导者作为研究对象，希望通过对他们的出身、性格、爱好、学识、思想、经历、作风等进行分析比对，探寻出他们的异同点，以此来印证变法者对于改革结果的直接关联性。因此，若是想要了解“王安石变法”，解读人物不失为一条捷径。

随着“王安石变法”的启动，这场戏的“生旦净末丑”也随着改革的进程一个个慢慢地浮出了水面，分化成不同派系、不同阵营。

不妨先从改革的揭幕者、圣旨的签发人宋神宗赵顼开始说起。

神宗乃英宗长子，于治平三年立为太子，次年登皇位，时年二十岁。可谓少年天子，风华正茂。作为年轻的帝王，他是应该遵循先帝的治国策略和政治方针，在保守中顺势前行，还是应该有所突破，大展抱负，以锐意改革的精神开拓前进？

历史告诉后来人，这位血气方刚、意气风发的少年君主，即位不久，便开始了一场大刀阔斧的变法运动，史称“王安石变法”，又称“熙宁变法”。在“愣头青”的年纪，在龙椅尚未坐热乎的情形下，是何种力量推动着宋神宗迫不及待地开始了国家改革，是王安石的大力说服，是政治时局的需要，还是宋神宗本人的意愿？

以王安石的名字称谓的这场变法，很容易使人先入为主地产生联想，即这场变法的主导者为王安石，这是一种惯性思维。何况，王安石于这场变法中，确实有着举足轻重的地位和作用。其实，宋神宗是要借助王安石的思想、智慧、力量、手段，实现自己的政治意图和改革目的。而其意图和目的又是什么呢?

变法施行后，朝廷原有的皇权、相权、谏权互为制约的政治制衡格局被打破，帝王实现朝纲独断，而相权不得不依附于君权而生，沦为从属地位。或许，这才是宋神宗变法目的的落脚点吧。当赋闲在家的王安石得到元丰改制的消息后，不由得惊叹道："上平日许多事无不商量来，只有此一大事却不曾商量。"集权力于一堂，揽大权于一身，拥话语权于一人，此时的神宗赵顼，可以不再听命于他人的"指手画脚"了。

而英宗在位时却是另一番境况，皇帝的决断权非常弱，不能及时有效地解决朝中矛盾，致使问题扩大化、复杂化、激烈化，其中最典型的例子当属著名的"濮议"事件。

其实，事情的起因非常简单，即英宗即位后，能否尊亲爹濮王为"皇考"的问题。因为这一称谓，宰相韩琦、副宰相欧阳修（支持濮王为"皇考"）与知谏院司马光、侍御史范纯仁、监察御史吕大防（不支持濮王为"皇考"）相互掐起来，各持己见，互不相让，决不妥协。两大阵营唇枪舌剑，最后还上纲上线将问题拔高到了政治问题上，以范纯仁、吕大防为代表的阵营，痛斥韩琦、欧阳修是"豺狼当道""奸邪在朝""人神之所共弃"，并要求英宗予以治罪。因为"皇考"问题，引燃并暴露出朝廷党争问题，由于"三权"无法达成统一，加之英宗不想开罪于某一阵营而迟迟不做决断，使得矛盾愈演愈烈，难以收场。最终，还是老国母曹太后出面解决了问题，才慢慢平息了此事。然而，因此事而遗留下的党争问题，却埋下了更深更激烈的矛盾与隐患。

在“王安石变法”和“元丰改制”后，国库依旧不充盈，百姓的口袋也越来越空，国防军事仍然薄弱，老疾病和新问题的交错影响，一方面，更加使得宋朝发展方向不明，前景堪忧；另一方面，因改革的实施，中央集权得到了加强，皇权实现了独立，让人不免会猜想，难道这才是宋神宗改革所要达到的目的吗？

显然，富国强兵，国泰民和，大权总揽，这些都是神宗赵顼的人生理想和终极目标，而拥有独断的决策权，才能为其政治抱负的施展和宏伟蓝图的实现保驾护航。神宗思路非常清晰，对时局和政局有着独到的研判，行事很有手段，似乎是“万事俱备，只欠东风”。

新帝登基，执政经验毕竟不足，因而常向老师韩维取经，听取其看法和意见。这韩维也总能献出一些切实可行的策略和办法，神宗很是钦佩，时常夸赞他。但韩维却很是谦逊，说这些都是从王安石那儿听来的，哪是自己的功劳啊。

原来，这韩维乃王安石同窗好友韩绛的弟弟，两兄弟对王安石特别推崇和佩服，认为其是百年难遇的辅佐帝王的奇才，应当有一番大作为。因此，在各种场合不断为王安石宣扬政治形象，引导舆论导向，不消说，这样做的效果是明显的，结果也是令人满意的。

其实，当神宗看到，王安石进献给仁宗的“万言书”时就已激昂澎湃，总觉得这政治策论仿若是为自己“私人定制”般，很是符合心意和意图，因而一直关注着王安石的动向。当韩维等人予以力荐时，神宗更是对王安石刮目相看，有心重用，又怕被其拂了面子，使其难堪下不了台——因为王安石有谢绝任命和拒做京官的“案底”，而且是“惯犯”。

第一次拒官，任舒州通判时，因政绩突出被文彦博推荐制科考试，却被其以“祖母年老，先臣未葬，二妹当嫁，家贫口众，难住京师”为借口谢绝了。

第二次拒官，舒州通判任满后，回京候命期间，谢绝参加馆职考试的建议。接着，再谢绝“集贤校理”的直接任命，并上《辞集贤校理状》。一月后，中书省以“不得辞免”再任命，却再遭其坚决辞拒。

第三次拒官，任群牧判官职满后，欧阳修推荐其任谏官，再遭拒。

第四次拒官，仁宗皇帝任命其为“修起居注”，这个被他人看作是提拔快车道的、能接近帝王的好职位，虽连下八道任命书却被其干脆利落地拒绝了，可谓“铁石心肠”。

第五次拒官，为母守孝期满后三次婉拒出任京官，并连上三道《辞赴阙状》。同时拒绝了任命其为江宁知府的旨意，闲暇之余在金陵开馆授课。

王安石拒官，是矫情，是不屑？是桀骜不驯，是安于平淡？还是嫌职位不好，或是另有缘由？

治平四年（1067），当年轻的神宗皇帝一纸诏书任命王安石为江宁知府时，他二话不说便走马上任了。

同年九月，当其接到被任命为翰林学士知制诰的通知后，也是欣然受命。不过，行动上并未表现得特别积极，磨蹭了好几个月后方抵达京都就职。是犹豫不决，还是别有用心呢?

利用上任行程中的时间差，对新任皇帝做一番认真考察，或许是王安石拖延到京的真正理由吧。

在仁宗和英宗时期，王安石三番五次拒绝朝廷的提拔任命，这种做法让人摸不透、看不清，实则是在养精蓄锐、伺机而动。因为就他观察所得，这两位君主都不是敢于锐意改革、开拓前进的皇帝，与其花力气开发他们的意识思维，倒不如以逸待劳等待更好的时机出现。

想要改革变法，没有强大的后台做支撑，谈何容易！王安石深知这个浅显易懂的道理。

在任淮南签判、鄞县县令、舒州通判、常州知州、提点江东刑狱等地方官期间，王安石攒足了丰富的改革经验。正是由于在地方改革的屡屡成功，坚定了王安石在全国范围内推广变法的信心和决心，而其想法正好与即位后想干一番事业的神宗不谋而合。所谓高山流水，知音难遇，在恰好的年华，恰好遇上了彼此，两人从此便引以为事业知己，携手前行。

宋神宗选择王安石作为变法的旗手，是经过充分考量的。

其一，王安石有人缘，能得到朝中领袖人物的认可。

曾公亮说：“王安石是辅弼之才，必不会欺君罔上。”

司马光赞扬他道:“窃见介甫独负天下大名三十余年，才高而学富，难进而易退。远近之士，识与不识，咸谓介甫不起则已，起则太平立可致，生民咸被其泽。”

欧阳修有诗曰：“翰林风月三千首，吏部文章二百年。老去自怜心尚在，后来谁与子争先。”他还夸赞王安石“德行文学，为众所推，守道安贫，刚而不屈”。

其二，王安石有正气，一生清正廉明、作风正派。

民间流传着王安石生活中的几件小事，不乏看点，颇有意味。

据说王安石向来不修边幅，长时间不换衣、不洗脸、不漱口、不洗澡，使得他的外套上经常附着汗迹、油渍、汤汁等污斑。这种不拘小节的生活习惯，曾被苏洵嗤之以鼻，深恶痛绝道：“夫面垢不忘洗，衣垢不忘浣，此人之至情也。今也不然，衣臣虏之衣，食犬彘之食，囚首丧面而谈《诗》《书》，此岂其情也哉？凡事之不近人情者，鲜不为大奸慝，竖刁、易牙、开方是也。”将一个人的穿着与国家政治联系起来，似乎有些小题大做，不过，还是有同僚觉得王安石这种特立独行的做法，存有引人注目和沽名钓誉之嫌，因而故意在沐浴时试验了一下，用干净的新衣服换下了王安石脱下的旧衣服，想看他沐浴完后找不到旧衣服时的反应。结果出人意料，王安石根本就没注意到自己的衣服已被替换，自然地穿上后就走了。

还有一传说便是王安石拒纳妾了。其夫人吴氏是一位心宽体胖的贤惠女子，三番五次劝说相公纳妾，然而王安石都予以拒绝。无奈之下，吴氏亲自为王安石挑选了一位美貌如花的小娇娘，让她好好地伺候即将成为相公的王安石。然而，王安石依旧拂了夫人的好意，不但送小娘子回了家，连卖身钱也未取回。终其一生，王安石只有吴氏一位妻子，真乃一夫一妻制的先进模范啊！

还有一则小故事，很能说明王安石对钱财的态度，以及所秉承的为官、做人之道。罢相离京时，原有的相府财物，王安石要求家人一样也不能取。妻子吴氏对一张老床很有感情，想掏钱买下，也被其拒绝了。不拿国家一针一线，王安石实乃真君子、好清官！

后来者多有人对王安石变法予以抨击和批评，但对其个人品格却给予了最大程度的褒奖和嘉许，说明其德行高尚，让人无法挑出毛病来。

其三，王安石有手段，坚持不懈，敢于迎难而上。

从小事中去了解王安石的工作作风，更能体现其做事特色。据传，文件“圈阅”的发明者便是王安石。在唐朝有官员为图省事，以签名代表已阅卷宗。而王安石更是一个省事者，先是以签“石”字代表已阅览，后来发展到去掉一横一撇，以“口”代替签阅，而他在写“口”字时又特别不工整，写着写着就成了一个个圈圈，既省事又简单，于是官员纷纷效仿，“圈阅”就此传了下来。

看来，王安石非常喜欢创新，而在教育体制改革上更能体现出他不守旧的一面。他废除了以诗赋词章取士的科举制度，力主实行以“三经新义”来选拔国家服务型人才的制度，并扩大招生，充实改革队伍。教育制度的转型，改变了人才选拔的根本路径。这样的做法，招致不少朝中老臣的质疑和反对，苏轼也是其中之一，不但痛恨此举，且牢骚不断。

王安石性清、廉洁、创新、开放、大胆、坚韧、执着，正是因这样的个性特征和人品，让宋神宗不但同意其政治主张和改革思想，更是敬佩其一心为公、毫不退缩的无畏精神，两人因此形成了默契的改革统一战线，任尔风狂雨暴，仍坚不可摧。

有了宋神宗这个坚强后盾，变法时还有什么可惧怕的？王安石终于等来了最佳的改革契机，一场轰轰烈烈的变法由此波澜壮阔地开始了。

书生意气，不畏不惧

改弦更张，有改有革除，牵一发而动全身，结局难料。就像一场大手术，一刀落下，是生死未卜，是祸福难料。或新生，或寂灭，或满目疮痍，一切皆有可能。

王安石变法，总体是给“癌变”的宋朝制度动手术、摘瘤子，其目的是想通过变法，从根本上革除时弊，从源头上遏制“毒瘤”，从核心上控制关键，推行经济改革，推行用人改革，推行军队改革，实现富国强兵、百姓安康。

那么，王安石真能看准这“癌变”的部位，并能以“华佗再世”的技术水平救世救民吗？或许，回过头再去了解一下安石的《上仁宗皇帝言事书》便能知晓一二。他道："内则不能无以社稷为忧，外则不能无惧于夷狄，天下之财力日以困穷，而风俗日以衰坏，四方有志之士，諰諰然常恐天下之久不安。此其故何也？患在不知法度故也。"这段文字，鲜明地指出了朝政时弊之所在，矛盾的关键、问题的核心是，阶级矛盾尖锐，民族对立严重。

造成统治集团内部矛盾突出的根本原因在于，地主阶级疯狂地进行土地兼并，越来越多的老百姓沦为佃户，国家财政收入愈发"捉襟见肘"，经济发展不平衡，造成各种矛盾不断加剧和加深。又因军事力量的薄弱和布局的不均衡，在与辽和西夏的交战中常常败北，从而不得不缴岁币来解决边疆的和平共处问题，成为悬在朝廷头上的一把利剑，也是皇帝的心头之患。加之改革派与保守派之间的矛盾日益明显、突出，导致党争愈发激烈，发展到了无法弥合的地步，致使朝臣不和、政令不通。归纳综述为：冗官，冗兵，冗费；积贫，积弱。

看来，大宋朝的问题真不少，而且发展到了"驴拉磨"的艰难境地中。即便如此，这篇切中时政要害的"万言书"，最终仍被宋仁宗做了冷处理。也许，当年"庆历新政"的失败，仁宗皇帝还心有余悸吧，不想历史重演。

英宗即位后，时局和政局依旧如昔，改革缺乏有利的环境，看到问题关键的王安石只能继续蛰伏、蓄势，在漫漫煎熬中等待改革曙光的出现。

这一等就是数十年，王安石四十七岁时，宋神宗赵顼登基。

神宗即位后，所有在仁宗、英宗时期存有的弊病依然顽固，沉疴难愈。是“掩耳盗铃”裹足不前，还是大刀阔斧地改革时弊迎难而上？年仅二十岁的新帝赵顼面临着一道极难的政治选择题，他该如何选择？

也就是此时，怀揣着改革梦的王安石，渐渐地走进了神宗的视线。于是，目标一致、方向相同的宋神宗与王安石“击掌为盟”，结为变法“合伙人”，开始了一场漫漫改革征程路。

变法改革，千头万绪，从何下手？在这场看不见硝烟的战争中，宋神宗和王安石都看到了重点“穴位”，那就是改革的环境必须营造好、建设好、打造好、巩固好。

此时的朝堂，有曾公亮、富弼、韩琦、赵抃、文彦博、欧阳修、吴奎、赵概等一批重臣名儒坐镇，这个平均年龄超过六十岁的“老人团队”，显然不适于改革的需要。不过，神宗并未采取“一朝天子一朝臣”的“大换血”做法，依旧保持着老班底主政的原格局，实在让人匪夷所思。变法在即，何以继续让保守派主政？

尊重“老同志”，发展“新青年”，两手抓，让可团结的力量归于改革支持者，也许这就是神宗的高明之处吧。变法若要推行，“树敌”太多必难成事，争取更多的“战友”为己所用，才更利于改革。有着儒家思想和法家意识的宋神宗，深谙用人之道和驭人之术，在诚意拉拢保守派的同时，花大力气挖掘和提拔改革派，王安石和司马光便是其重点培养的对象。

王安石和司马光都是力主变法的开拓人士，两人的改革目的一致，都是为了解决朝廷亏空和财政赤字问题，维护封建王朝的长久统治。

不过，二人在“理财”侧重点上却分歧很大，各持己见，争论不休，还引发了一场轰动朝廷的现场“辩论赛”。由宋神宗主持，众大臣参与，两人就“理财之旨，生财之道，用财之度，管财之法，用财之术”，来了一场“华山论剑”。

司马光主张财政以“节流”为要旨，信奉“百姓足，君孰与不足”“藏富于民”的理财理念，其做法突出“以民为本”的执政理念。

王安石则认为经济应以“开源”为要策，其核心观点是“富其家者资之国”“以天下之财以供天下之费”，先“富国”才能“民富”，有了“大家”的稳定才有“小家”的安康。

两人的改革思路，各具特点，各有优势，亦各存弊端，难分对错。最终的决策权自然又上交到了神宗手里。对于想尽快解决财政危机和弊端的神宗来说，采纳王安石提议的“开源法”，无疑是最快捷、最有效、最直接的改革途径。只是，此法的根本是将老百姓的财富敛聚到朝廷的国库中。比方说，朝廷有一篮子鸡蛋，百姓有一篮子鸡蛋，两个篮子中的鸡蛋构成了国家的经济收入。短时间内，国家财政总收入不可能骤增，在总量不变的前提下，如果朝廷的篮子充盈了，必是从百姓的篮子中转移过来的。这样势必会造成财富往国库单边倾斜的状况，打破两个篮子暂时所保持的相对平衡的格局，生出各式各样的矛盾来，阻碍改革的推进和发展。

如果做一个简单总结，就是王安石经济变法之初，是在有限的时间里，在经济总量不变的前提下，将权贵、商贾、地主、百姓包里的钱财套出来，充实国库，以达到“富国”的目的。这种初衷是为君主和皇权服务的，而宋神宗能选择王安石提出的这套改革方案，自然也在情理之中了。

王安石代表了改革派的思想和意图，而司马光则更多地秉持着保守派的理念，两人改革的初衷都是无私无怨的，没有考虑任何个人的利益，他们都算得上是干净的、纯粹的、奉献的改革者。

其实，两人若将“开源”“节流”的思想融会贯通或整合运用，或许会出现另一种更令人期待的改革局面，但是，王安石和司马光各持己见，难以达成协调和统一，因此形成了改革派的大胆冒进和保守派的观望不前这两种鲜明的特征，更加剧了两个派系之间的矛盾。改革派改的是保守派所希望保持和保留的，革的是包括保守派在内的既得利益和分配利益，两股势力对峙，形成了很大的风浪，严重阻碍了王安石变法的进程。

雄心壮志的宋神宗和激进向前的王安石，该如何应对这些阻碍和冲突呢?

宋神宗做了两件大事。

他首先设立了一个改革主管部门，名为“制置三司条例司”，专门负责国策的制定和变法的实施，将改革平台公众化、改革工作明朗化、改革意图公开化。

再是“招兵买马”，从“高考”的青年才俊中提携和发展了一批后起之秀担当改革要职。这些新上任的优秀青年官员，无背景，无资历，无根基，无帮派，无矛盾，只听命于皇帝的领导、听命于制置三司条例司的指挥，是一批招之即来、来之能战、战之能胜的栋梁之材。宋神宗和王安石将他们安插到了重要的政治部门和核心位置，控制了朝廷的话语权和决策权，为顺利推进改革提供了重要的政治保证和组织保障。这一批少壮派成员包括吕惠卿、曾布、章惇、李定、邓绾、舒亶、谢景温等人。

与之形成鲜明对比的是，曾经对王安石变法抱有希望的富弼、司马光、欧阳修等重要老臣，对王安石“刚愎自用”和“独断专行”的做法越来越反感，产生了信任危机，对改革不再抱有更多幻想，从而引发了一批股肱之臣的离职热和离京潮。富弼、曾公亮、张方平、赵抃、欧阳修、司马光等朝廷重臣，纷纷选择了隐退或调任，以避开京城改革的旋涡。刚被任命为制置三司条例司“检详文字”的苏辙也果断辞职请求外任。更有吕诲、刘琦、钱顗、范纯仁、李常、孙觉等一批谏臣，因直谏王安石变法的诸多问题而被“扫地出门”，皆被贬官放任外地。与此同时，这些空出来的“坑”即刻被王安石看中的“萝卜”一一填满。通过不间断地清洗“牌局”，朝廷的话语权、执行权、监督权统统收归于王安石的改革集团手中，从另一个角度来说，也就是逐步交到了宋神宗的掌中。这张多节点的大网，从千丝万缕的线头中，最终理成了一根主线，即皇权。

宋朝的天空上，最终是丽日高耀，还是乌云密布，一切都难预料。

平台搭好，人马到齐，一切准备就绪后，变法的各项措施开始施行。

“王安石变法”大体分为三方面，一是赋税改革，有“方田均税法”“青苗法”“募役法”“农田水利法”“均输法”“市易法”；二是军队改革，有“裁兵法”“将兵法”“保马法”“军器监法”；

三是科举改革，有“三舍法”“贡举法”“三经新义”。

由于权力的集中，变法推行得非常迅速，也很顺利，地方上不断传来好消息，改革看到了些许成绩，这对坚定宋神宗和王安石变法的决心有着重要的意义。与此同时，为了能更清楚地掌握改革进度、了解实际状况，朝廷分批次不断派遣官员“沉”到改革前沿，深入跟进变法进程，实地考察变法状况，为修正和解决变法中存在的问题提供科学的依据。而这批被派遣下去的官员，即是在改革中提拔的那些青年才俊，他们年富力强，有胆有识，能吃苦、能坚持、能听指挥，因此，改革初期朝廷得到的巡查报告可信度较高。但是，随着改革的深入，不可控的因素不断增加，暴露的问题也越来越多，加之保守派与改革派之间无时无刻的内部斗争，干扰和消耗着改革派的改革力量，分散和削减着神宗的改革意志。该选择司马光倡导的“节流法”还是王安石倡导的“开源法”的争斗从未停息，导致变法时常受阻。

王安石说：“天命不足畏，祖宗不足法，流俗不足恤。”这是改革宣言，是铿锵誓言，亦是书生意气。也正是这种执着精神、执拗脾气、强制手腕，让掌舵变法的王安石背负了更多人的质疑、问责、声讨。其中一位便是与司马光持有相近改革意见的苏轼。

但是，在改革开始之初，众多的名流权贵向王安石开炮时，苏轼并未有激烈言辞和过分之举，反而在改革到了第三个年头这个非常时刻，即熙宁四年（1071）二月，才“挺身而出”，进《上皇帝书》，洋洋洒洒万余字，原因何在？

历史长河，漫漫烟云，掩埋了多少故事，湮没了多少真相？这已是无法知晓的答案，只能揣度一二。

或许是苏轼当时只是殿中丞、直史馆、判官告院，“人微言轻”，有话也被重臣权贵的声讨声掩盖了。或许是苏轼本身不反对改革，只是在改革的立足点上有分歧，其虽偏向于司马光的“节流”方案，但对“开源”也保持着观望态度。或许是苏轼在等待说话的时机。说得太早，言论无根无据；说得太迟，失去了上书的意义。因此，在三年改革期间，苏轼以蛰伏的姿态，认真研究和梳理了改革的利弊。也是有这种可能性的。无论何因，苏轼伺机而动了。

溯流历史长河，这段争执已无法说清孰是孰非，但苏轼在王安石变法中扮演着怎样的角色、起到何样的作用、具有怎样的意义，却将会一一揭晓。

四道奏折，梦断京官

从熙宁二年到熙宁四年，“王安石变法”已经到了第三个年头，改革前景尚未明朗，倒是朝廷人事大清洗做得干净利落，保守派离的离、调的调、贬的贬，曾经的“中流砥柱”已然“日暮西山”，而与之相反的是，改革派恰是“意气风发”时，变法如火如荼地进行着。这看似很漂亮的一个牌局，不但解决了王安石变法时被“左绑右缚”的痛苦，还解决了宋神宗被朝中老臣“指手画脚”的烦恼，更重要的是动摇了皇权、相权、谏权三者之间的平衡关系，皇权得到了更充分的扩张，并不断被加强、巩固，这便是宋神宗极其愿意看到的政治新局面。

不过，因为王安石变法集团将反对派集体“棒杀”，也致使改革派与保守派之间的矛盾加剧、鸿沟加深，两者之间难以磨合和愈合，为改革的失败埋下了祸根。

保守派远离朝廷逍遥江湖，改革派激流勇进干劲十足，看起来真是一件很完美的事，皇帝乐意，王安石喜见，一切如愿以偿。而就在这个看似很理想的发展格局中，有一个声音出现了。当然，他代表的是反对改革的人。

其人就是苏轼。

对于“王安石变法”，后来人多有印象的未必是改革的内容、改革的核心、改革的意图等，如果有心留意当下对“王安石变法”的诸多研究，就会发现，对于苏轼与王安石之间因为改革而交锋的研究倒多有成果。那么，苏轼对于变法所持的观点以及具体的反对行动是什么呢?

归纳起来就八个字：四道奏折，梦断京官。

第一道奏折：《议学校贡举状》。

事情起因：王安石改革科举制度，建议取消诗赋明经诸科，以经义策论取士。他认为“死啃”书本、“死背”圣人句子，根本没有实际意义，于人才无益，于治国无关。并积极提议兴办官学，从朝廷的太学到地方的县学，“教师”实行委任制，以保证办学质量和办学效果。王安石改革教育的目的是以此培养“德行道义之士”。

王安石还认为，乡试取人时应以德行为主、文章为辅，考卷不用密封姓名。

而更为大胆创新的是，王安石亲自主编全国教材，以其主张、思想、意识等为主，对《诗经》《周礼》《尚书》进行了重新解析，命名为“三经新义”，这套两年内编纂完成的刻有“王氏”烙印的全国统一教材，成为考生必学经典。“三经新义”也成为科举必考内容。

对于这套教育改革理论和办法，苏轼特别反感，并极力上书反对。

苏轼首先就反对王安石的“诗赋无用论”。对于科举摒弃诗赋取人之制，苏轼痛心疾首，认为“自唐至今，以诗赋为名臣者，不可胜数，何负于天下，而必欲废之”？远不提唐朝，就当朝包括王安石在内的不论保守派还是改革派的多位重臣，皆是满腹经纶、有学之士。诗赋取人碍了科举哪门子事，非要一棒子敲死?

想来，像苏轼这样的反对者不在少数吧！因为不少人都是以诗赋名动天下并以此走上政治舞台的。政客即是文人，在宋朝相当普遍。

不过，在苏轼的反对意见中，似乎还缺了些个性的东西，后来他在《答张文潜书》中表达了更深层次的想法和意见，文中道：“文字之衰，未有如今日者也。其源实出于王氏。王氏之文，未必不善也，而患在于好使人同己。自孔子不能使人同，颜渊之仁，子路之勇，不能以相移。而王氏欲以其学同天下！地之美者，同于生物，不同于所生。惟荒瘠斥卤之地，弥望皆黄茅白苇，此则王氏之同也。”苏轼认为，其实王安石的书不见得不好，只是，王安石做事太极端、思想太自我、方法太粗暴，容不得他人有意见，做不好团结工作，这是极度危险的事情，于个人许是小事，于国家就是大事了。

王安石行学术垄断，苏轼愿百花齐放，或许，这就是苏轼能成为当时的文学领袖的缘故吧。苏轼的文学思想和文学精神，让他发掘了一批批文学、绘画、书法等艺术大家，他们璀璨了宋朝天空，也闪耀了中华文明，千百年来受到后人尊崇和追捧。

在苏轼的反对声中，乡试不糊名的举措没有执行，但以道德为主、文章为辅，以及以“三经新义”为新版教材的核心办法还是推行了。不难看出，朝廷对问题的避重就轻，其实是给苏轼台阶下罢了。

第二道奏折：《谏买浙灯状》。

这次苏轼要状告的对象，更为有来头。其状直指宋神宗赵顼“欺行霸市”，原因经过皆很有意思。

事情起因：熙宁三年年末，眼瞅着快过年了，历经两年变法的宋神宗已然疲倦不堪，打算放松愉悦一番，便应了后宫嫔妃提议元宵节办大型灯会的想法，准备举办一次像模像样的灯展，于是想置办四千盏浙灯，并着开封府牵头办理。皇帝要办灯会，本是无可厚非之事，但是，皇帝说除了自己，京城其他人都不得买浙灯，他“包下”了全京城的浙灯。好吧，毕竟皇帝有钱有势，这样做也算是“情理之中”。但接下来皇帝又说了，朕正在改革，很穷啊，没有更多钱买灯。这样吧，朕拨一盏灯三两银子给开封府，你们要认真办好这件事。开封府一琢磨，皇帝一盏灯给三两银子，市面上一盏灯卖六两银子，这差的三两银子谁补贴呢？这不是明着耍赖皮嘛。

将这段故事翻译成白话的形式，既有趣又生动，既可笑又无奈。皇帝在朝廷当“大家”惯了，不知小家柴米油盐也贵。如果浙灯以三两银子一盏卖给皇帝，商人的制作成本也捞不回来，神宗不就是“欺行霸市”吗？

遇到这样的事情，“明白人”大多会缄默不言，跟皇帝过不去会有什么好果子吃？但苏轼不信这个邪，关键时候又展示了他的伶牙俐齿。

苏轼这回懂策略了，他先将皇帝好好夸奖了一番，说了一通神宗善于纳谏之类的冠冕堂皇的恭维话，讲得差不多时，笔锋一转，说买浙灯砍价这件事情，肯定不是您干得，一定是有人背着您干了有损老百姓利益又有损您形象的事情，他道：“陛下聪明睿圣，追迹尧舜，而群臣不以唐太宗、明皇事陛下，窃尝深咎之。臣忝备府寮，亲见其事，若又不言，臣罪大矣。陛下若赦之不诛，则臣又有非职之言大于此者，忍不为陛下尽之。若不赦，亦臣之分也。谨录奏闻，伏候敕下。”谏议末，还不忘再夸一番神宗，言语中亦是尽显自己的无畏与忠贞。苏轼这篇《谏买浙灯状》，的确抓住了问题的要害和关键，因此，宋神宗不得不顺着苏轼的建议，取消了这次“强买强要”的购买计划。

苏轼连谏两状，结果虽不是最佳，但神宗皆有一定反应甚至部分采纳其言，给了他再谏的勇气和信心，于是，就有了第三道奏折：《上神宗皇帝书》。

《上神宗皇帝书》近万字，不但文采斐然，更是据理献策，情真意切，感人肺腑，苏轼得花多少心血和功夫啊，许是这么多年的文采沉淀和策论累积，都尽显在这万字上了！这次苏轼上书的目的很简单：批评变法，攻击改革，希望取缔三司条例司，废除变法。

俗话说，开弓没有回头箭，唯有箭折、箭落、箭中靶子三种结果而已。王安石变法犹如射出去的箭，不是谁说停就能停下的，即使是神宗皇帝心有动摇，也不是他一个人能决定的。改革牵涉了每一位百姓、每一个地方，除非有不可能抗拒的因素突然出现，譬如战争爆发、天灾不断等，才有转圜的余地。

如此说来，苏轼上书是毫无意义的，因而这道《上神宗皇帝书》石沉大海是必然的，最后的确也是以神宗无所反应而作罢了。

对“万言书”还抱着希望的苏轼，左等右等也盼不到皇帝的回话，反倒激起了他的斗志。紧接着一封言辞更为激烈的《再上神宗皇帝书》摆在了宋神宗面前。这回苏轼学聪明了，不再啰里啰唆地废话万言，而是挥笔直奔主题，点出关键，将矛头直指王安石，变说事为说人，措辞更加犀利，谏议更加直接，直指改革中人的问题才是改革存在的最大问题。

苏轼的热情，神宗的冷漠，注定了上书的结果。苏轼遭遇了前所未有的挫败感和失落感，成为他离开京都的一个导火线，而另一起事件，则加速了他的离京。

事情起于熙宁四年的科考，作为编排官的苏轼，出了一道“论独断”的考题，明眼人一看就知这是针对王安石而出的考题，变相讽刺挖苦王安石的独断专行。这是涉嫌对王安石的“人身攻击”啊，于是就上演了一幕吕惠卿“举报”苏轼的剧情，正好给了改革派打击苏轼的借口。接着又有人推波助澜，举报苏轼在扶父亲灵柩回乡途中，干了随船贩卖私盐的有违法理的事情，并公开斥责“此非正人君子所为”。苏轼听闻后，未做一字辩解，虽最后的调查结果是“不存在此事”，但是大大地挫伤了苏轼满腔的战斗热情。苏轼此时恍然大悟，自己所做的这一切已无足轻重也。

因此，苏轼做了一个决定，只求放任。于是，熙宁四年四月，苏轼正式上任杭州通判。而杭州也仅仅是他外放任职路上的一个驿站罢了，更多的艰难和困苦，正在不远处等着他的到来。

而王安石变法，也随着苏轼的离京，反对的声音越来越少、越来越低。

再后来，西岳华山无缘无故发生山崩，与此同时，北方遭遇了持续的大旱灾，加之改革后百姓日积月累的怨气达到了高潮，“王安石变法”便在一个小小的事件中，轻易就被推倒了。

一位名叫郑侠的小官吏，向皇帝献了一幅“流民图”，图上的男女老少衣衫褴褛，骨瘦如柴，相互搀扶着去逃荒。皇帝问这是什么情况，郑侠说这些人都是携家带口入京都避难的，自己在城门上值班所见，于是画了下来。这张图不但神宗看到了非常震惊，后传到太皇太后曹氏、太后高氏、皇后向氏手中，她们都是难以名状的伤悲，于是，罢免王安石，停止变法，就在这张“流民图”的导引下很快成功了。

其实，王安石心里明白得很，这是神宗皇帝不想继续变法了，这才是问题的关键点。心知真相，王安石觉得京都没有什么可留恋的了，便自动请辞罢相。熙宁七年（1074）四月，五十四岁的王安石出知江宁府，再次放野“江湖”中。

其实，有人的地方，就是江湖了。

虽后来王安石再次被召回京都，但由于曾经的“战友”吕惠卿等人的出卖，加之儿子王元泽病死的打击，灰心的王安石最终选择了归隐，于熙宁九年（1076）十月回到金陵，开始了退休生活。

与高僧为伍，是苏轼在杭州的一个交友特征。而其爱携名妓出席各种宴会场合，就是另一个特征了。于是，不携高僧即带名妓出入公共娱乐场所的苏轼，就成了舆论的焦点和中心。是怎样的情态和心态，让其与两个看似格格不入的群体相处融洽呢?

潋滟江南，何处吾乡

如果说苏轼是爱死磕的人，四道奏折足以体现了。

如果说苏轼不是爱死磕的人，请辞京官则是最好的证明。

所谓“条条大路通罗马”，世间没有走不通的路，江河没有行不了的舟，人心没有到不了的地，“万言书”遭到冷遇，让苏轼意识到，大局已定，难有改变，此处不宜久留！

是“逃离是非”“负气出走”“甘愿失败”，还是“缓兵之策”，以待蓄势归来？

不论何因，都没有影响到苏轼天真、烂漫、率真的好玩心。从熙宁四年四月得到任命，苏轼一家慢悠悠地归整家什至六月方才离京，十一月正式上任杭州通判，其间四月有余，不是看望亲人，就是探访故人，一路走走停停，四处游赏山水，甚是快哉！

先是去了陈州，因为苏辙在此任职州学教授。相见自是一番热闹，两家亲人齐聚，一派暖融融的温情场景。两兄弟利用这难得的聚首时光，溜达完了陈州附近的好山好水，特别是对纪念孔子被“厄”的厄台寺尤为好奇，其间考察体悟，颇有兴致。

到了陈州，苏轼总是迈不开腿离开，除了因为舍不得苏辙一家，知州张方平的盛情挽留，更让苏轼感受到了来自恩师、长辈、亲人般的温暖。同为眉州人，同朝为官，同样反对王安石变法主动离京，这些内外因素的交织，让相聚多了知己般的情意。此别后，不知何年何月何时才能再相见，所有的珍惜都化作一杯杯涟漪荡漾的美酒，一同饮下的还有今日的欢乐与昨日的回忆。

在陈州，苏轼还认识了后来名列“苏门四学士”之一、人称张文潜的张耒。此时，张耒还在苏辙门下。

八月，张方平告老还乡，临行时，苏轼作《送张安道赴南都留台》以赠别：“我公古仙伯，超然羡门姿。偶怀济物志，遂为世所縻。黄龙游帝郊，箫韶凤来仪。终然反溟极，岂复安笼池。出入四十年，忧患未尝辞。一言有归意，阖府谏莫移。吾君信英睿，搜士及茅茨。无人长者侧，何以安子思。归来扫一室，虚白以自怡。游于物之初，世俗安得知。我亦世味薄，因循鬓生丝。出处良细事，从公当有时。”

李商隐说：“相见时难别亦难，东风无力百花残。春蚕到死丝方尽，蜡炬成灰泪始干。”张方平辉煌的一生，何尝不是兢兢业业、刚直不阿、乐于奉献的一生！像春蚕，更像蜡炬，照耀了苏轼和苏辙的生命，真乃恩情难忘。因此，苏轼笔下的张方平形象生动、质朴、真实，情真意切。

三个月的逗留，让苏轼短暂忘却了世间纷争，好好享受了家庭团聚的温暖。

到了九月，不得不起程了。苏辙不舍，遂决定送哥哥一家至颍州，一起拜望定居于此的恩师欧阳修。

兄弟二人的到来，令这个返璞归真的老头子喜不自胜，泛舟、饮酒、论诗，文学大咖相聚，便是一场文学盛宴，无诗不欢，无文不乐。在颍州与苏辙分别时，苏轼再写道："问我何年归，我言岁在东。离合既循环，忧喜迭相攻。悟此长太息，我生如飞蓬。多忧发早白，不见六一翁。"

此去"飞蓬"一生，正是苏轼未来的写照、生命的象征。所谓一诗成"谶"，便是如此吧。这首《颍州初别子由二首》不但应验了苏轼漂泊的人生，更应验了"不见六一翁"的诗"谶"。几个月后，文学泰斗"六一翁"欧阳修与世长辞。其言"六一"曰："吾家藏书一万卷，集录三代以来金石遗文一千卷，有琴一张，有棋一局，而常置酒一壶，以吾一翁，老于此五物之间，是岂不为'六一'乎？"老翁笔墨荡开，书香洋溢，情趣盎然，抒写的是熠熠生辉的生命情怀和精神世界。

因此，寥寥几笔，一个可爱、天真、博学、优雅、出世的文学宗师形象跃于字里行间。此等模样，不是与其"衣钵"继承者苏轼别无二样吗！两代宗师在精神、灵魂、心性、境界上一脉相承、一脉相通。

过濠州，经扬州，到镇江，苏轼一家抵达杭州时，已是十一月底。这四个多月，是苏轼人生中最快乐、最惬意的美好时光。

提起杭州，“上有天堂，下有苏杭”的名句便应声而来。

提起杭州，西湖、苏堤、三潭印月，杭州的花花草草、山山水水便从苏轼的诗咏中应声而来：“水光潋滟晴方好，山色空蒙雨亦奇。欲把西湖比西子，淡妆浓抹总相宜。”

一首《饮湖上初晴后雨》冠绝古今，真是将西湖的美写得前无古人，后无来者。苏轼成就了西湖的千古美名，西湖挖掘了苏轼诗文的空灵出尘，彼此相生相依，犹如约定般那么默契、相吸。而苏轼与杭州的缘分不仅于此，其两任杭州期间，有着太多的故事和传说浸润着这片钟灵毓秀的山水，值得后来人追寻和探究。

苏轼从熙宁四年开始任杭州通判，历时三年，分别与沈立、陈襄、杨绘三任太守共过事，相处皆融洽，合作皆愉快，难得一见的正副职能和谐相处。由于工作关系的顺畅，减轻了苏轼的辅佐压力，自然产生了游赏山水的情怀。到底爱玩、会玩、能玩的苏轼在美丽如画的杭州能玩出什么新花样、新境界、新传奇，得一一去搜罗道来。如做概括，无非六字三事：访僧，携妓，判案。

先说访僧。

早前赴任杭州途中，应寺僧之邀，苏轼留宿镇江金山寺，曾作《游金山寺》，诗中道：“江心似有炬火明，飞焰照山栖乌惊。”这种不明飞行物，被现代研究者考证为降落时的UFO。其言“非鬼非人竟何物”，也是在发出疑问，似有神力作怪。

苏轼与佛结缘、与禅相伴，不管走到何处，总免不了生出诸多求佛问道的传说故事。

其一，苏轼两次任职杭州，以此为轴心，跨镇江、无锡、常州多地，打入“和尚圈”内，以天真的性情、可爱的形象、通透的悟性赢得了高僧们的青睐，在“和尚圈”拥有一席之地。苏轼结交的僧人有佛印、辩才、守钦、参寥、惠勤、惠思、惠辩、守璘、清顺、守诠、可久、楚明、维琳，皆为苏浙一带名僧、高僧。

其二，苏轼敢于“越权”提拔僧官。宋朝设有专门管理宗教事务的官署和僧司，负责全国僧人的考录、发证工作。采取“僧人制僧”的办法，在地方设置僧正、副僧正、僧判，主持寺庙工作，加强宗教管理。而僧官的任命，分为皇帝亲封、高僧名僧推荐、中央相关部门考核认定，以及通过正规考试取得资格证。由此可见，除开佛学修为，僧人们的知识文化水平也是非常高的。

僧人们获得的资格证名为“度牒”，有“特恩”“试经”“进纳”三种类型。“进纳”即是花钱买，非常具有时代特色。“进纳”一度成为国家财政收入的重要来源之一，因为“进纳”当和尚，不用服兵役、劳役，不缴纳杂税，以至于投机取巧的地主分子、商人等以此身份做掩护，达到名正言顺逃脱社会责任的目的。宋朝的寺庙住持产生形式分为“敕差住持院”“甲乙徒弟院”和“十方住持院”三种。“敕差住持院”为皇帝直接任命住持，后两者中，“甲乙徒弟院”以原住持所度弟子入门时间依序继承，“十方住持院”则在全国范围内聘请得道高僧当住持。和尚维琳所在的寺庙本为“甲乙徒弟院”，应论资排辈确立住持继承人，然苏轼认为，维琳德才兼备、修为高深嘉，适合新一任住持，为此，苏轼“废掉”了寺庙祖师爷的旧制，力排众议，改该寺庙为“十方住持院”，推选维琳当选新一届住持，可谓废旧制、开新风，其做法非常大胆、率真。

其三，苏轼说：“默念吴越多名僧，予以善者常十九。”他与吴地僧人广泛交往，足迹遍布各寺。有诗为证，如《腊月游孤山访惠勤惠思二僧》《六月二十七日望湖楼醉诗》《是日宿水陆寺寄北山清顺僧》。曾应惠觉和尚之邀，题名篇《绿筠轩》。曾于吉祥寺应太守沈立邀，作《吉祥寺赏牡丹》：“人老簪花不自羞，花应羞上老人头。醉归扶路人应笑，十里珠帘半上钩。”

这些诗文，正是苏轼访名寺名僧过程中的应景唱酬之作，极赋禅机，蕴积禅理，是难得的佳作名诗，颇受后来人追捧。

“南朝四百八十寺，多少楼台烟雨中。”吴越的名寺高僧，岂是能一一访尽道完的？即使苏轼这样的执着者，也只能寻其一二。恐怕这也是历朝历代名士学者喜欢探幽佛寺深庙的缘故吧。谜一样的江南古庙老寺，在当下亦是最令人向往的神圣之地，引人膜拜。

与高僧为伍，是苏轼在杭州的一个交友特征。而其爱携名妓出席各种宴会场合，就是另一个特征了。于是，不携高僧即带名妓出入公共娱乐场所的苏轼，就成了舆论的焦点和中心。是怎样的情态和心态，让其与两个看似格格不入的群体相处融洽呢？

苏轼在杭州城备受欢迎，这位风流倜傥的诗人才子，占尽了天时地利人和，成为杭州百姓最喜爱的“男神”，身边聚集了一大批铁杆粉丝，不论老少，不论男女，不论阶层。以至于今天走在杭州城，谁要说苏轼是四川眉山人，或许就会遭到杭州人的白眼，在他们心目中，苏轼只属于杭州，苏轼唯一的故乡便是这里。这都是苏轼当年在杭州城打下的钢铁长城般的群众基础，至今受用，千年不变。

因此，苏轼在杭州城携名妓出席各种宴会，并不会遭到百姓的唾弃，因为“男神”做什么事情都是正确的。更何况，宋朝的官妓制度本身就允许这样做，官府举办宴会、军中举行仪式、文人墨客交际应酬时，召官妓歌舞助兴，弹唱说笑，都是符合政策规定的，但“陪睡”是“红线”，属于违规违纪行为，一旦遭人举报，被弹劾自不必说，严重者还会招致降职、丢官等严重处罚。因此，苏轼携官妓参加应酬和活动，是官员必要的门面装点，不能以风流和花心论。

宋代官妓有专门的机构管理，建立了专门的“人事档案”，若没有调动手续，是不能随意流动的，更别说脱籍了。当然，万事皆有特例，如果得到官妓管理者的允诺，脱籍也不是不可能，苏轼就成功帮助一些官妓脱籍，其中较为著名的是周韶和琴操。

周韶是主动请求脱籍的，因为在此之前，有一位名为“九尾野狐”的官妓递交了脱籍申请，苏轼趁着太守陈襄出差期间，以“五日京兆，判状不难，九尾野狐，从良任便”为由将其放走。终于盼得有获自由的机会，周韶也不含糊，紧跟着也提出脱籍申请。苏轼一看，顿觉不妙，如再放周韶走，陈襄回来该如何交代？这可是一把手才有的权限。而且，周韶色艺双全，冠绝杭城，擅茶技，与同好茶技的陈襄有共同语言，技艺难分伯仲，很得陈襄喜欢。若将其放走，确是说不过去。因此，苏轼以“慕周南之化，此意虽可嘉。空冀北之辟，所请宜不允”为由，拒绝了周韶的请求，不过，心中仍怀帮助周韶脱籍的恻隐之心，因而时刻留意着机会。

终于，等到了一个好时机。不久，官员苏颂来杭，陈襄设宴款待，趁着众人欢心热烈、情绪高涨，周韶当场请求予以脱籍。这问题棘手啊，总得有人圆场吧？此时苏颂一笑，指着一只白鹦鹉让周韶以此赋诗，表达脱籍心情。这办法还真不赖，既能解除陈襄的尴尬，又能帮上周韶的大忙。但见周韶一身素缟，如清水芙蓉，盈盈道：“陇上巢空岁月惊，忍看回首自梳翎。开笼若放雪衣女，长念观音般若经。”

身着白衣裳的周韶自喻笼中鹦鹉，字里行间皆是酸楚艰辛，心中渴望自由与清静，唯愿常伴青灯古佛。作陪的苏轼见状，认为时机已到，连忙说周韶母亲刚过世，她正在哀婉伤痛中。陈襄见眼前之景，怜悯心遂起，当即应允周韶脱籍之请。

第二年，苏轼在《常润道中有怀钱塘寄述古》（其二）中道：“去年柳絮飞时节，记得金笼放雪衣。”好好地安慰了一番失去美人知己的陈太守。

除了这一桩顺水推舟的成人之美之事，另一桩故事则更具有传奇色彩，与苏轼关联性更大。故事的女主角名琴操，官宦之家出身，因父亲入狱，家中被抄，沦为官妓，年仅十三岁。

相比其他官妓，小姐出身的琴操更为清丽出尘、婉转动人，深受官员们的喜欢和青睐，苏轼也经常将其带在身边出席各种应酬活动。

颇具才情的琴操不但成为苏轼的宴会伙伴，而且彼此引为文学知己。某日，两人竟在西湖泛舟时斗起“法”来，苏轼扮高僧，琴操演小徒。

师问徒：“何谓湖中景？”

徒道：“落霞与孤鹜齐飞，秋水共长天一色。”

此句出自唐代大诗人王勃的名篇《滕王阁序》，琴操信手拈来，以喻西湖风景动静结合，色彩缤纷，美不胜收。

师再问：“何谓景中人？”

徒道：“裙拖六幅湘江水，鬓挽巫山一段云。”

闻言，苏轼微微颔首，了然于心，于是再问：“何谓心中意？”

徒道：“随他杨学士，憋杀鲍参军。”

“杨学士”即“初唐四杰”之一的杨炯，“鲍参军”即南朝诗人鲍照，两人皆是令人敬仰的大文豪，却一生不得志，郁郁而终。琴操此言，满怀悲伤，深情哀婉，难言之痛无以言表。

苏轼良久再道：“荣华富贵欢乐场，到头究竟能如何？”

身处繁华，人在红尘，何处不是欢乐场，何人不逐富贵荣华？但到头来，尘归尘、土归土，万物生，万物寂，花落了无痕。

琴操见状，不由感慨万千，泪如雨下，万丈红尘中，何处有清静？感叹身世的同时，联想到自己的未来，琴操无可奈何地摇头轻叹。

再歌一场、舞一曲，明朝便离开这欢乐场。

次日，琴操将所有积蓄拿出来，为自己赎身，而后于临安玲珑山出家为尼，于二十四岁早逝。

苏轼悲天悯人，度人度己，只是，自古红颜薄命，遁入空门的琴操也没能逃脱这个厄运。

不过，玩心大的苏轼，也没疏于本职工作。作为杭州通判，确是很多案子等着他判决。

王安石变法引起的地方问题，且不深入细访，从案子上就能看出几分端倪。

去往监狱了解情况，眼前景惊呆了苏通判，一万七千人，都等着他来提审判决呢。

有因为变法，还不起贷款的；有因为穷，倒卖私盐、偷点摸点的……牢里十有八九的犯人都是穷引发的犯罪。说有多重罪，没有，反正是有问题，但问题又不大。而朝廷不得不每天担负上万人的口粮，这让太守沈立心力交瘁。看见此种情形，苏轼马上开始了审案，将轻罪的两三百人当天就放了出去，而后，不断清理拖延案子，最终只判了两百多人，其余皆放。办完案子后，苏轼将自己判案过程中的所见和心情，诉说给了弟弟苏辙，诗名《戏子由》：“重楼跨空雨声远，屋多人少风骚骚。平生所惭今不耻，坐对疲氓更鞭箠。道逢阳虎呼与言，心知其非口诺唯。居高志下真何益，气节消缩今无几。文章小技安足程，先生别驾旧齐名。如今衰老俱无用，付与时人分重轻。”

到了地方的苏轼，看得越多，想法越多，思想越激烈。于是，凭着自己的直率性格、洒脱性子，没事儿就“抱怨”几声、“哀怨”几下，并四处分发给天南海北的知己们。而以苏轼诗坛“男神”的号召力，诗歌传播之速只能以迅疾来形容，这令一些人欢欣，更让一些人难受。

这埋下的祸根，已然悄悄地发芽了。

密州“特产”，全是蝗虫

杭州有美景，有美酒，有“美眉”，还有美丽的民间传说，以及美好的前世今生的幻影流踪。

苏轼在《陌上花》（其三）序中道：“游九仙山，闻里中儿歌《陌上花》，父老云，吴越王妃每岁春必归临安，王以书遗妃曰：‘陌上花开，可缓缓归矣。’吴人用其语为歌，含思宛转，听之凄然。而其词鄙野，为易之云。”

吴越王钱镠与其正妻戴王妃的爱情故事，在苏轼笔下婉转成了世间最甜蜜、最美妙的如初恋般的情愫，动人、醉心。听民歌，引遐思，追溯源，文人的思维和意识，总是在不经意间，心生烂漫，恣意情怀，勃发文采。

苏轼与杭州的情感，说不尽、道不完。就像苏轼行走在西湖葛岭下的寿星院中，总有一种亲近而自然、温暖且熟悉的似曾相识感，恍若前世的自己曾端坐在禅院里，轻轻诵读经文，任时光荏苒，亦生命如昨。如此令人欢喜和怀想的地方，怎么舍得离去呢?

苏轼不舍!

只是，人生哪有一帆风顺，哪有那么多心想事成！杭州安宁的生活像一只漂泊的船儿“说翻就翻”了，一纸调令，苏轼从杭州通判荣升为密州太守，他得离开这片如画山水了!

此刻，密州城里城外、天上地上，密密麻麻的“欢迎队伍”，正等待着苏轼的到来。

它们从天上扑面而来，从地面风卷而起，它们展翅，它们呼啸，它们横冲直撞，雄赳赳、气昂昂地拥着密州新一任地方领导入了城门。此时此刻，只能用“糟心”二字来形容苏轼了。

顾不上去衙门报到，苏轼便直接去了受灾最严重的地方现场办公，得知蝗灾已有三年了，心情更是糟透了，立即组织人马开始大规模的灭蝗虫运动。根据实际情况，他采取了双管齐下的措施，一是向朝廷报告密州灾情，以争取朝廷减税减负来减轻农民负担；二是集聚各方力量，组织抗灾“突击队”，分赴各处，包干落实。在苏轼积极的带领和有效的布置下，官民众志成城，坚定了一举歼灭蝗虫的信心和决心。

足足有百来天，密州衙门的人都不知道新任太守是何模样，只知道这位诗词“男神”整日穿梭在灭蝗虫救灾情的第一线，将“团伙作案”

的蝗虫打击成稀疏的“流窜犯”，直到十二月密州开始下起鹅毛大雪，才将这场蝗虫灾害彻底消灭了。

蝗虫大军溃败，又遇瑞雪吉兆，苏轼心中绷着的弦终于可以松下来了，但这一松懈，他反倒病倒了。此时，正值辞旧迎新的好日子，看到老百姓今年不再受蝗虫的迫害，能过上喜气洋洋的新年，苏轼病虽未愈，但内心是喜悦的、欣慰的。

来年春天，密州又久不见春雨，庄稼可怜了，老百姓急了，如果雨水不来，没有收成不说，蝗灾还可能死灰复燃，这可愁坏了苏轼，怎么办?

求雨呗！苏轼想起了凤翔的事，决定“故技重施”再演一回虔诚的求雨者。

按照经验，苏轼选了离城二十里的常山作为求雨之地。熙宁八年（1075）四月，苏轼带领求神队伍，以虔诚、恭敬之心，恭请常山山神降雨福泽百姓。并再次采取了在凤翔使用过的“软硬兼施”的办法，以“物质”晓之以理，以“精神”动之以情，许诺为其请封，彰显贡献。

不知是苏轼的文采与虔诚打动了山神，还是许诺的功名利禄合了山神的意，众人还未回城，半路便见风云雷霆，滂沱大雨如注而下，旱情暂时得到了缓解。为了保证雨水丰沛，五月，苏轼再次上常山求雨，皆是有求必应，大喜，遂派人专程修葺了常山山神庙，并为其请来了“润民侯”的封赏。

苏轼认为，从长远考虑，应该解决密州的水利问题，而不是只求神听天行事。于是，苏轼决定兴修水利。他带领民众将山中泉水引流而下，各处分支，既用于灌溉，又做饮用之水。苏轼知道，水利建设，功在当代，利在千秋，这就是他超前的治水意识和治水思维，影响和福泽了世世代代的人。

在抗蝗救灾中，苏轼一直扑在第一线，顾全了大家，却冷落了小家。苏轼觉得也该让自己的家有生气、有朝气了，于是，喜欢打理庭院的他，又开始了对庭院进行修葺、整理、装饰。此时，恰逢新通判赵成伯上任，这位苏轼同乡兼“粉丝”的搭档，义不容辞地参与了翻新工作。一个月后，苏轼在园北面的一座亭子中举行了小型聚会，宴请宾客，远在济南的苏辙听闻此事，高兴之余作《超然台赋》，为哥哥的这座亭子取名“超然台”，兴之所至，苏轼遂作《超然台记》与苏辙酬和，高山流水，甚有雅趣。

苏轼有名的《望江南》，便是作于超然台上。词道：“春未老，风细柳斜斜。试上超然台上看，半壕春水一城花，烟雨暗千家。寒食后，酒醒却咨嗟。休对故人思故国，且将新火试新茶。诗酒趁年华。”一句“诗酒趁年华”，不知迷醉了多少后来人的心。

苏轼在密州作《江城子·密州出猎》《江城子·乙卯正月二十日夜记梦》《水调歌头》等，以雄浑、激昂、深情、大气、壮阔的精神气概开创了宋词新风尚，从此，词不仅仅只有柔媚、清丽、纤细、婉约之风。正是这些流传千古的绝世佳作，奠定了苏轼在宋代文坛的领袖地位，更征服了千万后来者的心。

密州经历多年灾害，遗留了许多社会问题，譬如时有婴孩被弃，这些可怜的孩子如果没有人管，就会饿死路旁。苏轼见一个捡一个，捡得多了，却没有专门的福利院以供养育，便鼓励有能力的人家收养孩子，并由衙门按月补助粮食助其将孩子抚养成人。爱民之心，爱人之心，在苏轼一生中体现得淋漓尽致，苏轼在民间的高大形象，或许就是由这些点滴之事叠加起来的吧！

饥荒久了，很多人被迫当了强盗。在密州，有一股很彪悍的盗贼，成了苏轼的心头之患，但是地方政府军力有限，无力剿贼，好在后来朝廷派军前来配合剿灭。这本该是一件极好的事，但苏轼却高兴不起来，因为前来援助的正规军比匪徒还残暴，他们以抓匪徒为名，将一些老百姓强制监禁起来，向其家人索要赎金。老百姓气不过，与他们打起来，却被他们驱散，无奈之下告到衙门。苏轼在不知情的情况下，对他们说这事不可能，朝廷派来的军队只会保护百姓。眼见苏轼偏袒"自家人"，告状的人只能捶胸跺脚地骂骂咧咧而去。

几天后，苏轼将这些兵卒集拢，好酒好肉招待着，待所有人聚齐，他一声令下，将作奸犯科之人全部拿下，再请来老百姓递交状纸，人证、物证一应俱全，那些人怎么也跑不脱了。此时，密州的老百姓才明白苏轼的拳拳爱民之心、保护之意。

苏轼在密州的生活虽十分艰苦，却苦中有乐。苏轼在《后杞菊赋》（并叙）中道：

天随生自言常食杞菊。及夏五月，枝叶老硬，气味苦涩，犹食不已。因作赋以自广。始余尝疑之，以为士不遇，穷约可也。至于饥饿嚼啮草木，则过矣。而余仕宦十有九年，家日益贫，衣食之奉，殆不如昔者。及移守胶西，意且一饱。而斋厨索然，不堪其忧。日与通守刘君庭式循古城废圃求杞菊食之，扪腹而笑。然后知天随生之言可信不谬。作《后杞菊赋》以自嘲，且解之云。

“吁嗟，先生！谁使汝坐堂上，称太守？前宾客之造请，后掾属之趋走。朝衙达午，夕坐过酉。曾杯酒之不设，揽草木以诳口。对案颦蹙，举箸噎呕。昔阴将军设麦饭与葱叶，井丹推去而不嗅。怪先生之眷眷，岂故山之无有？”

先生听然而笑曰：“人生一世，如屈伸肘。何者为贫，何者为富？何者为美，何者为陋？或糠核而瓠肥，或粱肉而墨瘦。何侯方丈，庾郎三九。较丰约于梦寐，卒同归于一朽。吾方以杞为粮，以菊为糗。春食苗，夏食叶，秋食花实而冬食根，庶几乎西河、南阳之寿。”

在这样的一生中，不论是粗茶淡饭，还是困顿艰辛，抑或是贬谪放逐，苏轼总能活蹦乱跳地过，兴趣盎然地说，云淡风轻地“作”。这会儿做密州太守，苏轼又开始调侃自己的穷酸样，说做了十九年官，却越发贫困潦倒，到如今，穷得只能与通守刘庭式去城墙边的荒废菜园子里寻杞菊果腹。两人嚼着野菜，调笑着彼此，倒将草木吃出了美味与喜悦，一派怡然自得的逍遥姿态。

所谓天真、可爱、率直，便是苏轼这样吧。

洪水无情，东坡有义

但凡苏轼途经之地、任职之所，总会出现一个现象，那就是不管与其交情深浅或有无交情，那些清流雅士、高僧名妓，会不自觉地打马而来，只为与其小叙一聚，谈天说地，且吟且歌。

酒肉歌舞诗词赋，生活不是远方的苟且，只是眼前的须尽欢。无论人生得意与否，苏轼都似一颗豁达乐观的种子，种子撒在哪儿，哪儿就开出欣欣向荣的绚丽之花，魅力无限。

这不，还没等他登上徐州城的舞台，“派对”就已然拉开了帷幕。

听说哥哥即将上任徐州太守，苏辙按捺不住那颗思念的心，利用工作调动的空当，定要陪伴苏轼一同赴任。从熙宁十年（1077）四月二十五日到八月十五日，这一聚，便是百天之久。这百天的相聚时光，兄弟俩同眠共枕，对月当歌，畅享人生，好不欢快、惬意，终于弥补了整整七年中秋节未能团圆的遗憾。骨肉相聚，尽欢颜；亲人相别，好惆怅。苏轼道：“此生此夜不长好，明月明年何处看。”美好瞬间总是来得快去得早，正如白居易所言：“花非花，雾非雾，夜半来，天明去。来如春梦几多时？去似朝云无觅处。”人生如梦，似水中月如镜中花，相聚终是难长久。

还来不及好好回味与弟弟百天相聚的美好，一场洪灾便汹涌而来。徐州地区连日大暴雨，徐州城久涝成灾，成为一座水城，街道变河道。灾难面前，穷苦百姓因生活条件不济总是最先遭殃，城里多有落水者，苏轼立即组织善水者前往援救，救人无数。

然而，祸不单行，城内水患未除，又现灾情急报。据《宋史·河渠志》记载：“澶渊北流断绝，河道南徙，东汇于梁山、张泽泺，分为二派，一合南清河入于淮，一合北清河入于海，凡灌郡县四十五，而濮、齐、郓、徐尤甚，坏田逾三十万顷。”原来，黄河在澶州（今河南濮阳）曹村处决口了！距离徐州城北五十里，滔滔河水犹如脱缰的野马，横冲直撞奔腾而来，迅疾蔓延方圆几百里，良田被淹、房屋遭毁，灾情十分严重。而最令人担忧的是，洪水已泛滥至徐州城东、南、北方向，又受阻于西南面的云龙山，因山势险峻、地形复杂，加之淤泥污物滞留阻碍，导致水流被围堵，水势被抬高，越来越不可控。苏轼说：“黄河西来初不觉，但讶清泗流奔浑。夜闻沙岸鸣瓮盎，晓看雪浪浮鹏鲲。”洪灾如此肆虐，徐州城岌岌可危。在此之前，得到灾情急报的苏轼，已经未雨绸缪，及时组织力量，筹备物资，修补城墙，加固堤坝，做好了洪水来犯的准备，不承想，其凶猛程度远远超出预计和想象。

到了八月二十一日，洪水抵达，“彭门城下，水二丈八尺”，一度高出徐州城内的街道，城池危在旦夕！

保卫徐州，保护百姓！作为徐州太守的苏轼冲到了最前面，指挥加固城墙，救助落水百姓，调度物资供给，夜以继日地战斗在抗洪第一线。原本洪水已是心头大患，不承想城中又连降两日大暴雨，使得灾情加急加重，更加凶险。城中富足、有权人家，纷纷收拾金银细软，仓皇弃家外逃，却被堵在了还未被水淹的西门前。人心一旦溃散，比洪水猛兽还可怕，这是一道看不见的洪流，足以酿成大险。

得到急报的苏轼，不得已从抗洪前线撤下来，奔赴另一个更加严重的“决口”处。眼前场面可想而知，“风声雨声推搡声哭闹声呵斥声声声揪心，小包大包扛着包拎着包挑着包包包刺眼”，一副大逃亡的溃散场面，若处置稍有不慎，后果不堪设想。此起彼伏的“开城门”“放一条生路”的哭求吼叫声不绝于耳，甚至有人喊出了“太守一起走”的请求。古人今人都知道苏轼有两大本事：磨嘴皮子，握笔杆子。最终，从躁动不安的人群退去、更多人加入抗洪抢险中的情形看，除了颁布的“禁止出城”的告示发挥作用外，苏轼对突发性“群体事件”的处理也是非常妥当、完美，官民齐心、共抗洪水的效果达到了。苏轼又以太守之名，请求当地禁军紧急援救（按照职权分工，地方官员不能调动禁军），他对禁军军官说：“河将害城，事急矣，虽禁军且为我尽力。”禁军军官为其精神所感动，“太守犹不避涂潦”，答应与之并肩作战。因此，官、兵、民心力合一，扭成一股绳奋战洪水。

人心齐了，力量有了，应急指挥能力就成为关键了。苏轼不负众望，采取三种措施带领众人打赢了这场战役。

一是“固”本。发动军民五千人“具畚锸，畜土石，积刍茭”，在城南建成了一条长近千丈的防洪长堤抵御水患，同时高筑城墙，夯实城基，以最牢固的基础保全城池安全。

二是“疏”堵。集中力量掘开清冷口，将围堵城池的洪水引流至黄河故道。这项改道而行的分流办法，正好切中疏洪之关键，效果事半功倍。

三是堵“漏”。洪水之所以横行霸道，不外乎水道被阻形成水泽，尤其是有大决口无法堵上，而曹村决口是危及徐州城的最大威胁。经过抗洪队伍不分昼夜地全力封堵，苏轼终于收到了曹村决口已解决的好消息。

这一固、一堵、一疏，洪水也低了头。经过四十五个昼夜的艰苦奋战，至十月初五，险情得以控制，洪水退去，徐州得救。老百姓纷纷奔向街头，欢天喜地地庆祝逃过一劫。

太守苏轼却不得一刻歇息，又开始组织灾后重建、防病、抚恤等工作，待这一切安排妥当，他又操心起徐州城防洪的长远规划。经过细致考量和周密计算，他向朝廷申请了一笔经费，欲在城外修建一条石堤以抵御洪水再犯。最终，朝廷下拨 3 万多贯钱、1800 石粮食、7200 个役工，苏轼根据经费、工期等测算，修建了一条长 3280 米的木坝。在他的设计与监督下，这项水利工程很快竣工，徐州城又恢复了往日的车水马龙、热闹繁华之景。

水患已治，苏轼那颗文艺心又开始膨胀躁动了。

元丰元年（1078）八月，木坝建成后，苏轼利用剩余的财物、废弃的淖泥等，在木坝的外围城墙上修建了一座一百尺（33米）高的楼，外体用黄土涂抹成黄色，名曰“黄楼”。据说这名字颇有讲究，因为中国传统的“五行说”中有“火克金，金克木，木克土，土克水，水克火”，以此命名，寓意黄楼镇得住水、防得住水，水灾水患再也不能肆虐徐州城了。

黄楼落成，苏轼即刻修书苏辙，请其为“黄楼”作赋一首，因此就有了享誉古今的《黄楼赋》（并序）：“激飞楹而入户，使人体寒而战栗。息汹汹于群动，听川流之荡潏。可以起舞相命，一饮千石，遗弃忧患，超然自得。且子独不见夫昔之居此者乎？前则项籍、刘戊，后则光弼、建封。战马成群，猛士成林。振臂长啸，风动云兴。朱阁青楼，舞女歌童。势穷力竭，化为虚空。山高水深，草生故墟。盖将问其遗老，既已灰灭，而无余矣。故吾将与子吊古人之既逝，闵河决于畴昔。知变化之无在，付杯酒以终日。”

苏辙这篇赋洋洋洒洒，平实质朴，控诉古往今来黄河水患给百姓带来的灾难和困苦，让生命饱尝苦难，让万物尽受创伤。启示人们，经时光变迁，过沧海桑田，方明白大难大灾后国泰民安得来不易！

这边《黄楼赋》（并序）热气腾腾刚出笼，那厢秦观泼墨挥毫的《黄楼赋》（并引）紧随其后来助阵，赋中道：“惟黄楼之瑰玮兮，冠雉堞之左方。挟光晷以横出兮，干云气而上征。既要眇以有度兮，又洞达而无旁。”

元丰元年，九月九日重阳节这天，举行了盛大的“黄楼”落成典礼，一时间，名流骚客、商贾小贩、平民百姓、高僧名妓云集，共同见证了徐州城盛世平安的美好景象。苏轼作诗曰：“去年重阳不可说，南城夜半千沤发。水穿城下作雷鸣，泥满城头飞雨滑。黄花白酒无人问，日暮归来洗靴袜。岂知还复有今年，把盏对花容一呷。莫嫌酒薄红粉陋，终胜泥中千柄锸。黄楼新成壁未干，清河已落霜初杀。朝来白雾如细雨，南山不见千寻刹。楼前便作海茫茫，楼下空闻橹鸦轧。薄寒中人老可畏，热酒浇肠气先压。烟消日出见渔村，远水鳞鳞山齾齾。诗人猛士杂龙虎，楚舞吴歌乱鹅鸭。一杯相属君勿辞，此境何殊泛清霅。”

这一年，“黄楼”热了，苏轼的心也热了，他的名字也随着防洪政绩飞到了朝堂上，神宗的褒奖是热切的，这让一些人莫名地畏惧担忧起来。毕竟，此时的苏轼正值壮年，神采飞扬，年富力强，颇具干劲，且有势头，让人如何能不望而生畏呢?

以至于后来，苏轼遭贬，那块他书写并刻录下黄楼落成盛典的石碑，被朝廷毫不留情地要求破坏掉。好在当时的太守有心，将石碑投到了护城河中保护起来。十年之后，朝廷对苏轼的态度些微向暖，皇家和民间开始争先恐后地搜集苏轼的手稿墨迹，另一任徐州太守听说这块石碑的消息，便悄悄命人打捞起来，趁夜色将碑文拓了几千份，然后再以“禁止苏轼碑文法令尚未取消”为由，将石碑即刻销毁，于是，这位苗仲先太守手中的拓本成了“香饽饽”，价格自然水涨船高，发了一笔横财。

苏轼在徐州这座国之要塞、重镇名城只待了短短的两年时光，却成了徐州城最为伟大的历史人物之一。他对徐州城的贡献，除了修筑防洪工程外，以下几项重要功绩更是让其名扬千古。

一是祈雨抗旱。洪灾之后必有旱灾，这种自然规律很是灵验。洪灾之后的第二年春天，徐州遭遇旱灾，苏轼在《徐州祈雨青词》中描述道："水未落而旱已成，冬无雪而春不雨。烟尘蓬勃，草木焦枯。今者麦已过期，获不偿种。禾未入土，忧及明年。"看来，苏轼还真是与治水和祈雨"有缘"呢。每遇旱情，苏轼必祭出"撒手锏"，名曰"祈雨"，就是向当地龙王爷"借"雨水一用，而后根据龙王的配合程度，再向朝廷为其请封。这做法看似荒谬，苏轼却屡屡成功，故而颇显神奇。这次苏轼又率领百姓去城东十里的石潭求雨，不久真得"霖雨苍生"，旱情得到了缓解，让人不得不佩服苏轼与每个地方的龙王交情都非同一般，雨水能"随取随用"。现代科学证明，降雨实则有规律，这次能成全"有心人"，也与苏轼组织民工修筑水库、池塘，使灾情得到一定控制不无密切关系，故而这场旱灾并未对农作物造成太大影响，农人损失也有限。

二是冶铁利国。苏轼在《石炭》（并引）中记载一史实："根苗一发浩无际，万人鼓舞千人看。投泥泼水愈光明，烁玉流金见精悍。南山栗林渐可息，北山顽矿何劳锻。为君铸作百炼刀，要斩长鲸为万段。"徐州有丰富的煤矿资源，苏轼以科学而敏锐的眼光发现了，由此使老百姓解决了冬天的取暖问题；更将煤炭作为燃料，提高炉温，助推了徐州冶铁事业的发展，为国家生产出了更优良的武器和装备等，真是一件利国利民、功德千秋的大好事！

三是注重民生。犯人也应当获得医疗救治的权利，这是苏轼在徐州视察监狱后做的一个决定。天灾人祸导致盗贼猖獗，致使狱中人满为患。在恶劣条件下，得病犯人若得不到及时有效救治，很容易死亡。苏轼认为这是太守不作为造成的，因而加大了对犯人健康的关注力度，受到犯人家属的一致好评。

越是最底层、最简单的事情，越是容易被忽略、被弱化，苏轼改革监狱陋规，扭转了不良社会风气，稳定了徐州社会治安。同时，他还整治地方军政，譬如朝廷颁布了一条“低级军士因公出差，官家不发差旅费”的法令，军士出差须自己筹备盘缠，往往只得借高利贷。而因军饷被克扣偿还不上高利贷，当了逃兵、沦为匪盗的情况屡见不鲜。苏轼便从官费中省下部分钱，作为公差补助经费，解决了这一棘手问题。他还严厉要求军中不得赌博饮酒，并上疏神宗：“熟练技艺为诸郡之冠，陛下遣使按阅所具见也”。

四是助推文化。苏轼在徐州期间创作了大量的诗词，不仅丰富了徐州文化，更为徐州留下了宝贵的人文资源和历史遗迹，使其旅游业和文化事业蓬勃发展，延绵至今，惠及当下。他游历过的云龙山、燕子楼、桓山、百步洪、戏马台、台头寺等，都留下了千古诗篇，流传至今。“鹤归来兮，东山之阴。其下有人兮，黄冠草屦葛衣而鼓琴。躬耕而食兮，其余以汝饱。归来归来兮，西山不可以久留。”放鹤亭、苏步桥、东坡石床、招鹤亭，徐州的山山水水都留下了苏轼的身影和足迹，任后人想象、追寻、凭吊。

当然，还有苏轼知徐州期间的那些逸闻趣事，譬如他走到哪儿，哪儿就热闹非凡，哪儿就文学蓬勃发展。

同是八月二十一日，今时不同往日，去年水发黄河、洪淹徐州，苏轼苦恼不已；今年喜得长孙（名箪，号楚老），晋为爷爷辈，苏轼心里欢喜。又至半月，好友王巩携大队人马来聚——一队小妾，一车美酒，一行杂役，阵容豪华。王巩才思敏捷，文章锦绣，很为苏轼所看重。苏轼在《九日次韵王巩》中说："我醉欲眠君罢休，已教从事到青州。鬓霜饶我三千丈，诗律输君一百筹。闻道郎君闭东阁，且容老子上南楼。相逢不用忙归去，明日黄花蝶也愁。""诗律输君一百筹"，王巩还真能写，在徐州十日写诗百余首，难怪苏轼也"甘拜下风"。

苏轼公务缠身时，便由颜复领着徐州名妓盼盼、英英、卿卿陪着王巩一起游山玩水。有时苏轼正好在黄楼上等他们归来，远远望去，颜复身胖，王巩瘦小，他们被佳人莺声环绕着，此情此景，一时激起苏轼对当年杭州生活的回忆。他在《次韵王巩颜复同泛舟》中道："沈郎清瘦不胜衣，边老便便带十围。蹀躞身轻山上走，欢呼船重醉中归。舞腰似雪金钗落，谈辩如云玉麈挥。忆在钱塘正如此，回头四十二年非。"

王巩离开不久，和尚参寥又来了。在杭州未曾相遇，便专程赶来徐州续上缘分。这还真是一个好地方，成全了一桩一见如故的朋友情谊。后来，苏轼遭贬黄州时，参寥又从美丽富饶的杭州跑到清苦的"雪堂"，整整陪伴了苏轼一年。朋友一生一起走，哪怕前路多险滩。

参寥前脚刚走，好朋友李常又来了，说是调任途中开个小差，拐了弯儿专程跑来找苏轼喝酒。酒逢知己千杯少，这两人兴致高得日日聊到深更半夜。相聚十日后，李常赴任去了，苏轼想这回该清静了吧?不承想，李常又给苏轼送来一位弟子，这就是后来成为“苏门四学士”之一的秦观。手持李常推荐信的秦观，在临别时又赠诗一首：“人生异趣各有求，系风捕影只怀忧。我独不愿万户侯，惟愿一识苏徐州。”

见诗文不凡、人才风流，苏轼自是欣喜异常，师徒之名自此确立。

苏轼在徐州期间，“苏门四学士”中的另一位重要的人物也有诗作寄来，他便是李常的外甥、孙觉的女婿，历史上著名的大文豪黄庭坚。黄庭坚在信中言辞谦逊，自称学生，以至苏轼回信曰：“耸然异之，以为非今世之人也。”苏轼一眼看出黄庭坚非池中之物，文学造诣必是高过常人。

徐州对苏轼来说极为特别，苏轼与徐州，生前身后皆有缘。在徐州的两年时光，四面八方的朋友应声而来，他还结识了王炯、王适两兄弟，后来王适经苏轼介绍，还成了苏辙的女婿，能让苏轼和苏辙同时看上眼，足见王适人品、文才自有过人之处。

还有云龙山上的道人张天骥，也成了苏轼的好朋友，两人在山中留下了很多有趣的故事和出彩的文章，更是让徐州城千年来流光溢彩。

乌台诗案，祸起“牢骚”

俗话说，没有金刚钻，不揽瓷器活儿。

苏轼有“两个金刚钻”，一是会说，譬如他从小地方眉山“说”到了皇权制高点金殿上，从普通学子“说”到了制科“状元”，从籍籍无名的文学青年“说”到了文学领袖欧阳修处，甚至在皇帝面前也从容自若，足以说明其学识、胆识、口才必是出类拔萃、非同凡响的。二是会写，千古流传的诗词文赋以及他的文坛领袖的地位，足见其文著华章之风采。苏轼这“两个金刚钻”成就了他的千古美名，也注定了他要走一段艰辛磨难的人生旅程。

徐州充满怀恋，未来值得期许。元丰二年（1079）三月，苏轼调任湖州太守。走马上任后按例给皇帝呈交了一份“感谢信”——《湖州谢上表》。奏章中说：“伏念臣性资顽鄙，名迹堙微。议论阔疏，文学浅陋。凡人必有一得，而臣独无寸长。荷先帝之误恩，擢置三馆；蒙陛下之过听，付以两州。非不欲痛自激昂，少酬恩造。而才分所局，有过无功；法令具存，虽勤何补？罪固多矣，臣犹知之。夫何越次之名邦，更许借资而显受。顾惟无状，岂不知恩？”意思是，以臣如此愚笨、驽钝的资质，陛下您还将臣提拔到如此好的地方、重要的位置，臣何德何能，臣诚惶诚恐，臣感激涕零啊。

对于这封谢恩奏章，苏轼原以为是“做做样子，走走过场”罢了，谁会认真去看、去研究？所以，说到“动情处”就管不住话篓子了，他道：“此盖伏遇皇帝陛下……知其愚不适时，难以追陪新进；察其老不生事，或能收养小民。”意思是，臣知道自己笨拙不堪、不合时宜，难以与“新进”一起陪伴陛下左右，但臣却是过了“惹是生非”的年龄，定会在地方上安心干、认真干、好好干。稍仔细一琢磨，这哪是在谢恩，分明是满腹牢骚。

话多了，纰漏就多；文多了，故事也多。苏轼爱说爱写，且喜欢实话实说、有话直说、见到就说，眼睛里揉不得沙子。对于苏轼说的很多话，当权者、改革派和“新进”们是不愿听或不愿看的，然而，苏轼说的很多话、做的很多事，文人骚客、平民百姓、高僧名妓却很是喜欢“广而告之”。他只要一写什么诗文，乡村重镇、市井朝廷、茶楼饭庄，无论多远多偏，都能迅速传播到。有些“牢骚”其实是苏轼无心写之，但有些人却不这么看，一句“难以追陪新进”就正巧触动了“新进”们的敏感神经。苏轼可以不喜欢“新进”，但没必要挖苦“新进”啊，而且还如此明目张胆，在奏折上嘲讽“新进”，还把皇帝放在眼里吗？那些“新进”可都是神宗提拔的，苏轼明显是在质疑皇帝识人、用人的眼光啊，此乃大罪也！

苏轼多嘴，因此摊上大事了。有多大呢？

元丰二年六月，先是一位御史直接将“谢恩表”抛出来弹劾苏轼，说他无视神宗、蔑视朝廷、轻视官员。又过几日，御史舒亶将苏轼刊印的诗集和收集到的几首诗呈上了朝堂，指控苏轼所作关于燕子与蝙蝠的寓言、农人三个月无盐吃、农人进行青苗贷款等诗故意夸大其词、夸张后果，与现实和实际不相符合，不但有损朝廷形象，而且是对神宗皇帝大不敬。紧接着，御史中丞李定也跟上一表，列举出苏轼四条罪状，认为苏轼应该因此获罪并被处以极刑。

当四份弹劾奏章摆在神宗面前时，对苏轼的调查和审讯已不可避免。弹劾者想将苏轼置于死地，神宗皇帝却不糊涂，他同意带苏轼到京做充分的调查、问讯，但在之前不能轻易下结论。所以，当官差到达湖州时，出示的也就是一份普通的免去职务、传唤进京的谕旨而已，与所谓的“批捕”大为不同，一个是罪行已明实施抓捕，一个是问题不清带来问话，细微之别，足见神宗对苏轼的用心了。

然而，李定更有心，不但派出精干官吏皇甫遵前往“捉拿”苏轼，其所选随行士兵也是凶悍狰狞，做足了“让你怕”的气势。果真，据苏轼的朋友孔平仲听湖州通判提及当时情形，说苏轼万分紧张，觉察结局不太好，遂向官差请示：“臣知多方开罪朝廷，必属死罪无疑。

死不足惜，但请容臣与家人一别。”因不知道还有没有机会再与家人聚首，趁着得了宽限，苏轼便赶紧回家与亲人道别。见众人哭得撕心裂肺，苏轼于心不忍，便说了一个故事开导大家。他说，当年宋真宗渴求圣贤，为了让不愿意出仕的贤人杨朴进京面圣，便以护卫的方式带到京城。皇帝问他：“会作诗吗？”他说：“不会。”皇帝又问他：“来京时，朋友作诗相送否？”他说：“未曾，只有妻子作了一首。”皇帝一听很新鲜，说：“什么诗，说来听听？”于是杨朴就念道：“更休落魄贪酒杯，且莫猖狂爱咏诗。今日捉将官里去，这回断送老头皮。”本来是肝肠寸断的离别场面，经苏轼这么一说，家人倒被逗乐了，也暂消了悲伤、失落。

其实，在官差到来前，还有两个插曲特别关键。一是驸马王诜通过苏辙向苏轼“通风报信”，让他做好被朝廷缉拿的心理准备。而其中最为惊险的是，苏辙的报信比官差的到来早一步，因为公差皇甫遵带着儿子上路，其子在路上得病耽搁了半日，让苏轼提前得到了如此重要的消息。二是苏轼的表弟、画竹名家文同二月去世，官差到来时，他正在浏览、整理文同的画作，准备拿出去晒晒，但见文同曾经送给他的一幅竹子，不禁泪流，就像当初与其道别时那般痛彻心扉。于是，提笔记述了他与文同、与竹、与画的历历过往。

另外，苏轼在被押解去京的途中，也有一段小插曲可说。据说苏轼曾想投水自杀，又因不知此案结局如何，如果死得不明不白不就是畏罪自杀吗？那么肯定会连累家人、朋友，更犯不着如此草率地结束生命。再一琢磨，眼前清晰了，我哪儿犯事了？无非说点儿现象、写点儿景象罢了，太宗皇帝说“不杀士大夫和上书言事者”，这祖制总不能违背吧？不管苏轼如何想，总之，在长子苏迈的陪伴下，走了二十多天，于八月十八日被送进了御史台的皇家大牢中。而其家人在离开湖州刚抵达安徽宿县时，又被御史台的官兵围住，将行李进行了逐一搜查，整个气氛特别紧张，人人惧怕又不敢作声。官兵走后，王闰之骂丈夫写诗招祸，于是在气愤中将苏轼的诗文手稿焚烧，等苏轼出狱后清点，发现有三分之二的作品被付之一炬，令人扼腕。

苏轼进御史台前后四个多月，审问有四十多天，抄获违禁诗作一百多首，牵扯到的人多达三十九位，老老少少、大官小官、退休在职、朝堂地方，各种朋友皆有。苏轼交友还真广泛，而且还不是泛泛之交，这些人与苏轼均有书信诗文往来，且个个都会写、人人了不得。细数一下有驸马王诜、宰相之孙王巩、司马光、张方平、范镇、李常、孙觉、曾巩、刘恕、苏辙等，这些朋友在关键时感情也过硬，他们多与苏轼一起被贬遭罚，却没有落井下石，也没有过多怨言。有人说，朋友就是一生一起走，同甘共苦，心心相印，苏轼能有这么多有福同享、有难同当的密友，当归于个人魅力。想当初对生活品质极为讲究的王巩，被贬西北后，虽少了美酒和美人陪伴，吃了很多苦头，却对来信表达愧疚的苏轼依旧好言相劝，说你想多了，我现在活得好得很呢！

人说“近朱者赤，近墨者黑”，什么样的人结交什么样的朋友，什么样性格的人结交什么样性格的朋友。想来与苏轼相交的人，都是与他性情相投、三观一致的吧！

苏轼进了被称为“乌台”的皇家监狱后，御史台的人开始轮审。

案情主要集中在以下几个方面：

其一是宰相王珪出示的苏轼所作的《王复秀才所居双桧》（其二）：“凛然相对敢相欺，直干凌空未要奇。根到九泉无曲处，世间惟有蛰龙知。”由此称其“欺君犯上”。王珪的理由是，当今圣上正值壮年，可谓飞龙在天，怎么就九泉之下去了？苏轼这是投效了哪门子的“蛰龙”，是有异心了吧？都说王珪是朝中出了名的“领圣旨”“听圣旨”“得圣旨”的“三旨宰相”，属于那种没有主见，说套话、做套式、走套路的“老好先生”，也不知怎的，就和苏轼这首诗杠上了，认定是大逆不道，将苏轼往绝路上逼。是苏轼曾得罪于他，还是他忠君爱主、容不得任何人不忠于皇帝？这事没法说清楚，好在章惇在场帮苏轼打了圆场，说诗中偶尔出现“龙”字也很正常，哪能与陛下您这真龙天子相提并论？且苏轼也一直咬定此“龙”是王安石所作之诗“天下苍生待霖雨，不知龙向此中蟠”中的“龙”，此事也就不了了之了。出了朝堂，章惇拦着王珪问：“为什么要将苏轼置于死地？”王珪说：“这是舒亶的原话，我只是借用而已。”好一个舒亶说的，章惇气得冷笑几声。

其二是御史中丞李定指控苏轼有四大罪证：一是不学无术，不满现状；二是讥讽大臣，无端傲慢；三是频发乱语，影响极坏；四是诋毁皇上，不思悔改。以上每一条都可以要了苏轼的命，何况是四条，不知神宗皇帝看了作何想。

李定是王安石的学生，也是王安石一手提拔的变法中坚分子，因拥护新法而得到老师和神宗的赏识，得以快速升迁。而又因其隐瞒母丧，避服守孝，遭到变法反对派大臣的嘲讽。苏轼是变法反对派，而又因一难以说清的因由，李定心中怀疑并很不痛快，那就是李定同母异父的哥哥佛印是苏轼的好友，说不定自己不服母丧的小道消息，就是苏轼在佛印处听说并传播的。如此想就太过复杂了，其实苏轼和李定无非是三观不合罢了，道不同不相为谋，两个生活观、人生观、价值观不同的人能处到一块吗？这或许是主张变法派和反对变法派之间的又一次博弈吧。

苏轼该如何来应答这么多问题？面对自己曾作的上百首诗歌，他还能记得清、道得明这些由来吗？

苏轼天纵奇才，诗词文赋俱佳，且善于用典，要完全摸清他的意图和想法，还真困难。可以想象，每当苏轼面对审问者侃侃而谈其诗文出处时，是不是让御史们更加忌惮，或又自愧不如？反正，苏轼得自圆其说自己文章的脉络及由来。

其三是舒亶逮住《湖州谢上表》中的四句话不放，也就是这次“乌台诗案”的导火索。他对皇帝说：“臣伏见知湖州苏轼近谢上表，有讥切时事之言。流俗翕然，争相传诵，忠义之士，无不愤惋。且陛下自新美法度以来，异论之人，固不为少……至少包藏祸心，怨望其上，讪渎谩骂而无复人臣之节者，未有如轼也……应口所言，无一不以讥谤为主……虽万死不足以谢圣时，岂特在不收不宥而已。伏望陛下……付轼有司，论如大不恭，以戒天下之为人臣子者。不胜忠愤恳切之至。”

对于李定和舒亶的控告，苏轼还未一一解释清楚，又有御史检举说，苏轼还曾经写过“古之君子，不必仕，不必不仕。必仕则忘其身，必不仕则忘其君”。这次控诉看似直白简单，却是意识形态和思想主张的问题，追究起来，性质是非常严重的。此刻，纵有一张利嘴，苏轼也不知道该如何说起，真有点百口莫辩了。说自己无罪吗？罪证却是越积越多。说自己有罪吗？怕是走不出这牢房了。总之是羊入虎口，想走出去，代价可能非常惨重。

苏轼应该是做了权衡和考量，之后决定承认一些罪责，譬如承认对新政失望，因而其诗论中有批评之意、失望之意、愤慨之意，在群众中造成了不良影响。于是，御史们便开始调查取证、录取口供、寻找突破。之后又找到了苏轼诗中提到的新鲜词如虎难摩、夜枭、蜩蝉、蛙蝈等，而这些其实就是讽刺当政者（反对派）形象的，说他们像聒噪的鸣蝉、鸣蛙、夜枭、乌鸦、鸡鸭等，甚至说有些人是戴着冠的“猴子”，即所谓“沐猴而冠”，装装人样子罢了。他这样形容、藐视当权派，怎可能被轻易地放过！

审问持续到十月初才结束，御史台将审查情况呈报皇帝，怎么处置苏轼这烫手的山芋又回到了神宗手里。

就在此时，仁宗的皇后染病而死，临死前对神宗说：“记得苏轼和苏辙中进士时，先帝非常高兴，回到后宫对众人说，刚为子孙物色了两个宰相之材。听说苏轼受小人陷害正在接受审查，你可别冤枉了好人、便宜了小人，那样老天爷也是不容许的。”其实，神宗也是真心喜欢苏轼的，并不想置他于死地，然而朝中大臣蜂拥而上地指控他，神宗也必须查实案情，既要给检举者一个交代，也要还苏轼一个清白——当然，前提条件是苏轼本身是清白的。

为了给案子尽快画上句号，神宗采取了一个特别有意思的考证办法，这是在“乌台诗案”过去几年后，苏轼对朋友讲的：我在狱中时，某天深更半夜，牢房里进来了一位抱着枕头的人，躺下便呼呼大睡了，我也没多想，便也翻身睡了过去。大概是在黎明，有人拍拍我肩膀，道了一句“恭喜你”，就从牢房里出去了。后来才知道，这是神宗皇帝派来考察我的，看看我心里有鬼没鬼，睡不着便是有问题，能酣然入睡便是心地坦荡。

还有一件事，也让后来人所津津乐道。

在狱中时，苏轼与长子苏迈约定，在外听到平安的消息时，那日便送蔬菜和肉来；如果听到特别不好的消息，便送一条鱼来。不承想，有一日苏迈外出筹钱，给父亲送饭的事便拜托给一位亲戚。这位亲戚也是好心，想给苏轼改善一下伙食，于是做主蒸了一条鱼送来。苏轼见到鱼肉，心里一凉，心想此命该绝了。伤心失望之下，便给弟弟苏辙写了一封绝笔信（两首诗），其一曰：“圣主如天万物春，小臣愚暗自亡身。百年未满先偿债，十口无归更累人。是处青山可埋骨，他年夜雨独伤神。与君世世为兄弟，更结来生未了因。”

人之将死，其言更诚。也许是这封情真意切、亲情可贵的信让皇帝为之动容了，因而从轻发落了苏轼。当然，也有人对神宗能看到此信存有疑问，御史台的人怎会让皇帝见到利于苏轼的东西呢？这些都只是后来人的揣测罢了。而另一种说法则是苏轼借送错饭菜之故，写了这组“破釜沉舟”之诗，希望神宗皇帝能对自己网开一面。前因后果不必去探佚了，结果向好就成了。

对于那些天天在面前高喊着要将司马光、范镇、张方平、李常等人同处极刑的人，神宗也是无比厌烦了，祖宗定下的“不杀士大夫和上书言事者”的规矩，非得让自己破吗？两种极端的声音，让神宗明白“上纲上线”的可怕性，谁没有几句牢骚话呢？于是，“乌台诗案”以苏轼被贬为黄州团练副使，驸马王诜被削去官爵，王巩被发配西北，苏辙、司马光、张方平、李常、范镇等人或被贬或被罚红铜而做了终审了结。

苏轼出狱时，正值除夕，大街上的人欢天喜地，一种自由清新之气扑面而来，那是久违的感觉啊。忍不住情绪的他立马又赋诗两首，其一道：“平生文字为吾累，此去声名不厌低。塞上纵归他日马，城东不斗少年鸡。”

刚遭受了这么大的灾祸，苏轼还是没有吸取教训。这首极具讽刺意味的诗歌，幸好没有被当权派利用。他随手拈来的典故是说，少年贾昌因斗鸡厉害而获得唐天子宠爱，因而成了宫廷中的弄臣和伶人，这就是在讽刺小人得志啊。

苏轼这爽直的性格还会招来哪些祸事呢？

贬谪黄州，出世生活

亲人担风雨，知己慰平生。从此天涯路，冷暖各相知。“乌台诗案”成为苏轼人生中最重要的分水岭，也成为他生命里最主要的转折点。

此去经年，别有一番滋味上心头。

元丰三年（1080）正月初一，苏轼在长子苏迈的陪伴下，由御史台差人押赴黄州。二月初一，苏轼抵达黄州，而住哪儿却成了问题。

因朝廷规定，像苏轼这种戴罪异地安置的“官员”，不享受住房、工资、补贴等福利，吃穿住行都得自理。还好城外定慧院僧人相邀，父子二人才有了落脚处，安心等待家人的到来。

能得此清静之所的接纳，实则因由太守徐君猷乐道尚文，特别仰慕苏轼的文采，而给予了照顾。后两人性情相投，视彼此为知己，更多了佳话流传至今。

苏轼贬谪之地黄州，今属湖北黄冈市，依托长江优势，经济文化繁荣，历史悠久浑厚。但在千年前，这里却是偏远、荒芜之所，人烟稀少，物产不丰，百姓生活十分清苦。而被剥夺了官员待遇的苏轼，将如何克服艰苦条件、养活一家老小呢？

此时考虑此问题还尚早，因为家眷还在路上呢。

暂时安顿下来的苏轼，一时间无所事事，作息饭食便同僧人。除此外，他早晚会围着寺院的树林转悠，以散步来消遣，慢慢地，人静心空，思绪沉下来，过去的种种犹如影像放映：少年时的出类拔萃，青年时的意气风发，到如今的窘迫受困，都源于何故、起于何因？

回想起来，在贬谪黄州以前，苏轼虽未在朝堂上大展拳脚，却在地方干得如鱼得水。太守之职，赋予了他最直接的决策、指挥和处理权，因而苏轼治理管辖区时，可以按照自己的思路和步骤去规划和实现，做起来政令通畅，往往事半功倍。所以，在“乌台诗案”发生前，苏轼仕途算是一帆风顺的。对于“乌台诗案”这猝不及防的挫折和打击，还来不及认真思考总结，便风尘仆仆地到了黄州。眼下寄居寺庙，腾出了厘清自己的时间和空间。于是，他开始问自己，有人跌了一跤，躺着怨天尤人；有人摔了跟头，爬起来顿悟了。自己该怎么做？

在定慧院的日子，很悠闲，也自在。苏轼去山林里探幽觅胜，到江那边寻友访朋，坐禅院中听佛问道，他开始真正走进宗教，并尝试由此获得心灵平静和生命安宁。他在《黄州安国寺记》中道：“间一二日辄往，焚香默坐，深自省察，则物我相忘，身心皆空，求罪垢所以生而不可得。一念清净，染污自落，表里翛然，无所附丽。私窃乐之。”

这篇记很有意思，苏轼说自己得罪权贵是早晚之事，究其原因，秉性使然，道不同不相为谋。它流淌在血液中，深种在骨子里，与元气、精神、思想融为一体，不是改革自新就能根除的，迟早会发作，倒不如皈依佛门慢慢洗涤心灵之垢。

所以，他在文中写道：“反观从来举意动作，皆不中道，非独今以得罪者也。欲新其一，恐失其二，触类而求之，有不可胜悔者，于是喟然叹曰：‘道不足以御气，性不足以胜习。不锄其本，而耘其末，今虽改之，后必复作，盍归诚佛僧求一洗之？’”

当真能“一洗之”吗？苏轼多舛的人生，给出了答案：江山易改，本性难移。

苏轼曾说，守其初心，始终不变。既然无法改变初心，那就守护它吧。所以，佛教于他，是精神超然，境界升华；是灵魂依托，生命勘破，更是了然彻悟后的拿得起、放得下。

在黄州的日子，有初心保驾护航，苏轼注定会过得有滋有味、肆意洒脱，这才是那个本真率性可爱的他。

五月二十九日，家眷抵达黄州。得太守礼遇，一家人搬进了临皋亭。这是一座官府水路驿站，人流不大，几间陋室，足以存身。有家，就得过日子。日子，就是柴米盐油。好在夫人王闰之善持家、会打算，她将所有财物做了统筹规划，以确保家人能暂时衣食无忧。当然，苏轼也参与其中了。他在与秦观的信中自豪地推广了这种“精打细算”的做法：“初到黄，廪入既绝，人口不少，私甚忧之。但痛自节俭，日用不得过百五十。每月朔便取四千五百钱，断为三十块，挂屋梁上。平旦，用画叉挑取一块，即藏去叉，仍以大竹筒别贮用不尽者，以待宾客。此贾耘老法也。度囊中尚可支一岁有余，至时别作经画。水到渠成，不须预虑，以此胸中都无一事。”苏轼说，用如此办法，足可以支撑家计一年有余，待钱物用尽时，自有办法解决，不必过分担忧。

无事于心，无心于事，苏轼又至一新境界也。

日常用度安排好了，苏轼便开始改善居住条件，二十多口人挤在潮湿狭窄的临皋亭也不是个事儿。于是，经朋友帮助，终得官府批给一块五十亩的废弃坡地，美其名曰“东坡”，他遂以“东坡居士”自谓。“东坡”上有座亭子，有旧屋三间，苏轼于下方再建房舍五间，于隆冬竣工。他又将厅堂四周漆得白如雪，适时雪花纷纷扬扬，远处一瞧，屋外屋内浑然一色，于是房屋得“雪堂”雅称。自此，“雪堂”就成为苏轼宴请宾客、修身养性的精神之所。

与此同时，他还在“东坡”上开垦出十亩农场，做好了自耕自种、当好农人的长远准备。

从官员到农民，从知识分子到体力劳动者，从文学家到老百姓，挽起裤腿、撸起袖子、戴上斗笠的苏轼与农人无异，他把精力转移到了栽秧耕种、筑坝养鱼、植树摘果等农活上。请教老农农技，搜集优质菜种，寻找活水源头，修理茶树果蔬，忙得不亦乐乎，虽累却充实无比。

有时，或行于乡间小路，或走在田垄地头，或黄州城里来去，无人知是苏轼，他同所有农人般，扛着锄头晚归，遇到乡邻闲聊，碰见稚童逗笑，遭遇歉收发愁。摘去“冠冕”的苏轼，生活简单如许，他在《东坡》中说：“雨洗东坡月色清，市人行尽野人行。莫嫌荦确坡头路，自爱铿然曳杖声。”

后人称赞苏轼豁达、开朗、天真、豪情，实则是说他于何时何境下所展现出的生活态度和生命姿态，就像他在黄州时创作的文学作品，无一不透着恣意洒脱，奇雄豪迈、格局天成，篇篇精绝，令无数才子竞折腰。

“遥想公瑾当年，小乔初嫁了，雄姿英发。羽扇纶巾，谈笑间，樯橹灰飞烟灭。”“惊起却回头，有恨无人省。拣尽寒枝不肯栖，寂寞沙洲冷。”“莫听穿林打叶声，何妨吟啸且徐行。竹杖芒鞋轻胜马，谁怕？一蓑烟雨任平生。”

劳作的辛劳，生活的艰难，日子的困苦，在苏轼笔下，却只是轻描淡写、意趣盎然、生机蓬勃。避朝廷之机锋，遁江湖以致远。当下，正是人间好时节吧。

很多人喜爱苏轼，便是从黄州这一段开始的。三年时光，他到底有多少令人们津津乐道的逸闻趣事呢？

先得从交友说起。有人说，要看一个人的魅力，直接看他的朋友圈就一目了然了。苏轼的朋友圈在“乌台诗案”中暴露了个底朝天，他以戴罪之身来到黄州，还有人敢亲近他吗？答案是肯定的。苏轼到了黄州后，很多朋友不远千里来看他、陪他，甚至有人就在黄州“等”

着他。譬如陈慥就住在岐亭北，两人没事就在一起吹吹牛、聊聊天。譬如黄州太守徐君猷和武昌太守朱寿昌，有了好酒好肉便会叫上苏轼一同享用。譬如追随苏轼二十多年的“真爱粉”马正卿，是他帮苏轼争取到了五十亩东坡地。譬如四川道人杨世昌，在黄州与苏轼论道一年有余，此人也是《前赤壁赋》中所描述的吹笛之人。譬如和尚参寥，从杭州来与苏轼说佛讲禅。譬如在“雪堂”与苏轼谈书论画的年轻的米芾。又如苏辙的几位女婿轮番来探望他……

在苏轼的笔下，邻居们也那么天真可爱。他与邻居庞大夫、郭药师、潘酒监、农夫古某等成为好朋友，与他们说话、做事时很是不拘小节。他吃到刘监仓家中的酥饼，觉得味道不错，便问：“饼这么酥脆，有名吗？”答曰：“没名呢。”“那就名‘为甚酥’吧。”还有一次，他到潘酒监家饮酒，入口只觉味酸，便脱口而出道：“这酒肯定是做醋时放错了水吧？那就叫‘错著水（放错水）’吧。”说话不经大脑，做事不懂圆滑，在朋友面前，苏轼大大咧咧、咋咋呼呼，情商低到了极点。也许就是这般真情流露，苏轼才能与名流显贵、村夫野老、和尚道士、歌伎农妇成为挚友，用他自己的话说便是：“吾上可以陪玉皇大帝，下可以陪卑田院乞儿。”“眼前见天下无一个不好人。”见谁都是好人，心思单纯，性情天真，这便是苏轼的可爱之处吧。

苏轼在黄州，被好友挂记，也被朝堂之人关注，神宗皇帝也对他多加留意。有次神宗正在用饭，忽闻苏轼病逝，陡然心情低落，进食再无滋味，连忙传召朝中一大臣（苏轼亲戚）询问。传召之急迫，足见神宗对苏轼的关爱程度。后证实苏轼只是得了病，几月未出门，待身体好后出了“雪堂”，谣言才终止。

苏轼很是好玩。黄州附近的山山水水，他都踏遍了。时临长江凭栏眺，或宿江上观夜月，又往寺庙寻静谧，偶攀赤壁望沧海……他着短褂，穿芒鞋，拄竹杖，披蓑衣，朴素又接地气，让人顿生好感。

苏轼喜好小酒，时常醉酒。有次从城里返回“雪堂”时，有段黄泥路不好走，醉意正酣的苏轼却挥毫写下了《黄泥坂词》：“归来归来兮，黄泥不可以久嬉。”苏轼绝大多数的佳作都源于偶得和顿悟，与生活息息相关。

还有一次，苏轼独自乘舟在江上喝酒，酒酣处诗兴大发，偶得佳作《临江仙》：“长恨此身非我有，何时忘却营营？夜阑风静縠纹平。小舟从此逝，江海寄余生。”不承想，有好事者歪解了“小舟从此逝，江海寄余生”，以为苏轼要驾舟跑路了，害得太守大为吃惊，生怕苏轼从自己的地盘上消失而无法向朝廷交代，赶紧前往“雪堂”一探究竟，却见苏轼正鼾声如雷。后来，这谣言又传到宫中，不知神宗作何想，许是见怪不怪了吧？不按常理做事，不按套路作诗，苏轼总是这么让人欢喜让人忧啊。

苏轼道：“雪沫乳花浮午盏，蓼茸蒿笋试春盘。人间有味是清欢。”美食于苏轼，是爱好，是逸趣，更是乡愁，因为他总能将家乡的风味传播得很远很远。在黄州那几年，苏轼发明了很多美食：东坡肉、东坡鱼、东坡羹等。但美食再好，也不能贪嘴，苏轼就在《节饮食说》中说：“东坡居士自今日以往，早晚饮食，不过一爵一肉。有尊客盛馔，则三之，可损不可增。有召我者，预以此告之，主人不从而过是，乃止。

一曰安分以养福，二曰宽胃以养气，三曰省费以养财。”食有量，酒有度，方是养身养气养福之法。守度、有度，何尝不是人生大学问呢？

贬谪的日子虽清苦，苏轼却获得了前所未有的心灵满足，仿佛来到了方外世界：“有屋五间，果菜十数畦，桑百余本。身耕妻蚕，聊以卒岁也。”

黄州于苏轼，是收获，是蜕变，是升华。他能在艰苦的环境中，能把控生活幸福感，追寻精神超越感。同时，他还不忘一种责任感和使命感。当知道当地有杀婴恶俗时，愤而写了一封《与朱鄂州书》：“天麟言：岳鄂间田野小人，例只养二男一女，过此辄杀之，尤讳养女，以故民间少女，多鳏夫。初生，辄以冷水浸杀，其父母亦不忍，率常闭目背面，以手按之水盆中，咿嚶良久乃死。有神山乡百姓石揆者，连杀两子，去岁夏中，其妻一产四子，楚毒不可堪忍，母子皆毙。报应如此，而愚人不知创艾。天麟每闻其侧近有此，辄驰救之，量与衣服饮食，全活者非一。既旬日，有无子息人欲乞其子者，辄亦不肯。以此知其父子之爱，天性故在，特牵于习俗耳。”

杀婴是灭绝人性的恶习，在请求官府制止的同时，苏轼还全力组织了一个救儿会，邀请正直、热心、善良的人士加入会中，共行善举。他们推举有爱心、善心、慈悲心的古某担任会长，向各方募集救助金，用于给贫困婴儿购买米、衣服等必需品。同时走村串户开展贫困孕妇调查，允诺她们如果将婴儿照顾好，便会赠予孩子生活用品。苏轼还带头捐款，并加大了救助力度，让更多的新生儿获救并成长。在自身生活窘困的情况下，在无公文签署权和行政干预权的尴尬中，苏轼仍然关心百姓、关爱生命，行义举，做善事，初心不改，不忘使命。

在黄州的几年是苏轼最快乐的日子，他将自己置身于简单中，他将心灵放飞于山野间，他将每一天都过得热气腾腾。他向邻居讨了果树苗，想着明年就会开花，之后便会挂上果子了吧。他想，如此过也是极好的。以至于来了一道诏书让他挪一个好地儿，他都纠结着要不要就此拒了皇帝的好意。

考虑再三，苏轼承了神宗美意，作别亲手垒砌的家园，作别黄州的山水，作别相送一程又一程的邻居好友。此刻的心情，真是“回首向来萧瑟处，归去，也无风雨也无晴”。

是啊，回首处，也无风雨；归去时，祸福难料。

随时随地，为民请命

正所谓“天下无不散之筵席”。尽管离愁满腹，尽管依依不舍，但是，苏轼还是踏上了赴任之路。元丰七年（1084），在离开黄州的小舟上，苏轼怀着满心不舍和惆怅写下了一首《满庭芳》：“归去来兮，吾归何处？万里家在岷峨。百年强半，来日苦无多。坐见黄州再闰，儿童尽、楚语吴歌。山中友，鸡豚社酒，相劝老东坡。云何，当此去，人生底事，来往如梭。待闲看秋风，洛水清波。好在堂前细柳，应念我、莫剪柔柯。仍传语，江南父老，时与晒渔蓑。”

此时的苏轼已年近半百，回顾自己浮浮沉沉二十几年的为官生涯，如今再提“量移汝州”，已是兴致索然。比起让他心力交瘁的汝州之行，黄州这个待了四年的地方更让他眷恋不舍。幽怨、不舍交织之下，就有了这首词的上阕。不过，苏轼总归是苏轼，总归是那个豁达豪放的乐天派。怨和愁向来不是他的代名词。这不，发完牢骚，诉完离愁，下阕笔锋一转，一腔惆怅与幽怨悉数化为惜别之情及对归来之期的展望。

相似的思绪和期盼在《别黄州》中也可以见到："投老江湖终不失，来时莫遣故人非。"他还心心念念着，终有一天，可以回到这个被他视为故里的乐园。殊不知，此一别，他再也回不去黄州了。

同年六月，苏轼途经江宁。想到此时王安石正赋闲在家，便有了探望之意。说起来，王安石也是仕途坎坷。他两次官拜宰相，又两次被贬，与苏轼倒可以称为"同是天涯沦落人"了。在王安石家中，苏轼度过了轻松、愉悦的一个多月。他们二人虽政见不同，但彼此都以大宋江山为重，又都是刚正之人，抛开政见分歧，相处起来倒也十分投机。在这一个多月里，他们二人或论诗，或大谈朝政，志趣相投，感情自然今非昔比。此处有诗为证："骑驴渺渺入荒陂，想见先生未病时。劝我试求三亩宅，从公已觉十年迟。"

告别了王安石，苏轼继续上路。几个月下来，汝州已经近在眼前。但是，在朋友的盛情招待下，苏轼竟爱上了景色宜人的常州。想到常州有好山好水，还有挚友相伴，且恰巧在这还有几分薄田，苏轼的脑中便冒出了"如果能常居此地倒也不错"的念头。于是，他接连两次上表乞居常州。神宗向来宽容，反正在哪儿当官都是为大宋效力，也就准了他的请求。

然而，天不遂人愿。元丰八年，神宗驾崩，朝堂发生了翻天覆地的变化。即位的新帝赵煦年仅九岁，太皇太后高氏为了辅佐幼帝而临朝听政，把宋室江山牢牢握在了手中。高氏一贯看不惯新法，觉得那是对祖宗不敬。于是，在接下来的几个月里，她以钢铁手腕清理了新党人士，并陆续召回了反对新法的官员，之前反对变法的苏轼也在召回之列。

或许是不想贻人口实，朝廷并没有直接将还是戴罪之身的苏轼召回京中，而是给了他一个登州太守的位置。苏轼匆匆赶到登州，仅仅五天时间却又受召回京任礼部郎中。

不过，也就是这短短五天，他已然为登州解决了两大难题。

难题一：登州临海，是个盛产海盐的地方，这里的百姓大多以卖盐维持生计，但朝廷却下了一道不人道的律令——“榷盐法”。所谓“榷盐法”，指的是百姓必须把盐卖给官府，不能私自贩卖。可是，一方面，官府的收购价较低，常常使百姓损失惨重；另一方面，百姓要想从官府买盐就得出高价钱，导致吃不起盐。如此一来，百姓自然苦不堪言。与此同时，官府差吏的日子也不好过。收购来的海盐堆积如山，卖又卖不出去，最终只能任由囤积的海盐白白浪费掉，负责看管的官吏还得负责赔偿。因此，官吏们常常落得破产的下场。苏轼是个心系百姓的好官，如今来到登州，目睹当地民众生活在水深火热之中，自然不能袖手旁观。于是，他毅然写下《乞罢登莱榷盐状》向朝廷陈述榷盐法的弊端，请求朝廷废除该法。

他在奏折里写道：“独臣所领登州，计入海中三百里，地瘠民贫，商贾不至，所在盐货，只是居民吃用。今来既榷入官，官买价贱，比之灶户卖与百姓，三不及一，灶户失业，渐以逃亡，其害一也。居民咫尺大海，而令顿食贵盐，深山穷谷，遂至食淡，其害二也。商贾不来，盐积不散，有入无出，所在官舍皆满，至于露积。若行配卖，即与福建、江西之患无异，若不配卖，即一二年间举为粪土，坐弃官本，官吏被责，专副破家，其害三也。官无一毫之利而民受三害，决可废罢。”

此奏折有理有据，洋洋洒洒罗列了榷盐法的三大害处。朝廷看完当即废除了登州、蓬莱两地的榷盐法。

难题二：登州的北边与辽国接壤，属于国防前沿，然而，苏轼上任后却发现，这处边境要地存在严重的弊病，武备松懈且屯兵外调情况严重。考虑到登州地理位置的特殊性，他立即上《登州召还议水军状》给朝廷。

奏折中，苏轼以一句“登州地近北虏，号为极边，虏中山川，隐约可见，便风一帆，奄至城下”，点明了登州地理位置的重要性，然后用百年来登州的边防情况为对比，一针见血地指出当前登州边防松懈，屯兵外调 “不合差拨”，表明自己“不惟兵势分弱，以启戎心，而此四指挥更番差出，无处学习水战，武艺惰废，有误缓急”的想法，并向朝廷提议“明降指挥，今后登州平海澄海四指挥兵士，并不得差往别处屯驻”。奏折言之凿凿，很快就引起了当朝者的注意。登州的边防力量也得到了很大的加强。

不得不说，苏轼着实是名忧国忧民的好官。他到任登州不过五天时间就接连解决了登州两大难题。为了表彰苏轼为民请命、为国分忧的功德，登州民众纷纷募资在蓬莱修建“苏公祠”，祠内奉有苏轼的拓本画像，且在卧碑亭上刻有他的楷书《海市诗》。如今，这座苏公祠仍屹立在蓬莱东阁，这也是为什么登州有言道“五日登州府，千年苏公祠”。

元丰八年十二月中，苏轼应召举家回到京中。或许谁都没想到，苏轼的这次应召回京，竟能平步青云。在后来的短短八个月时间，他连升三次，从七品官员跃升至三品翰林。

在他任职四品中书舍人时，发生了一件趣事。中书舍人一职肩负着甄选、任用官员的重责，为此，苏轼也时常要为皇帝起草任命、追封等诰书。

这件趣事就发生在元祐元年（1086）。那年四月，王安石因病去世。朝堂上，司马光主张应当“尚宜优加厚礼”，皇帝为此欲追封王安石为太傅，而负责撰写这封诰书的人就是苏轼。

但是，这份诰书却不好写。因为，一方面，苏轼自身对王安石变法一贯持批评和反对的态度；另一方面，当时的朝堂已然是旧派天下，新党人士备受压制。在这样的大背景下，这份诰书的基调是显而易见的。然而，依照祖宗规矩，追封太傅本应哀荣，应用美词。如此一来，苏轼就陷入了两难境地。

深思之后，他是这样写的：

敕：朕式观古初，灼见天命。将有非常之大事，必生希世之异人。使其名高一时，学贯千载。智足以达其道，辩足以行其言。瑰玮之文，足以藻饰万物；卓绝之行，足以风动四方。用能于期岁之间，靡然变天下之俗。

具官王安石，少学孔、孟，晚师瞿、聃。罔罗六艺之遗文，断以己意；糠秕百家之陈迹，作新斯人。属熙宁之有为，冠群贤而首用。信任之笃，古今所无。方需功业之成，遽起山林之兴。浮云何有，脱屣如遗。屡争席于渔樵，不乱群于麋鹿。进退之美，雍容可观。

朕方临御之初，哀疚罔极。乃眷三朝之老，邈在大江之南。究观规摹，想见风采。岂谓告终之问，在予谅暗之中。胡不百年，为之一涕。於戏！死生用舍之际，孰能违天？赠赙哀荣之文，岂不在我？宠以师臣之位，蔚为儒者之光。庶几有知，服我休命。

此诰书一出，人人拍手称赞。本是两难之局，苏轼却用一支妙笔轻松化解。正如郎晔所评价的那样："此虽褒词，然其言皆有微意，览者当自得之。"全篇对于失败的变法者王安石评价虽高，却略显虚浮。读者见仁见智，旧派人士也挑不出错来。

就这样，苏轼凭借自己卓绝的才华和深远的思想，在仕途上越走越远。元祐二年（1087）八月，已然官拜翰林学士的苏轼又兼任经筵侍读，成了宋哲宗的老师。此时的他，离一人之下、万人之上仅一步之遥。

要知道，权力、地位、财富向来有蛊惑人心的魔力。自古至今，多少名臣权贵不惜以名声为代价，也要向权财折腰。而如今面对泼天富贵，身处权力中心的苏轼的抉择着实令人钦佩。结党营私之事，他不做；趋炎附势，全盘否定新法的行为，他也不屑。在他看来，民大过天。无论新党还是旧党，他的态度都是"校量利害，参用所长"。对百姓有利的措施就要推行，为祸百姓的弊政就应废除。权力、富贵蒙蔽不了他的眼，也玷污不了他的心。这才是苏轼的魅力所在。

千年苏堤，惠民工程

朝堂之上，党羽之争再常见不过。面对这些纷扰，苏轼向来坚持自己为官为民的初心。虽然此时已经是保守派当政，但苏轼对司马光全盘否定王安石变法的行为也很是看不上，几次以自己在地方主政的经历向司马光进言王安石变法中有值得肯定的地方，不要全部舍弃。但是，作为一个老派人，司马光活着的使命就是废除王安石实施的一切法令。所以，对于苏轼的意见，司马光充耳不闻，气得苏轼一个劲儿地喊："司马牛！司马牛！"

尽管苏轼为保留王安石的部分法令出了力，但形势不是他一人所能挽回的。在司马光主持下，王安石当政时期的所有法令都被废除了。

苏轼觉得难以和司马光一起共事，不禁感叹道：“念我山中人，久与麋鹿并。误出挂世网，举动俗所惊。归田虽未果，已觉去就轻。”苏轼觉得自己难以在朝中待下去了，于是，他请求外放，去出任地方官，但这个请求被朝廷拒绝了。

道不同，不相为谋。因为在变法上的主张不同，苏轼在朝廷上几乎成了孤家寡人，而他唯一的知音是高太皇太后。在得知苏轼几次上书要求外放后，高太皇太后召见了苏轼，询问缘由：为什么其他人都希望在朝中做事，你却想着要去当地方官呢？

面对太皇太后的询问，苏轼阐明了自己在朝堂中的处境，不是我不想在朝中干，是形势逼得我无法干。苏轼知道自己已经成为保守派的对立面，他们视自己为仇敌。“二年之中，四遭口语。”这让人怎么活？所以，“臣若不早去，必致倾危”。经历了“乌台诗案”的苏轼，对于对手欲置自己于死地的意图非常明了。自己在地方上任职，都无法逃脱他们的戕害，现在在他们的眼皮底下，岂不是随时都能被他们抓住错？真有那么一天，只怕太皇太后也救不了自己。

于是，在苏轼再三请求下，元祐四年（1089）三月十六日，苏轼被批准以龙图阁学士的身份出任浙西路兵马钤辖兼杭州知州。

三个月后，苏轼抵达杭州上任。杭州对于苏轼来说，是故地重游了。只是苏轼自己也没想到与杭州的再一次重逢，已是十五年了。重新踏上杭州的土地，行走在西湖边，苏轼的心情是欣喜与激动的。人生如梦，充满了捉摸不定的偶然。当年离开杭州，以为这辈子都不可能再回来了，没想到，兜兜转转，自己又能和雨雾迷蒙的西湖重逢，又能看见“白雨跳珠乱入船”的诗意画面。虽然十五年的岁月让苏轼的两鬓爬上了白发，但杭州的山水，依然柔情无限。苏轼站在那里，看着妩媚的杭州展现着它的柔情，不由得许下心愿，要努力为杭州的山水增色。

与十五年前初见杭州山水时的惊喜不同，此时等待苏轼的，是严重的灾情。在年初，杭州就遭遇了水灾，使得早稻无法播种下去。好容易熬到了五六月，杭州民众想着赶紧把晚稻种下去，以避免年底和明年的饥荒，却没想到又遇到了旱灾。这下，要彻底绝收了。日子怎么过？大家一下子陷入迷茫之中，就等着新上任的知州苏轼拿主意了。

面对这双重的灾情，苏轼立刻向朝廷上表，请求救济。但杭州历来是向朝廷交粮最多的地方，现在反倒需要朝廷拨粮救济，反差太大，朝廷自然不会轻易答应。好在苏轼反复上表，这才打动朝廷发下了救济粮，总算是避免了一次大的饥荒。

粮食问题解决了，但灾害导致的瘟疫又开始横行。面对比饥饿更可怕的灾难，穷困的杭州人无法可想，只能坐以待毙。苏轼面对此种情景，自然不会袖手旁观，他把民间懂医术的人召集起来，商量该采用哪种药物来对付瘟疫。最后，确定了一种名为“圣散子”的药物为救命良药。为此，苏轼自掏腰包，采购原料，然后让大夫配制出来，在大街上支上几口大锅熬药，让每个人都喝上一碗。经过艰苦细致的工作，横行一时的瘟疫总算是消退了。

经历大难的杭州，终于恢复了宁静。但苏轼却没有时间休息，他又开始巡视杭州的山形水利，准备彻底疏浚杭州的河湖，解决杭州面临的水旱问题。通过实地调查，苏轼认为要治理好杭州的水利，首先要疏通盐桥和茅山两条河。杭州刚经历大难，人力疲乏，自然经不起这样的大工程。苏轼就利用自己掌管兵马的便利，调动上千名地方军，整整干了半年时间，最终工程顺利完工，还捎带着把杭州城中的六井进行了疏通，一举解决了杭州城的饮水问题。

苏轼上任不到一年，就完成了两件民生工程，杭州百姓认定他是一位能干实事的好官。于是，派出代表向他提出治理西湖的请求。他们的理由很直接："西湖之利，上自运河，下及民田，亿万生聚，饮食所资，非止为游观之美。"文人眼里的西湖，是秀雅的，但百姓眼里的西湖，却是衣食所依。而近几年，西湖因为淤塞，水面减半、水草疯长，再这样下去，恐怕二十年后，西湖就消失了。

其实，苏轼也有同感。他在治理杭州时，曾面对西湖叹息道："葑合平湖久芜漫，人经丰岁尚凋疏。"曾经的人间天堂，因为失去了水的庇护，而变得凋零，这对于对杭州有着特殊情感的苏轼来说，是决不能允许的："使杭州而无西湖，如人去其眉目，岂复为人乎？"

治理西湖，既能恢复杭州美景，又能造福一方，苏轼怎会不尽力去干呢？按照经验，苏轼又开始进行实地考察，与水利专家一起商讨治理计划，又利用救灾剩下的钱粮，召集民工，用"以工代赈"的方法，趁着黄梅雨后葑草浮动之时，马上开始挖葑滩，疏浚湖底。

在古代，治理河道的工程都是超级大工程，西湖淤塞了好几年，从湖底挖出的淤泥堆积如山，如何处置，就成了一个大难题。苏轼来到现场，几经思考，终于想出了一个两全其美的法子——用这些淤泥在湖中筑起一道长堤，将里湖和外湖沟通，这样，以后南北往来，就不需要绕着湖走一圈了。

到了端午节，筑堤工程完工在即，杭州民众担猪抬酒，来给苏轼拜节。面对民众的好意，苏轼无法拒绝。如何处理这么多的猪肉和酒呢？苏轼自然是一个不缺主意的人。他让人把这些猪肉切成方块，按照他在黄州摸索出来的红烧猪肉的办法，“洗净铛，少著水，柴头罨烟焰不起。待他自熟莫催他，火候足时他自美”。等到肉烧熟了，苏轼命人把肉送到工地，给每位民工分上一块。有如此美味的红烧肉，再加上酒，民工吃得乐呵呵的，并把这红烧猪肉命名为“东坡肉”。一道千古名菜，就这样诞生了。

苏轼站在西湖边，看着繁忙工地上的热闹景象，遥想着工程竣工后，这里又将恢复过去那让人心动的美景，而杭州的未来，也会因为这工程的完工而变得更加欣欣向荣：“古岸开青葑，新渠走碧流。会看光满万家楼。记取他年扶路、入西州。佳节连梅雨，余生寄叶舟。只将菱角与鸡头。更有月明千顷、一时留。”是呀，光满万家楼，月明千顷，这才是苏轼为官杭州的追求。

工程完工后，西湖的面貌焕然一新。杂乱的水草被清除了，淤泥变成了长堤，湖面也开阔了。作为文人的苏轼自然懂得如何增加西湖的情趣之美，他让人在长堤的两旁种满了芙蓉、杨柳，又修建了九座亭阁，从而让西湖更加秀美动人。杭州老少，在堤岸上欢呼雀跃，庆贺美丽的西湖又重回人间。

西湖整治完毕，苏轼见西湖沿岸水浅之处很容易滋生水草，日子久了，湖面又会被水草覆盖，于是，就把沿岸的湖面租给农民种植菱角。

这样，农民在开春种植菱角时，就需要除去岸边的水草。这个办法不仅能使湖面得到及时清理，还能收取租金，用作西湖今后的维修费用，更解决了一些民众的生计问题。此外，为了防止对西湖的过度开发，苏轼又在湖面上建了三座小石塔，禁止在小石塔以内的水域种植菱角。这样，就保持了西湖大部分水面的洁净，使得西湖的秀美不会因为副业开发而打折扣。而这三座小石塔，就是今天西湖上“三潭印月”美景的由来。

西湖治理是苏轼最为得意的工程，他曾写诗庆贺道：“我凿西湖还旧观，一眼已尽西湖碧。”来时西湖荒败难入眼，如今，西湖又是满眼碧色，成为人间天堂了。

现在，长堤依然留存在西湖之上，被誉为“苏堤”，而“苏堤春晓”则是“西湖十景”之一。春天是一个难以用某个词语赞美的季节，而杭州人也在以“苏堤春晓”来告诉后人，苏轼在杭州的功绩，难以用语言去形容。

定州秋歌，至今传诵

杭州的西湖治理好了，苏轼的心情也舒畅了，他本来就是一个性喜山水的豪迈之人，西湖美景又在他手上恢复了旧貌，心情自然今非昔比。

当初，苏轼是带着避祸的心情来到杭州的，是杭州秀丽的山水洗刷了他心头的郁闷，而今，柔美的西湖又把他推入文人的团体之中，开始享受这江南温柔乡的幸福。

按理说，良辰美景足以让苏轼感到满足，但他毕竟不是十五年前那个意气风发的骄子了。江山无改，但人事全非，再想想自己这么多年的遭遇，苏轼也不由得有些伤感了。

十五年前，苏轼和杨绘、张先、陈舜俞、刘述、李常等六人在常州饮宴，当时，词坛大家张先还填了一首词，一时成为文坛佳话。但如今，当初的六人中，只剩下苏轼还活着，但也垂垂老矣。想到当年张先的那首“六客词”（《定风波》），苏轼发出了岁月无常、人生如寄的感慨，不由得拿起笔，填下了“后六客词”（《定风波》）：“月满苕溪照夜堂，五星一老斗光芒。十五年间真梦里，何事？长庚对月独凄凉。绿鬓苍颜同一醉。还是，六人吟笑水云乡。宾主谈锋谁得似？看取，曹刘今对两苏张。”当年在一起的，如今都已经逝去，而现在伴随自己的，则是一些年轻的后生，虽然他们对自己礼貌有加、崇敬万分，但毕竟隔着一层，年华老去的悲哀，不是这些年轻人所能理解的。

人老都有思乡之情，苏轼也不例外。陶醉于杭州山水之间的苏轼，联想到自己仕途的坎坷以及朋党间的倾轧，不禁有了归老田园之心。想当年，自己离开故乡之时，父老乡亲在老屋的庭院里种下了一棵荔枝树苗，期盼苏轼兄弟将来在荔枝树开花结果之日能衣锦还乡。如今，那棵荔枝树想必早就果实累累了，而自己却依旧江海漂泊，没有归期。

但是，苏轼终究是有抱负的人，当年在家乡苦读，可不仅仅是为了换取一个“文化人”的头衔，修身、齐家、治国、平天下的儒家信条，一直荡漾在苏轼心间。虽然岁月让他产生了感叹，现实也让他有了倦怠之感，却没有让他放下青云之志，否则，也就不会有在杭州的作为了。

正是因为如此，苏轼在西湖边回顾了自己这十多年的遭遇，依然不愿意对命运屈服：“绿发寻春湖畔回，万松岭上一枝开。而今纵老霜根在，得见刘郎又独来。”这是一首咏梅诗，苏轼在西湖边寻梅赏梅，又以梅花的品格来自勉。

尽管已是年过半百的老人，尽管仕途不顺，饱经波折，但苏轼对于国家和民众的爱，依然萦绕在心头，他所淡漠的只是个人的荣耀，更厌倦了无休止的朋党争斗。正是摆脱了这种是非纠缠，才让他在杭州做出了一番事业。

时光飞逝，转眼间，苏轼在杭州的任期已满，依照他的心愿，是愿意在杭州长住下去的，但朝廷却没有忘记他，一道诏书，让他回京担任翰林学士。苏轼对于人人都羡慕的回京担任京官却没有一丝欣喜，而是在办理完公事交接后向朝廷上表，请求继续外任。但是，他的请求没有被批准，只得带着忐忑不安的心，回到了京城开封。

在京都，苏轼的知音依然是高太皇太后，而太皇太后之所以坚决要求苏轼回来，不仅仅是赏识他的才干，更重要的是想利用苏轼的才能和秉性，对宰相进行钳制，防止相权独大——这是赵宋驭官之道。只可惜，太皇太后错看了苏轼，以为苏轼是一个能顺着杆子往上爬的人，却不知道他最厌恶官僚相斗。因此，回到朝廷没多久，苏轼就坚决上表，请求外任。

面对这样软硬不吃的人，朝廷也没办法，只好答应了他的请求，让他以龙图阁学士出知颍州，也就是戴着宰相的头衔去干知府的活儿。

摆脱了朝堂的羁绊，苏轼非常高兴，唯一不舍的就是自己的弟弟苏辙。此时，苏辙是副宰相，陷入党争是不可避免的，这也是苏轼最替弟弟担心的地方。好在他也知道弟弟为人谨慎，不像自己这般豪迈不羁、口无遮拦，政敌是找不到他什么把柄进行陷害的。

在颍州，苏轼又发挥了他在行政上的才干，只半年的时间，就完成了几件大事，解决了颍州的水利工程难题，成为百姓交口称赞的好官。就在苏轼准备在颍州大干一场时，朝廷又下达了诏书，让他到扬州去当地方官。两年不到的时间，就换了三个地方，这有些出乎苏轼的意料。“澹月倾云晓角哀，小风吹水碧鳞开。此生定向江湖老，默数淮中十往来。”淡月、微风中的清晨，本来应该是美妙的时刻，但只因为有哀婉的角声，所以，一切都显得那么暗淡。苏轼一生中经历了许多这样的时刻，也不知道这样的日子何时才是尽头。

好在扬州也是一个好地方，对于郁闷的苏轼来说也算是一个安慰。而现任扬州通判晁补之还是他的学生，此去扬州，自然没有什么官场闹人的纠葛了。

在扬州任上，苏轼没有尸位素餐，而是勤勉做事，不仅上书朝廷，请求免去扬州历年的积欠，以减轻扬州民众的负担，还停办了奢靡的“万花会”。政绩卓著的苏轼，又一次获得了扬州民众的赞扬。

就在苏轼安心要在扬州待下去的时候，朝廷又发生了大事——哲宗皇帝已经成年，可以亲政了。皇帝亲政，需要举行隆重的仪式，其中的文书起草工作，只有苏轼能完成。于是，一纸诏书下达，苏轼又被调回了京城。

回到京城，操办完亲政大典，苏轼的知音高太皇太后却病入膏肓，不久于人世。而高太皇太后与哲宗之间本来就存在着矛盾，所以，一干被高太皇太后提拔的人知道自己的好日子到头了，纷纷开始寻求退路。

苏轼得高太皇太后赏识，是朝廷上人人皆知的事，所以，苏轼知道自己这个时候绝对不能再在京都待下去了。于是，他赶紧请求再次外任。这一次，他的心愿被满足了。只是，这一次外任的地方不再像前两次那么好，不是东南形胜之地，或者靠近京都的繁华之所，而是边境线上与辽国相望的定州，而且还是军政一把抓。让一个文人去管军事，这明明就是把苏轼往死路上逼。

按照常理，外派的官员都应该到皇帝面前去辞行，更何况苏轼还是哲宗名义上的老师，师徒之间，更应该是人之常情。而且定州是军事重镇，君臣之间起码也要商量一下大政方针吧？但哲宗记恨高太皇太后，也捎带着恨上了苏轼，直接给苏轼下命令，让他赶紧上路。苏轼无法，只好给年轻的皇帝留下一封信，叮嘱皇帝坚守“安稳万全之策”，也算是尽了一个老臣的忠心了。

元祐八年（1093）十月二十三日，苏轼到达定州。这里是与辽交界的地区，本应该是重兵把守的边境重镇，但在九十年前，辽兵就打破定州，直扑澶渊，逼得当时年轻的真宗皇帝御驾亲征，最终和辽国签订了“澶渊之盟”，以每年三十万岁币的代价，换取了辽国不再进攻大宋的和平局面。这一下，定州的军事防御就更加松懈了，几乎到了“边界颓坏，不堪开眼”的地步，将骄兵惰，训练不良，军纪败坏，当兵的不敢和辽军对抵，骚扰百姓倒是胆子大得很，而几任知州都不敢过问。

苏轼就任定州后，一眼就发现了问题所在。以前的知州只管内政，而今的苏轼却是军政一把手，是将领的上司。不要小看苏轼只是一个文人，有权在手，再加上他的名气，一拍桌子，那些骄兵悍将立刻都服气了。于是，苏轼采取了有力措施，整顿军纪，惩办贪污将领，处罚违纪士兵，加强操练，并亲自检阅，由此军队风气大为转变。

军队风气的转变，只靠铁腕手段是不行的，作为文人，苏轼更有一颗怜悯的心。他知道大宋国策是重文轻武，军人的待遇很低，尤其在边境地方，如果不解决好这个问题，哪怕自己名气再大，也一样管不好兵油子。于是，苏轼不仅向朝廷上书，要求拨款维修军营，还亲自和工匠一起设计营房，从根本上关心士兵的生活。

在整顿军纪的同时，苏轼一样没有忘了自己知州的身份，民生大计也在他的心上。定州是个穷地方，还因为靠近边境，居民生活动荡，缺衣少食。为此，苏轼在考察了定州的地理和气候后，亲自从自己的老家眉州引入水稻，在定州种植，希望用单产量高的水稻来解决定州民众的吃饭问题。

定州地处河北，一直以来，都是以种植小麦为主，现在猛然要种植水稻，其中的不适和劳累，可想而知。但出于对苏轼的信任，他们还是按照苏轼的命令去做了。

水稻的种植不同于小麦，把种子播种下去就完事了，而是要等到秧苗长成后，重新插秧。这种弯腰不抬头的劳作方式，让定州人感到非常劳累。

苏轼自然注意到了这个问题，那么，如何减轻农民在插秧时的劳动强度呢？大才的苏轼不但能写高雅的诗词，通俗的民间小调，在他的脑子中一样也能奔涌而出。为了给定州民众在插秧时解乏，苏轼采用当地的民调，创制了定州秧歌。“水上白鹤惊飞处，稻田千里尽秧歌”。新鲜出炉的定州秧歌就此传唱开来，一唱就是近千年。

在苏轼的督促下，定州昔日的荒野水滩变成了一块块稻禾竞秀的水田，一举解决了定州民众的温饱问题。民众对于苏轼的感激之情难以言表，全都寄托在浓郁的秧歌里了。而苏轼看着在自己手里发生改变的定州，也感慨万分。

做一名好官并不是一件太难的事，苏轼知道这一点，只是他不知道，定州是不是自己仕途的终点，会不会还有更大的磨难等着自己……

连降三级，发配惠州

元祐九年(1094)四月十二日，哲宗皇帝改了年号，是为绍圣，“绍”是继往开来的意思，而“圣”就代表着他的父亲宋神宗。年轻的皇帝借改年号向天下人宣布，自己要继承父亲改革的遗愿，将没有完成的变法事业进行到底。所以，一大批高太皇太后和司马光当政时被贬黜的变法派如章惇等人，又得到了起用。这些人受够了保守派的气，现在，权柄在手，要干的第一件事不是实施变法，而是对保守派官员进行清算。

第一个被清算的是苏轼的弟弟苏辙，他被赶出京城，发配到汝州。紧接着，在定州的苏轼也接到了贬职令，他一直拥有的“龙图阁学士”

的头衔被免掉了，凭科举考试得到的“翰林学士”的终身头衔也被摘掉了，只给了一个左朝奉郎的六品官职，而定州军政主官的职务也被撤销了。如果不是因为他的名气大，这一次，只怕真的要被赶回老家种地了。

对于这突如其来的打击，苏轼早就有了心理准备，他关心的不是自己的官阶存续，而是想知道朝廷如何发落自己。如果能发落到江南，那就是因祸得福了。不过，改革派是不会让他得意的，直接把他踢到了英州。

对于这样的结果，苏轼一不慌，二不怕，而是从容地上表谢恩，然后收拾行李上路，到英州赴任。苏轼的态度让改革派觉得有些不满意，发配到那个地方，还谢恩？看来是很满足了，那就再给他一棍子——发配的地方不变，但读书人好面子，那就把他的官职再降一级，以副六品的左承议郎去当知州。到时，他手底下的官员品级比他还高，让他想神气都神气不起来，最后气死拉倒。

英州在今天的广东英德，在当时属于蛮荒之地。苏轼在赴任的路上，经过临城，正逢雨后初晴，远处的太行山露出了真容。苏轼停下来，遥望太行，见草木青翠，山峦起伏，峡谷间风光秀丽，不禁心潮起伏。他想起唐时的韩愈也曾被贬潮州，那是和英州同样偏僻的地方。那时，韩愈也以为自己这辈子再也回不来了，所以给前来送行的侄儿韩湘写了一首诗，让他将来处理自己的后事。但是，韩愈福星高照，没多久就被朝廷召回。现在，苏轼看着云横山岭的旧景，想着前人的遭遇，不禁心情振奋起来，对陪伴自己的儿子说：“我这次南迁，不久后一定会回来。因为当年韩愈也是在南迁经过衡山时遇到了和我现在一样的景色。这是吉祥的兆头呀。”

一向达观的苏轼，想到南方恶劣的地理环境，不由得也相信起吉兆了。

但吉兆并没有显现，相反，凶信倒是一个接着一个。在路上，苏轼几次接到命令，最后被发配到惠州，只有承议郎的名分，且无权签署公文。这就很明确了，你就是一个戴罪之人，老实待着，不得妄动。就这样，一路带着惊吓和屈辱，苏轼经过半年的时间，跋涉千里，终于来到了自己的贬所——惠州。

惠州虽与京城相隔千里，又是蛮荒之地，但当地人对苏轼的大名也是非常熟知，听说这位名满天下的才子来到了惠州，立刻成群结队地出来迎接。这种热情，让苏轼非常感动，仿佛此时的惠州已不是一个陌生的地方，而是自己曾经游历过的故地。“仿佛曾游岂梦中，欣然鸡犬识新丰。吏民惊怪坐何事，父老相携迎此翁。苏武岂知还漠北，管宁自欲老辽东。岭南万户皆春色，会有幽人客寓公。”是呀，原以为是独在异乡为异客，却不知满眼所见都是笑脸，这里的民众如此好客，让苏轼有如沐春风之感。没错，这里民风淳朴，风光秀丽，四季如春，还有什么可叹息的呢？汉武帝时代，苏武被扣匈奴，历经十九年才返回故乡；三国时期的管宁，躲避战乱而在辽东隐居，原以为此生不得回故乡，但三十七年后还是如愿回到了家乡。那么，我今天在风景、气候如此美妙的惠州居住，又有什么关系呢？管他能不能回去。

心静下来，人也安稳了。苏轼是被贬而来，朝廷的改革派也希望他在惠州因为地位低下，而遭受更多的慢待和屈辱。没想到，苏轼的才名却成了他的护身符，地方上认为这样的人能来惠州，那是让地方生辉的喜事。所以，官府上下对他都非常客气，不但没有为难他，还把他安排在风景优美的合江楼居住。得此美景之地，苏轼心情大悦，特写诗表述自己的得意心情：“海上葱昽气佳哉，二江合处朱楼开。蓬莱方丈应不远，肯为苏子浮江来。江风初凉睡正美，楼上啼鸦呼我起。我今身世两相违，西流白日东流水。楼中老人日清新，天上岂有痴仙人。三山咫尺不归去，一杯付与罗浮春。”在这样的地方美美地睡上一觉，真有让人走进仙山、脱离尘世之感。苏轼觉得这地方对自己来说真是太合适了。只是地方虽好，却离衙门太近，经常有朝廷的公文传递过来，要是被朝廷的那些人知道自己在这里如此快活，只怕又要对自己不利了。

想到这里，苏轼不多久就搬到嘉祐寺去了。这里非常清静，可以在寺庙里漫步，又能徜徉在林间，对于苏轼这样的人来说，是再好不过的居住地了。这一天，苏轼在林间漫步时，偶然看到一树梅花，这是他最喜爱的花卉，没想到在这种境况下又和梅花重逢，不由得感慨万分：“罗浮山下梅花村，玉雪为骨冰为魂。纷纷初疑月挂树，耿耿独与参横昏。先生索居江海上，悄如病鹤栖荒园。天香国艳肯相顾，知我酒熟诗清温。蓬莱宫中花鸟使，绿衣倒挂扶桑暾。抱丛窥我方醉卧，故遣啄木先敲门。麻姑过君急洒扫，鸟能歌舞花能言。酒醒人散山寂寂，惟有落蕊黏空樽。”当年在春风岭上看到梅花时引发的愁怨，如今在这里又重新浮现，但苏轼此时却显得相当平静。他爱梅花，却不会因为梅花的凋零而自怜自艾，而是用一种豁达的心情来看待世事无常。

垂老之年，被发配蛮荒之地，换作别人，可能就一蹶不振了。但是，苏轼毕竟是苏轼，他已经看透人生，又有着深厚的儒释道思想根基，面对如此厄运，仍能调整和控制自己的情绪，把每一天都用来参悟人生。

苏轼虽然是戴罪之人，但他强大的气场，却让许多人不约而同地聚集到了他的身边。这些人虽然地位悬殊、贫富差异大，性情也大不同，但对苏轼的敬仰却是一致的。即便有严苛的禁令要把苏轼和当地人隔开，但他们依然把禁令当耳边风，时常陪着苏轼游山玩水、吟诗作赋，让处于患难之中的苏轼忘记了忧愁，享受着当下的生活。

如此快乐的日子，让苏轼感觉惠州还真是一个属于自己的乐园。

作为一名被禁止签署公文的被贬官员，苏轼每天的日子应该是反省，但作为一位深受儒家精神熏陶的智者，苏轼无法放弃那种弥漫在胸中的济世安民的情怀，因此，他怀着一颗乐善好施的心，竭尽全力帮助惠州民众。岭南地区气候湿热，很容易流行瘟疫，苏轼就不断向内地的亲朋好友写信，让他们多寄一些药材来，然后施舍给当地的老百姓。有一次，他在路边散步，看见有无人掩埋的尸骨，于是马上找到惠州知州，请他们成立一个专门的机构，处理收埋尸骨之事。

在惠州，苏轼没有因为自己无权签署公文，就当甩手掌柜，而是如果发现有什么不妥，就尽量指出来。比如，惠州离京都太远，每年缴税时，朝廷为了减少漕运压力，就规定惠州缴税以银钱为主，不收粮。这导致岭南地区出现钱荒，粮价下跌，损害了惠州民众的利益。又是苏轼，主动上书朝廷，提出惠州缴税时，是交钱还是交粮，应由惠州根据自己的情况决定。朝廷答应了他的请求，这一举措，让惠州人得到了实惠。

对于惠州的地方建设，苏轼也非常上心。改善交通的惠州东江大桥的建设，就是在苏轼的力促下才完成的。为了筹集修建大桥的资金，苏轼借助自己的影响力，亲自到官府说项。争取到了建桥的款项，又发动工匠，集思广益，采取了最有利的设计，终于让东江大桥完工，便利了东江两岸民众的往来。

苏轼在惠州，心境平和，也早就忘了北归之事，开始想着把家安在这里。苏轼要安家，当地人自然欢喜，都来帮忙。没多久，他的白鹤新居就落成了，这让他终于不用再寄居寺庙，有了属于自己的家。而他的家人，经过长途跋涉，也来到了惠州。一家人团聚，再享天伦之乐，让苏轼感觉到了久违的开心。

面朝大海，春暖花开

好日子总是不长久的，虽然家人团聚，但因为人口增加，一家人的生活一下子陷入了窘境。其实，以苏轼当时的情况来说，他不应该在经济上有什么困难。因为他的长子已经被授予韶州仁化县令，也是一名朝廷命官了。但是，韶州和惠州距离太近，按照宋朝规定，亲属不能在一个地方做官，所以，苏轼的长子就不能上任。换一个地方可行吗？在别人那里是可行的，但对于苏轼，那些朝中大员正想着收拾他，怎么会给他解决这个难题呢？于是，他儿子上任的事，就拖了下来。这还不算，苏轼自己应得的俸禄，也因为他屡次调动，没有批下来。他几次向朝廷申请发工资，都没有下文。这些事情积在一起，就让他的日子相当难过了。

好日子没有盼到，厄运却接连不断。没多久，惠州知府就上门了，告诉苏轼一个更不幸的消息，苏轼被任命为琼州别驾，虽然是知府的副手，却被安置在昌化军，而且不得签署公文。这又是一次发配，而且发配的地方更为荒僻，要渡海离开大陆，去海南儋州。

惠州知府是同情苏轼的，也知道这一次他被发配儋州，基本上等于宣判为死刑了。为了安慰他，惠州知府就讲了一个故事：我妻子在家里供奉了菩萨，昨天晚上做了一个梦，梦见菩萨前来告别。我妻子就问菩萨到哪里去，菩萨说，将与苏子瞻同行。没想到今天让你去琼州的命令就来了。你有菩萨保佑，想来也不会遇到什么麻烦的，你就放心好了。

知府的安慰，苏轼当然明白。他坦然说道："我不是什么大人物，还要麻烦菩萨陪同，想来一定是前世有缘了。"

送走知府后，苏轼坦然安排了家事。此时，他已经是六十二岁的老人了，而凡是被贬到儋州的官员，基本上没有能活着回来的。苏轼也认为自己会老死在那里。他决定到了儋州之后，首先就给自己弄一口棺材，然后再选一处墓地，这样，自己的一辈子就算有交代了。为了不拖累家人，他还郑重地对自己的长子苏迈说："生不挈棺，死不扶柩，此乃东坡之家风也。"

交代完家事，苏轼便离开了惠州，开始朝儋州进发。经过雷州时，苏轼和被贬到雷州的弟弟苏辙相逢了。兄弟俩在一家卖饮食的店铺坐下，相互看着对方因奔波而显得疲惫的面容，很快就开始说笑起来。

兄弟情深，又分别在即，让他们很快就忘记了是在贬黜的途中。可以说，在贬黜的途中能相遇，对于苏轼来说，是一种难得的机遇和安慰。兄弟俩放慢了行进的速度，如同少年时在老家一样，同睡同起，享受着来之不易的快乐。

但不管怎样拖延，分别的日子终究要来临。来到大海边，苏轼登船，和弟弟告别，看着岸边弟弟的身影，苏轼心中满是离愁。他没有想到，这一次分别，就是永别了。

踏上海南岛，面对着一个从未涉足的新地方，苏轼已经没有了在惠州时“仿佛曾游”的感觉。岛上琼、崖、儋、万安四州相连，遍地山洞。登高而望，极目所见，都是一片茫茫的海水，仿佛置身于一个无所依靠的荒岛。此时此刻，一股悲凉之感涌上了苏轼的心头：“四州环一岛，百洞蟠其中。我行西北隅，如度月半弓。登高望中原，但见积水空。此生当安归，四顾真途穷。”此时，苏轼已经完全断绝了平安再回大陆的念头。但是，绝望的情绪一晃而过，人在哪里，不都是身在九州之中吗？又何必为身处此地而自怨自艾呢？再听海浪翻腾、海风呼啸，千山万谷发出声响，让人陡然有心旷神怡之感，苏轼刹那间觉得自己太过渺小了。“眇观大瀛海，坐咏谈天翁。茫茫太仓中，一米谁雌雄。幽怀忽破散，永啸来天风。千山动鳞甲，万谷酣笙钟。安知非群仙，钧天宴未终。喜我归有期，举酒属青童。急雨岂无意，催诗走群龙。梦云忽变色，笑电亦改容。应怪东坡老，颜衰语徒工。久矣此妙声，不闻蓬莱宫。”看着别具一格的风景，苏轼感觉自己好久没有这样的体验了，仿佛此时自己不是在流放，而是在参加天上仙宫里的一场盛宴，那呼啸而来的风雷声就是天籁，变幻的云雾就是仙人们的笑脸，他们是来祝贺自己终有一天会北归的。

苏轼收敛起懊丧的心情，又开始上路了。坐在车里，苏轼想到了自己坎坷的一生，觉得自己似乎与整个天下都格格不入，想济世救民，却沦落天涯。既然如此，何必再约束自己呢?

经过一番跋涉，苏轼来到了昌化军贬所。可以说，这里和惠州有着天壤之别，举目所见，一无所有，只有潮湿难忍的气候。这一切，都让苏轼感到极不适应。再加上因为旅途劳累而发作的痔疮，让苏轼也没有了心情游玩，只是待在寓所里修身养性。随遇而安的本领，早就被苏轼修炼得纯熟，即使再苦的地方，他也能泰然处之。

好在地方官张中对苏轼仰慕已久，对他关怀备至，无事的时候，就来陪他下棋、闲聊，打发寂寞的日子。而随着时间的推移，苏轼的心情越发好转，渐渐地喜欢上了这个地方，开始想着要和当地黎族人交朋友了。

于是，苏轼使出了“上可以陪玉皇大帝，下可以陪卑田院乞儿”的随和性子，学说当地土话，帮助黎族人排忧解难，而黎族人也以同样的热情回报他。海南的黎族人生活穷困，不事耕种，只以卖香为生。所以，岛上的物质比较匮乏，一遇到风暴天气，海运中断，苏轼的物资供应就会中断。这时，黎族人就会主动给他送来酒食，帮他渡过难关。

在这里，苏轼发现了一个全新的世界，这里的人很是质朴，虽然没有什么文化，但和苏轼交往起来，还是能感到他的不凡，会叮嘱他这里的风浪大，要他注意防风。这种发自内心的关怀，让苏轼感觉自己来到了一个世外桃源。

于是，苏轼不再拘束自己，又开始在岛上漫游。他有时去寺院清坐终日，“闲看树转午，坐到钟鸣昏。敛收平生心，耿耿聊自温”。有时，也会拎着酒壶，到朋友家去串门，“半醒半醉问诸黎，竹刺藤梢步步迷。但寻牛矢觅归路，家在牛栏西复西”。海岛居民的住处比较散乱，住房样式都差不多，所以很容易让苏轼迷失方向。但这不要紧，以他的性格，到哪儿都有朋友，而黎家人也愿意和他亲近。

就这样，在当时士大夫眼里的地狱，又一次成为苏轼的天堂。

儋州是文化荒漠，苏轼这样的大才光临，自然要为此地的文化事业做出一番贡献了。苏轼发现，海南畜牧业不发达，但当地只要有什么生老病死的事情发生，都要宰牛请客，而这些牛都是用沉香这样名贵的药材从大陆商贩那里换来的。如此价不对等，让黎族人的生活更加贫困。同时，苏轼还发现了一个现象，那就是这里的农活都由妇女完成，而男子却游手好闲。

这一切都引起了苏轼的注意，他知道，要改变这些落后的习俗，就要从改变落后的文化现状做起。于是，他利用自己的影响力，在儋州兴办教育机构，培养当地的文化人。而当地人也仰慕他的文才，纷纷前来求学。对于想求学的人，苏轼来者不拒，热心传授。

海南第一个进士姜唐佐就是苏轼的学生，当他学成告别时，苏轼在他的扇面上为他写了半首诗：“沧海何尝断地脉，白袍端合破天荒。”他还勉励姜唐佐说：“等你考取了进士，我再为你续完它。”而姜唐佐果然不负众望，考中了进士。但可惜的是当时苏轼已经去世，而续完全诗的任务，只能由弟弟苏辙完成了。

晚年的苏轼喜欢交游，但也不是耐不住寂寞的人。在儋州，他也曾杜门静养，专心学术。虽然海南岛物质缺乏，缺少书籍、纸笔，但他还是设法修订了自己以往的著作。政治上遭受的挫折和生活上的窘困，没有磨灭他的创作力，他在海南岛居住时创作的四百多首诗、词和散文，一样被人所看重。黄庭坚曾评价说："东坡岭外文字，读之使人耳目聪明，如清风之外来也。"

苏轼有大才，即使在儋州这蛮荒之地，他也能用手中的笔，用另一种心绪写下人生的感悟。海南在他的心目中，不是什么蛮荒之地，而是"垂天雌霓云端下，快意雄风海上来"。是的，快意人生，不是什么变故就能打倒的。在苏轼看来，人生如梦，故乡何尝不是一种梦境，而儋州又何尝不能是第二故乡？

就在苏轼打算在儋州终老时，对他有成见的哲宗皇帝在二十四岁的盛年突然死去，即位的徽宗皇帝实行大赦。就这样，在儋州待了三年的苏轼被安置在永州。元符三年（1100），被任命为朝奉郎。

接到消息，想到自己刚登岛时所许下的心愿，苏轼高兴万分，终于不会做一个客死异乡的孤魂野鬼了。而对于朝廷的任命，他已经没有过多的希图了，只希望自己能平安回到中原，不再卷入官场倾轧之中。

带着欣喜的心情，苏轼踏上了回家的旅程。但此时，苏轼已是一位年过花甲的老人了，精力不足，也似乎看到了自己的最后归途。死，对于苏轼来说，早已看淡，原以为自己会在儋州长眠，却没想到还能在有生之年踏上中原故土，对于他来说，这已经是实现了最大的奢望了。

就这样，在建中靖国元年（1101）的七月二十八日，北归的苏轼走到常州，一病不起，不久就离开了人世，享年六十五岁。

二十七岁，吾爱永逝，长歌当哭，岁月亦悲，烟花美好，芳华短暂。苏轼的丧妻之痛，再多的言语亦是不能表达的。遂遵照父亲的心愿，让挚爱的妻子与敬爱的父母，生生世世常伴在眉山的山水中。

永失吾爱，永逝吾心！

岁岁凭吊，情笃十年

人因情而柔软，情因爱而动人。人世间最美丽的情爱，莫过于我喜欢你，恰好你也爱慕于我。两情相悦，又何必日日相守？两情相守，又岂在朝朝暮暮？即便是天人永隔，那又如何？

苏轼说："十年生死两茫茫，不思量，自难忘。千里孤坟，无处话凄凉。纵使相逢应不识，尘满面，鬓如霜。夜来幽梦忽还乡，小轩窗，正梳妆。相顾无言，惟有泪千行。料得年年肠断处，明月夜，短松冈。"

我们虽然天各一方，已然十年，但想你、念你、忆你之心从未淡过，反而愈发浓烈。千里之外，孤独一坟，说不出的凄凉与忧伤，即便是再相逢，许是你也认不出我了吧？如今的我，四处奔波，满面灰尘，鬓发如霜。夜里入梦时隐约回到故乡，看见小窗前你正梳妆，我们抬眼相望没有说一句话，唯有串串泪珠儿簌簌落下。那明月照耀的山坡上，松涛依旧，你也一定会年年因思念而痛断柔肠吧！

苏轼于熙宁八年作《江城子·乙卯正月二十日夜记梦》，这是一首写给妻子王弗的悼亡词。词学家、中国古典文学研究家唐圭璋在《唐宋词简释》中评道："此首为公悼亡之作。真情郁勃，句句沉痛，而音响凄厉，陈后山（陈师道）所谓'有声当彻天，有泪当彻泉'也。"

这首词开了悼亡词之先河，名动千古，世代流传，算得上是不朽之作。

而最早的悼亡诗，则出自于《诗经》，后西晋的潘岳、中唐的元稹和晚唐的李商隐等诗人都有名篇问世。到了清代，纳兰容若的悼亡词更是以清丽和哀婉见长，深受后来者的追捧和喜爱。

有人说，苏轼这首悼亡词，一经问世就占据了制高点。这话似乎绝对，又绝对在理。

为何苏轼一辈子无法忘怀王弗，为何苏轼将悼亡第一词给了王弗，为何苏轼让后来人记住了平凡的王弗？因为，王弗在苏轼心里是已然缺失却无人代替的那片柔软与温暖。

简而言之，如果将王弗了解透彻，就能在一定程度上理解苏轼心中的柔软、脆弱和空白。而最为便捷的办法就是探佚《亡妻王氏墓志铭》，从中发现蛛丝马迹，人物形象便能清晰地显影出来。

苏轼道："治平二年五月丁亥，赵郡苏轼之妻王氏卒于京师。六月甲午，殡于京城之西。其明年六月壬午，葬于眉之东北彭山县安镇乡可龙里先君先夫人墓之西北八步。”

墓志铭一开始，就交代了三个重要的时间节点：逝去、落殡、下葬的时日；三个时间节点所对应的地点：京师、京师之西、眉山东北。追根溯源，可发现：

第一，王弗病逝时，一家人刚好从凤翔到达京师。

第二，王弗落殡时，苏轼刚好应试完皇帝的考核。

第三，王弗下葬时，公公苏洵亦仙逝。苏轼秉承父亲心愿，将发妻葬于父母合葬地的西北方向，仅距八步而已。

长眠之地，有最钟爱的儿媳妇相依相伴，两位老人是温暖还是伤悲呢?

苏轼说：“君讳弗，眉之青神人，乡贡进士方之女。生十有六年而归于轼。有子迈。君之未嫁，事父母；既嫁，事吾先君、先夫人，皆以谨肃闻。”

宋代女子死后有墓志铭，墓志铭上有名有姓，而且流传了千年之久，王弗算其中一个了。古代女子嫁夫从夫，多冠以夫姓，后缀已姓。譬如王弗嫁到苏家，一般称之为苏王氏，不再提及其名。而大多数人家的女子，是没有取过名的，包括苏轼的三姐也只以“八娘”呼之，显然是按照排行而定。甚至苏轼的母亲程夫人、祖母史夫人、苏辙的夫人史氏，都是有姓无名的。但有趣的是，苏轼的两妻一妾，都有姓名，即王弗、王闰之、王朝云，且与苏轼一样流芳百世。

苏轼不但让所有人记住了他和她们的故事，更让所有人记住了那些传世的令人动容的歌咏爱情的诗词文赋。由此得见，苏轼“宠妻”，宠到坦诚相对，宠到相濡以沫，宠到平等以见。苏轼告诉天下人自己妻子的名字，实际意义已经超越了男女之爱的范畴，更多的是尊重女性、尊重女权、尊重独立，这或许就是苏轼与众不同、被人热爱的地方吧！

有人说，川女会持家，川女多贤惠，川女很勤奋。那么，王弗和王闰之当是前辈楷模了。

在苏轼的心里，王弗的一切都清晰明了。青神的山水，青神的姑娘……对于苏轼来说，青神有着太多的回忆。至于苏轼与王弗相识、相知、相爱的过程，则众说纷纭。

有人说他们是青梅竹马，早早相识，属于“自由恋爱”。苏轼在《江城子·乙卯正月二十日夜记梦》中描述的“小轩窗，正梳妆”“明月夜，短松冈”，正是少男少女情窦初开时，隔窗相望、眉目传情时的情景，以及月夜相会于老地方（有矮松树的小山坡）的真实写照。

也有人说是苏轼爱慕王弗。王弗父亲办有私塾，为了有机会见到王弗，苏轼便舍近求远去那儿读书。而最为传神的说法是，王弗家附近中岩下寺丹岩赤壁下有绿水一泓，平静清澈，相传为慈姥龙之宅。王方有意在弟子中选女婿，于是出了一题——给池子取名，看谁才思敏捷。秀才们跃跃欲试，纷纷说出自己的答案。唯有苏轼不紧不慢，最后道出“唤鱼池”三个字，王方及众人拍手叫绝。兴致起处，只见王弗使丫头送来“唤鱼池”题字，两人竟心有灵犀，所取之名不谋而合，真乃天作之合。

还有人说苏轼与王弗是私订终身，并未得到苏洵认可，然而得知自己的女儿八妹被虐早逝，苏洵幡然醒悟，儿女的婚姻，自己喜欢的才是最好的，因此接纳了王弗。

当然，也有另一种说法，苏轼爱慕邻家一女孩，并与女孩心心相印，后私订终身，但父亲苏洵却看中了老友王方之女王弗，这段初恋，终以苏轼服从父亲的安排而伤感落幕。后传言，女孩终身未嫁，苦守一生。

苏轼与王弗的姻缘故事，不论以什么方式启幕，就苏轼对王弗的爱与慕、情与思，足以见证他们感情的深厚和彼此的相通。

苏轼在墓志铭中写道："其始，未尝自言其知书也。见轼读书，则终日不去，亦不知其能通也。其后轼有所忘，君辄能记之。问其他书，则皆略知之，由是始知其敏而静也。从轼官于凤翔。轼有所为于外，君未尝不问知其详。曰：'子去亲远，不可以不慎。'日以先君之所以戒轼者相语也。轼与客言于外，君立屏间听之，退必反覆其言曰：'某人也，言辄持两端，惟子意之所向，子何用与是人言？'有来求与轼亲厚甚者，君曰：'恐不能久。其与人锐，其去人必速。'已而果然。将死之岁，其言多可听，类有识者。"

从以上内容中，又能探得什么有用的信息呢？

一是王弗读过书，有才情，但苏轼一开始并不知晓。

王弗嫁到苏家时，苏轼并不知小妻子通晓诗书。苏轼每次读书时，小妻子只是安静伴之，故仍不知其知书。然而，苏轼每有忘之，王弗在旁总能提点应答。聪明的妻子爱丈夫最好的方式，就是既能红袖添香有情趣，亦能相伴扶持携子手。得一灵魂伴侣，人生足矣。

二是王弗明事理、洞世情，更是在苏轼意料之外。

苏轼到凤翔上任时，王弗道："你离开父亲很远，不可以不小心谨慎。"有一次，苏轼与客人在客厅说话，王弗站在屏风后听，待客人离去后便对苏轼说："那个人说话时总是模棱两可、曲意迎合，你又何必与他多说呢？"又有人来与苏轼结交，希望成为朋友，王弗却说如此急迫地想交往，此人以后断交定也快速。后来果真应验了。得一贤内助手，夫复何求？

三是王弗先知先觉，能防患于未然。

苏轼说："王弗去世那年，她说的话是值得多听、多想、多思的，好像她总能未卜先知，给予我指引和警示，让我找到方向和目标。"

由此可知，苏轼为什么会对王弗念念不忘了。

因为有王弗在，万事可商量；因为有王弗在，心中才亮堂；因为有王弗在，走路不会太绕弯儿。苏轼说王弗像明镜似的，照亮自己也照透他人，可以使自己结交到真正的朋友，警示自己说话、做事注意尺度。王弗在苏轼心中，分饰多个角色，有母亲般的温情宽厚，有姐姐般的温暖亲厚，更有爱人的温柔纯厚。苏轼与王弗情笃十年，十年虽短，却是最有方向感和感知力的。如果要用几个词形容王弗之于苏轼生命中扮演的角色，当是良伴、助手、知己、爱人了。正像现代作家王小波对爱人李银河说的"爱你就像爱生命"那般，一个人最珍贵的莫过于生命，而爱一个人如同爱生命，那便是对爱人最美好、最极致的爱恋了。

陪伴不离不弃，跟随不紧不慢，既能红袖添香，亦能携手扶持，世间最好的知己、爱人莫过于此了。

苏轼在墓志铭中痛惜哀婉地写道：“其死也，盖年二十有七而已。始死，先君命轼曰：‘妇从汝于艰难，不可忘也。他日汝必葬诸其姑之侧。’……君得从先夫人于九原，余不能。呜呼哀哉！余永无所依怙。君虽没，其有与为妇何伤乎？呜呼哀哉！”

二十七岁，吾爱永逝，长歌当哭，岁月亦悲，烟花美好，芳华短暂。苏轼的丧妻之痛，再多的言语亦是不能表达的。遂遵照父亲的心愿，让挚爱的妻子与敬爱的父母，生生世世常伴在眉山的山水中。

永失吾爱，永逝吾心！

有人做过苏轼诗词探佚，其作于二十日并点明时日的作品为数不少，年年二十日，年年短松冈，年年明月夜，到底有何不同？或许，唯有那位闪耀在苏轼生命长空中的明媚女子——王弗当知吧！

闰之润之，一生温暖

苏轼在写给第二任妻子王闰之的祭文中道：“我曰归哉，行返丘园。曾不少须，弃我而先。孰迎我门，孰馈我田？已矣奈何，泪尽目干。旅殡国门，我少实恩。惟有同穴，尚蹈此言。呜呼哀哉！”

虽不能致仕与回归故里，虽不能与你长相厮守、白头终老，却与你历经磨难、受尽困苦，既然生同室，那么死亦同穴。苏轼在《祭亡妻同安郡君文》中，郑重许下诺言。

与子携手，生生世世。一个男人对女人最真的爱，莫过于我在黄泉之下也要和你在一起，不离不弃。

后来，苏辙替哥哥完成了这个遗愿，将停放在京西寺院的王闰之的灵柩与苏轼的灵柩合葬于郏城。

有人就纳闷了，苏轼不是最爱王弗、最宠王朝云吗？为什么不是她们与苏轼死后相伴？

大抵这种错觉来自苏轼写给三个挚爱女子的诗词歌赋。写给王弗的名动天下，人人皆知；写给王朝云的情深意长，天真有趣；而写给王闰之的多为生活琐事，家长里短。前两者倾注情爱和精神，讲究灵魂契合，后者注重现实和生活，烟火气十足。

苏轼会大大方方地称呼王闰之“妻”“老妻”，就像现代男人称呼“老婆”那般自然亲切。

苏轼第一次提到王闰之是在名作《腊日游孤山访惠勤惠思二僧》中：“天欲雪，云满湖，楼台明灭山有无。水清石出鱼可数，林深无人鸟相呼。腊日不归对妻孥，名寻道人实自娱。”

苏轼一个人游览了孤山、寻访了高僧，其实，以他的性情而言原本是自然之事，但是，这一天却很特别。“腊日”在宋代是公休日，皇帝会赐给官员医药，百姓会串门子互相馈赠礼物。通俗地说就是一个情感、思想、生活的交流沟通日，用以传递情意、增进友谊。苏轼这时刚到杭州任职，应与同僚或邻里有所互动才是，他却溜了出去，纵情山水之中。然而，他心中却是踏实的。他说“腊日不归对妻孥”，这一天不用去管家人老小，因为有“妻”在，这一天不用自己去维系关系；因为有“妻”在，这一天可只顾“名寻道人实自娱”，做自己喜欢的事、寻自己想见的人。因为王闰之从来不会约束他，也不会埋汰他，有时反而会放纵他。

而流传千古的《后赤壁赋》中，也有王闰之的影子、她的功劳。苏轼道：“是岁十月之望，步自雪堂，将归于临皋。二客从予，过黄泥之坂。霜露既降，木叶尽脱，人影在地，仰见明月。顾而乐之，行歌相答。已而叹曰：‘有客无酒，有酒无肴，月白风清，如此良夜何？’客曰：‘今者薄暮，举网得鱼，巨口细鳞，状如松江之鲈。顾安所得酒乎？’归而谋诸妇。妇曰：‘我有斗酒，藏之久矣，以待子不时之需。’于是携酒与鱼，复游于赤壁之下。”

游乐，怎能少了佳肴？作诗，怎能缺了美酒？当听到“有客无酒，有酒无肴，月白风清，如此良夜何”的叹息时，王闰之应了一句：“我有斗酒，藏之久矣，以待子不时之需。”只这一句话，就知道王闰之有多贤惠、多纵容丈夫了。急他所急，备他所需，苏轼所爱所好的，王闰之都早早准备好了，只待他兴致一起，便随他心意取出。

什么是妻，怎么为妻，中国式好妻子是何模样？

苏轼在千古词章中给了“妻”一个定义，塑造了一个形象，“妻”就像王闰之那般吧，做事顺手，有事顺意，凡事顺心。

如此可见，“妻”是越老越好。苏轼最喜呼喊王闰之为“老妻”，就像现代四川男子称呼妻子为“老婆”那般，彼此信任，不分你我，达到了合二为一的生命境界。即便是妻子办了傻事、做了错事，也不计较，哪怕这件事足以令人抱憾终身。

曾经，王闰之就干了一件让天下人扼腕叹息的事。后苏轼在《黄州上文潞公书》中追述道：“轼始就逮赴狱，有一子稍长，徒步相随。其余守舍，皆妇女幼稚。至宿州，御史符下，就家取文书。州郡望风，遣吏发卒，围船搜取，老幼几怖死。既去，妇女恚骂曰：‘是好著书，书成何所得，而怖我如此！’悉取烧之。比事定，重复寻理，十亡其七八矣。”“乌台诗案”发生后，官府围追堵截苏轼家人及所乘船只，想从书文中搜集苏轼的罪状，为了保全家人及丈夫安全，情急之下的王闰之不得不将苏轼七八成的书稿当即焚烧，致使苏轼多年的心血付之东流，也令苏轼众多的追随者遗憾不已，慨叹王闰之的不明事理和草率行事。

然而，苏轼即便身在狱中，在最困难的时候，所牵挂之人除了弟弟苏辙，便是自己的妻子。他在绝命诗中写道：“柏台霜气夜凄凄，风动琅珰月向低。梦绕云山心似鹿，魂飞汤火命如鸡。眼中犀角真吾子，身后牛衣愧老妻。百岁神游定何处？桐乡知葬浙江西。”

一个“愧”字，一声“老妻”，如杜宇啼血，苍凉而悲戚，那是诀别时的愧疚与忏悔、伤感与失落。在生命的尽头，苏轼最放心不下的是王闰之——我的老妻！

而在老妻的身后，是整个苏家需要她打理，苏家大小需要她呵护，有她的地方，才是“苏家”，王闰之早已成为苏家人安定的灵魂核心。

王闰之的持家，王闰之的爱子，王闰之的宽厚，王闰之的惜福，王闰之的温良，让六岁就失去母亲疼爱的苏迈有了完整的家，并享受着王闰之延绵不绝的母爱抚慰。王闰之生日之际，苏轼放生鱼为她祈福，并作《蝶恋花》以记之：“三个明珠，膝上王文度。”王闰之将三个孩子视为生命中的明珠，将堂姐王弗唯一的孩子视为己出，苏轼对此是万分感激和无比心安的，并在给王闰之的祭文中再次提及“三子如一，爱出于天”。她让他在颠沛流离中有家的温暖，她让他在失意落魄时有情的滋养，她让他在动荡不安时有爱的港湾。闰之在，家就在。闰之在，家很暖。闰之在，轼心安。

王闰之是王弗的堂妹，小苏轼十一岁，王弗去世那年与苏轼订婚，二十一岁时与苏轼完婚。有人探究后认为，王闰之之所以嫁给苏轼做续弦，乃王弗生前遗愿，因为她认为，作为娘家人的王闰之会好好照顾自己唯一的孩子。而这种猜测的证据则是苏轼与王闰之订婚三年后才结婚。不过他们忽略了一件事，那就是这三年苏轼还在为父亲苏洵守孝而不能完婚。所以，前因后果已无法说清，也不必说清，总之是王闰之在王弗去世后便扛起了苏家主母的责任、担起了母亲的角色。

苏轼在给王闰之父亲的祭文中写道：“轼始婚媾，公之犹子。允有令德，夭阏莫遂。惟公幼女，嗣执罍篚。恩厚义重，报宜有以。”由此可见，王闰之在嫁给苏轼前，便擅炊茶采桑等活儿，这里一是说明王闰之很勤劳，二则点明王闰之乃村姑。一位大文豪与一位小村姑的一生，和谐、圆美、温情，真是一段美满姻缘。

有王弗在，凡事都能给苏轼以意见和建议，而有王闰之在，则凡事顺遂苏轼性情和兴致。前者引导苏轼个性，后者解放苏轼天性。好妻子成就好丈夫，王弗和王闰之无疑都是苏轼一生中最为珍重的人，她们于苏轼而言，只有先后，不分亲疏。

王闰之与苏轼共同生活二十五年，陪着苏轼行走了大半个中国，从眉山出发，再到京师，先后辗转杭州－密州－徐州－湖州－黄州－汝州－常州－登州－开封－杭州－开封－颍州－扬州－开封等地，陪伴苏轼度过了“乌台诗案”后艰难的时光，一起受尽磨难，也并肩看过繁华，苏轼几起几落，总有王闰之相伴，一起笑看庭前花开花落。

“王闰之”显然是她出嫁后苏轼给取的名，在青神老家，家里人都唤她“二十七娘”。王闰之生于庆历八年（1048）闰正月，“闰”有“增添”“增多”之意，“闰之”也即“润之”了苏轼的丧妻之痛，寓意饱满，温暖人心。后来，王闰之又有了字——季璋，也是出自苏轼之手。

跟着苏轼久了，王闰之也诗情画意起来，有一次见梅花盛放、月色清澄，便对苏轼道：“春月色胜如秋月色，秋月色令人凄惨，春月色令人和悦。何如召赵德麟辈来，饮此花下？”此言一出，苏轼大喜，欣然曰：“吾不知子能诗耶，此真诗家语耳！”夫妻间最浪漫的事，便是诗意地生活、诗意地相守、诗意地懂得，先生所喜，老妻亦爱；先生所想，老妻早知。王闰之的一句话，引得苏轼诗意大发，后作《减字木兰花》：“春庭月午，摇荡香醪光欲舞。步转回廊，半落梅花婉娩香。轻云薄雾，总是少年行乐处。不似秋光，只与离人照断肠。”

苏轼跟着王闰之久了，也耕种，也务农，并在生产生活中找到了乐趣、学到了农技。他曾在《与章子厚》中说王闰之会医治牛病：“昨日一牛病几死。牛医不识其状，而老妻识之，曰：‘此牛发豆斑疮也，法当以青蒿粥啖之。’用其言而效。”在写给朋友的书信中提到自己的妻子，说老妻真能干，医治病牛，药到病除，那种语气应是骄傲的、满足的吧！

苏轼显摆自己有位贤妻，不是一次两次了，他曾写过“可怜吹帽狂司马，空对亲春老孟光”“子还可责同元亮，妻却差贤胜敬通”，每一首都毫不吝惜地夸赞妻子，每一次都自豪自己有位好妻子。

生命短暂，流光易逝，二十五年，说短就短，说长也很长，从熙宁元年 (1068) 到元祐八年 (1093)，王闰之从二十一岁到四十六岁，苏轼从三十三岁到五十八岁，他们相濡以沫地走过的春秋、历经的风雨，见证了亲情，见证了爱情，见证了世间最美好的男女之爱。

执手爱人，知心朝云

苏轼一生所著诗文中所提及的女子，除了原配夫人王弗和续弦王闰之，就数侍妾王朝云次数最多了。

而在苏轼所留存的有限的墓志铭中，王朝云也有一铭传世。其文如下：“苏轼先生侍妾曰朝云，字子霞，姓王氏，钱塘人。敏而好义，事先生二十有三年，忠敬若一。绍圣三年七月壬辰，卒于惠州，年三十四。八月庚申，葬之丰湖之上栖禅山寺之东南。生子遁，未期而夭。盖尝从比丘尼义冲学佛法。亦粗识大意。且死，诵金刚经四句偈以绝。铭曰：浮屠是瞻，伽蓝是依。如汝宿心，惟佛之归。”

铭文最后四句像是禅偈，神秘而庄肃，简洁而深邃，诱人想象，令人沉思。

铭文中说，王朝云在生命的最后一刻执苏轼手念道："一切有为法，如梦幻泡影，如露亦如电，应作如是观。"这是她皈依佛门后的彻悟，也是她对苏轼所寄予的最后牵挂。生命有定数，人生亦如梦，如露珠、闪电那么短暂，瞬间而已，不必太在意。所有的担心和记挂，尽在寥寥数语中了。

王朝云去世时，年仅三十四岁。

王朝云认识苏轼时，仅有十二 岁，那时苏轼已三十九岁了。

有人说，苏轼作《饮湖上初晴后雨》是初见王朝云清丽、娇艳的美好样子后，不禁诗兴大起，遂成就了此千古名篇。一种揣测，无限想象，但这也不过是后来人所希冀的最美好的相遇罢了。不过结果是确定的，王朝云入了苏家，走近了苏轼，成为他生命中一道不可或缺的风景。

杨万里道："小荷才露尖尖角，早有蜻蜓立上头。"一切灵动的、聪颖的、可爱的事物，都令人欢喜和留恋，十二岁的王朝云能获得中年苏轼的青睐，说他们情深义重，有些太过牵强了。而将王朝云从风月场上带回家，做妻子的好帮手，这种可能性是有的。后来，王朝云跟随苏轼经历了"乌台诗案"、黄州贬谪、惠州贬谪等一系列变故，从来没离开过，也从来没想过离开。

特别是有一件事，足以让苏轼感动、铭记一生。

当苏轼再次遭贬、流放惠州时，面对遥远的路途、未卜的前途、艰难的生活，众多侍妾婢女选择了陆续散去，唯王朝云心坚意定，二话不说跟随苏轼跋山涉水去到荒蛮之地，在艰苦的日子里陪伴着他。此间，苏轼曾作诗叹道：“不似杨枝别乐天，恰如通德伴伶玄。阿奴络秀不同老，天女维摩总解禅。经卷药炉新活计，舞衫歌扇旧因缘。丹成逐我三山去，不作巫阳云雨仙。”诗序云：“予家有数妾，四五年相继辞去，独朝云者随予南迁。因读乐天集，戏作此诗。”因读到白居易一句“春随樊子一时归”，由此引发了苏轼的感慨，同为歌伎出身，白居易的爱妾樊素竟在他年迈时偷偷溜走了，哪像王朝云这般坚贞不二，与自己同患难、共命运。

在苏轼生命的最后时光中，再也没有出现过其他女子，唯与王朝云的影子相知相伴。王朝云去世后，他先后写下了《朝云墓志铭》《惠州荐朝云疏》《西江月·梅花》《雨中花慢》《题栖禅院》等诗文悼念最心爱的女子。而《西江月·梅花》是较为知名的一首，词道：“玉骨那愁瘴雾，冰姿自有仙风。海仙时遣探芳丛。倒挂绿毛幺凤。素面翻嫌粉涴，洗妆不褪唇红。高情已逐晓云空。不与梨花同梦。”

梅花高洁，梅花出尘，梅花经得住瘴气的侵蚀和冬雪的洗礼，王朝云如梅般的品格、性情、姿态，在苏轼心中如永远的雪域精灵，高洁晶莹，不息不灭。宋代有禅诗云：“尽日寻春不见春，芒鞋踏遍陇头云。归来笑拈梅花嗅，春在枝头已十分。”原来，最美好、最令人心动的人与物，就在我们触手可及处啊！

那时岁月，当年情怀，是不是也如人之暮年，懂得珍惜、懂得爱护、懂得收藏呢？

苏轼被贬至黄州后的第一个七夕，作了一首《菩萨蛮》：“画檐初挂弯弯月，孤光未满先忧缺。遥认玉帘钩，天孙梳洗楼。佳人言语好，不愿求新巧。此恨固应知，愿人无别离。”这首词是写给王朝云的吗？后来的研究者各有不同见解。有人认为最后两句最符合王闰之的心理和期盼，即唯愿一生与苏轼平平安安，不再分离。而更多的人则认为“佳人”乃王朝云。因为既然是“佳人”，应是韶华正好、风华正茂，王闰之年龄偏大，且与苏轼写予她的诗作口吻有别。更重要的是，王朝云与苏轼在黄州时情感发生了变化，王朝云的角色也有所改变。

元丰五年（1082），苏轼纳王朝云为妾，王朝云时年二十岁。

在此前，有一个有趣的故事值得探讨，那就是为什么苏轼会在困难失意的境遇下接纳王朝云呢？

据宋代费衮所著的《梁溪漫志》记载，东坡一日退朝，食罢，扪腹徐行，顾谓侍儿曰：“汝辈且道是中有何物？”一婢遽曰：“都是文章。”坡不以为然。又一人曰：“满腹都是识见。”坡亦未以为当。至朝云，乃曰：“学士一肚皮不入时宜。”坡捧腹大笑。

王朝云一句“学士一肚皮不入时宜”，完完全全入了苏轼的心，也入了千千万万后来人的心。最懂苏轼者，朝云也。如此玲珑剔透的人儿，哪会让人不喜爱？

苏轼纳妾，定是征询了王闰之的想法，也有人说是王闰之主动让苏轼纳王朝云为妾的。其过程并不重要，结果才最重要。第二年，王朝云产下一子，苏轼心生欢喜，为其取名“遁”，有远离旋涡、归隐山林之意，希望孩子平平安安、健健康康，于是作诗以求所愿。诗道：“人皆养子望聪明，我被聪明误一生。惟愿孩儿愚且鲁，无灾无难到公卿。”

苏轼希望孩子不求功名利禄，不要大富大贵，只愿其无病无灾做个普通人。他的虔诚祷告，会如愿吗？

元丰七年（1084），苏轼接到朝廷诏命将其改为汝州团练副使，易地京西北路安置，四月携家眷起程，七月二十八日行至金陵江岸，小儿苏遁中暑不治，夭亡于王朝云怀中。王朝云肝肠寸断，撕心裂肺的哭声牵动着苏轼的心，想着幼子夭折于迁徙途中，哪是自己的错断送了孩子的命啊！

哀恸之余，自责不已的苏轼只能作诗以悼小儿。《去岁九月二十七日，在黄州生子遁，小名干儿，颀然颖异。至今年七月二十八日，病亡于金陵，作二诗哭之》："吾年四十九，羁旅失幼子。幼子真吾儿，眉角生已似。未期观所好，蹁跹逐书史。摇头却梨栗，似识非分耻。吾老常鲜欢，赖此一笑喜。"

想着孩子的可爱、孩子的聪颖，苏轼哀伤不已，继续写道："忽然遭夺去，恶业我累尔。衣薪那免俗，变灭须臾耳。归来怀抱空，老泪如泻水。我泪犹可拭，日远当日忘。母哭不可闻，欲与汝俱亡。故衣尚悬架，涨乳已流床。"可是，王朝云的眼泪，苏轼的眼泪，换不回孩子的活泼笑颜。此后的王朝云，常悲于失去孩子的痛楚中，她开始修禅问佛，与苏轼一同修习，颇有心得和领悟，后在去世时念"六如"，也在情理之中了。

后来，苏轼在王朝云墓前建造了一座"六如亭"，并撰了一副对联："不合时宜，惟有朝云能识我；独弹古调，每逢暮雨倍思卿。"这不但印证了费衮所辑《梁溪漫志》中"不入时宜"的故事，更是对王朝云的铭记。

后来，苏轼再也不听那首《蝶恋花》了：“花褪残红青杏小。燕子飞时，绿水人家绕。枝上柳绵吹又少，天涯何处无芳草？墙里秋千墙外道。墙外行人，墙里佳人笑。笑渐不闻声渐悄，多情却被无情恼。”曾几何时，王朝云将此词唱给苏轼解闷，自己却不能自已了。苏轼问其何故，她答曰：“妾所不能竟（唱完）者，‘天涯何处无芳草’句也。”苏轼听后大笑，“我正悲秋，而你又开始伤春了。”

生命如蓬草，生命如柳絮，来来去去，反反复复，何悲、何喜、何为？王朝云以生命起誓的“六如”，只希望苏轼在未来的日子里好好地活，一定要好好地活！而后，苏轼以“伤心一念偿前债，弹指三生断后缘”的约定回应了生命中最后一位红颜知己。

他们是苏轼宦海沉浮时的良师、益友，是苏轼文章大成的伯乐、推手，是苏轼历经风雨时的明珠、灯塔，是苏轼生命中不可或缺的舵手、罗盘，引领苏轼，影响苏轼，成就苏轼。

他时一醉画堂前·朋友知己

官场战场，队友损友

苏轼一生中有很多引路人，他们发掘苏轼、指点苏轼、提携苏轼、爱护苏轼，成功塑造了一位意气风发、豪情旷达、坦诚天真的士大夫、真名士！

他们是苏轼宦海沉浮时的良师、益友，是苏轼文章大成的伯乐、推手，是苏轼历经风雨时的明珠、灯塔，是苏轼生命中不可或缺的舵手、罗盘，引领苏轼，影响苏轼，成就苏轼。

苏轼一生最好交朋友，且多是官场之人。合了脾性，对了口味，他便一股脑地扎进去，一派天真无邪，一脸赤忱坦诚。正因如此，他交到了一帮无私纯洁的知己、朋友。

他们是苏轼快乐时的分享者，是苏轼抑郁时的倾听者，是苏轼危难时的共担者。有友如此，夫复何求？

苏轼一生中也有几个“损友”，他们喜欢苏轼、懂得苏轼，但又不遗余力地打压、打击苏轼。从另一个角度看，他们也成全了苏轼，让后来人看到了与众不同的苏轼。

他们是苏轼多舛人生的推动者和见证者，是好友还是损友，谁能说清呢。

提到苏轼的引路人，最让人熟知的应该是张方平和欧阳修了。

张方平，字安道，号乐全居士，谥“文定”，应天（今河南商丘）人。历任知谏院、知制诰、知开封府、翰林学士、御史中丞，滁州、江宁府、杭州、益州等地长官，官拜参知政事（宰相）。

在任职益州期间，苏洵携二子拜访，几人道古今、论政见，不谋而合，相谈甚欢。张方平见二子学识渊博、器宇不凡，不由“赞叹不置，许为‘国士’”，爱才之心遂起，因此倾力推荐，给苏轼搭建了一条“直飞航道”。

张方平是苏轼人生转折中的第一个贵人，他引路的方向和高度，决定了苏轼后来的平台和资源。以中国人的师生情谊论，说苏轼是张方平的门生，也不为过。且张方平几十年如一日地关注、关爱苏轼，这才是最令人感动和感怀的。他都做了些什么呢？

其一，张方平送给苏轼第一张“飞机票”，让他以最快的速度和最便捷的方式认识了政界和文坛的领袖人物欧阳修。

其二，苏轼因“乌台诗案”入狱，在很多人唯恐牵扯到自己、纷纷退避三舍时，张方平却挺身而出，令其子进京为苏轼击鼓上疏，虽因故未成，但其甘冒极大的政治风险为苏轼辩护的深情厚谊，鲜有人能做到，令人感动万分。

其三，张方平临终前，别无牵挂，“惟以子瞻兄弟为念”，更可见他对苏轼的关爱和认可。

其四，张方平将毕生所作诗文交给苏轼整理编辑。后苏轼以其门生自称以示尊敬，张方平却道万万不可，苏轼当时已是名满天下，其自谦当不起“老师”称号。

张方平的谦逊，张方平的爱护，张方平在苏轼和苏辙最需要的时候给予的支持和援助，早已超越了师生、世旧、亲戚等任何关系了。这对忘年之交，跨越了年龄的鸿沟、地域的阻隔、时间的考验，成就了一段友谊佳话。

而经过张方平认识的欧阳修，则是苏轼走进政治圈和文学圈的推手和伯乐。

欧阳修，字永叔，号醉翁，晚号六一居士，吉州庐陵（今江西吉安）人。北宋政治家、文学家，且在政治上负有盛名。官至翰林学士、枢密副使、参知政事，谥号“文忠”，累赠太师、楚国公。“唐宋八大家”“千古文章四大家”之一。

苏轼以一张张方平赠给的“飞机票（书信）”见到了欧阳修，这是很多人都不敢想象和奢望的。苏轼很幸运，初出茅庐就有机缘接触到政治核心和文坛领袖人物，一切顺利得不可思议，更令人想不到的是——欧阳修对新人苏轼非常赏识，有意栽培他，便将他推荐给朝中要员和文坛中坚认识。欧阳修高度称赞苏轼的文学才华并拔高了苏轼的文学形象，其将视为继自己之后扛起文坛大旗的领军人物。

在嘉祐二年的礼部考试中，欧阳修点苏轼为进士第二名，却引来不小的风波，其因是苏轼文风异于以往，由此引发了科考文风的大改变。

欧阳修慧眼识珠，认定苏轼将会是未来诗文新风尚的改革者、倡导者和实践者，于是不计名利、不遗余力地提携和推荐，让苏轼步入了仕途和文学发展的快车道，为其领袖地位的确立奠定了坚实的基础。

苏轼之所以能快速成长和成名，欧阳修是最重要的伯乐和推手。作为宋代最成功的两代文坛领袖，欧阳修与苏轼亦师亦友，待欧阳修离京回乡后，苏轼还专程去看望了师长，他们喝酒、唱和、论文，不亦快哉。

其实，在宋代，像苏轼这般考中的学子都称之为“天子门生”，不能私下拜在某人的门下。所以，以欧阳修对苏轼的知遇之恩和提携之恩，后世人认为他们的情谊早已超越了普通的师生情谊，应当还有惺惺相惜和心灵相通的知己之情。

苏轼一生多有师友关怀和帮助，包括富弼、司马光、吕公著、范镇等朝中重臣也对他大加褒奖、处处爱护。

其实，朋友就是在一起可以制造风景，不在一起可以替你看风景，有了快乐一起可以分享，遇到困难愿意帮你承担的那类人吧。

从这点来看，苏轼确实有很多朋友。在“乌台诗案”中，受他牵连的人达七十多人，被罚的官员多达二十七人，其中朝廷重臣司马光、张方平等被罚铜三十斤，范镇等其他大臣被罚铜二十斤。

但凡与苏轼交往过密、书信往来频繁或唱和过多的人，朝廷都将他们列入“苏轼朋友圈”，想要追查的话，只需顺藤摸瓜，肯定又快又准，因为有据可查，到处流传着他们的诗词之作。

譬如常与苏轼有书信往来的孙觉，两人虽离得天远地远，但常于书信中互相调侃、发牢骚，朝廷是一逮一个准儿，被罚也是必然了。

现代人看苏轼的朋友圈，对孙觉这个名字可能不是很熟悉，若提起几个人的名字，就知道他当时为何能成为苏轼的好友了。孙觉是黄庭坚的岳父、秦观的老师，还是王安石、曾巩的好友。孙觉向来以敢言著称，也是一个不怕事的主儿，与管不住嘴的苏轼在一起，碰撞出火花那是必然的。因此，“乌台诗案”中肯定少不了对他的查处。

还有一位让苏轼觉得很愧疚的朋友，他在“乌台诗案”中受的处罚比苏轼还重。有一阵子苏轼都不敢去信问问他的情况，生怕被抱怨。但人家哪有那么小家子气，尽管“乌台诗案”中被处罚得最重、贬得最远，却没有半分怨气，倒反过来安慰苏轼。这个人就是苏轼一生的好友、宰相之孙王巩，当年携佳人、带美酒浩浩荡荡去徐州看望苏轼的那位风流公子。

苏轼官场中的好友，在“乌台诗案”中被清理了个遍，罚的罚，流放的流放，甚为凄惨。

而在当时，有一个人却出乎意料地为苏轼开脱罪责，也值得说一说。此人便是后来将苏轼一贬再贬至儋州的章惇。王巩在《闻见近录》中记录了章惇如何驳斥王珪而为苏轼开脱的全过程：“苏子瞻在黄州，上数欲用之。王禹玉辄曰：‘轼尝有‘此心惟有蛰龙知’之句，陛下飞龙在天而不敬，乃反欲求蛰龙乎？’章子厚曰：‘龙者非独人君，人臣皆可以言龙也。’上曰：‘自古称龙者多矣，如荀氏八龙，孔明卧龙，岂人君也？’及退，子厚诘之曰：‘相公乃欲覆人家族邪？’禹玉曰：‘此舒亶言尔。’子厚曰：‘亶之唾亦可食乎！’”

章惇这段为苏轼分辩的慷慨陈词，又狠又准，与其性格和作风倒是相符的。后来，苏轼被贬也是他下手狠、绝、毒的结果。有人这样形容官场：没有永远的朋友，也没有永远的敌人。这话对，也不对。其实，只要人生观、价值观、生活观相同，官场朋友也可以长长久久。

所以，很多人将章惇视为“奸臣”，将他看作苏轼的损友。而苏轼又是如何看待的呢？

元符三年四月，六十三岁的苏轼奉诏从儋州北返，而六十五岁的章惇却被贬到雷州，与儋州隔海相望。苏轼行至洪州时，章惇命子章援送来书信，恳求苏轼原谅并放过他们父子，因有传言此次苏轼会入朝为相。苏轼则道：“某与丞相定交四十余年，虽中间出处稍异，交情故无所增损也。”并在书信后附药方，以供章惇应对岭南瘴气侵体之用。

这就是为什么那么多人喜欢苏轼、敬爱苏轼、赞美苏轼，如此处世为人，这就是他的胸襟和情怀吧。

王安石与苏轼，这两位当年朝廷上的政敌，也在元丰七年于江宁会面时一笑泯恩仇。

人与人哪来那么多恩怨啊？其实，很多时候是所执的目标、信念、方向、观念、手段不同罢了，因为各自的理想，走不到一块儿罢了。用最简单的话归纳，就是政见不同而已。

所以，王安石与苏轼虽有矛盾，却私交甚好。两人能坚守自我信仰，惺惺相惜，亦敌亦友，是是非非地走过一生，当算得上是传奇了。

苏轼的长辈朋友中，有一位也备受质疑，此人便是凤翔太守陈希亮。当年苏轼以大理评事的身份担任陕西凤翔府的判官，算是基层锻炼的京官，又是少年得志，心怀豪情，所以难免显得心高气傲了。

有同僚为讨苏轼的欢心，便以“苏贤良”称他，以此突出他在制科中获得贤良方正科“第一名”成绩的殊荣。简单说，就是给苏轼戴了顶“高帽子”，吹捧一下。没想到，传到太守陈希亮耳朵里，他便斥责道：“府判官何贤良耶？”苏轼无端被责，心中非常懊恼和气愤，认为太守是在故意刁难他。而对于苏轼起草的公牍，陈太守也要修修改改，这让自认为文章无可挑剔的苏轼很是难堪。再就是苏轼借故缺席了中元节的官府宴会，又被陈太守抓了一个正着，被罚铜八斤以作惩戒。

以苏轼直言直语的性子，真是气得没处发泄满腔的愤恨。后来终于逮住一个机会。陈太守建了一座亭子，让他写一篇记文，于是，名篇《凌虚台记》就这样诞生了。整篇文明里暗里对陈太守加以讽刺、挖苦，然陈太守故作不知，笑着让人一字不改地将文镌刻在了石碑上，从而让后来人能有幸欣赏到这篇精彩绝伦的千古名篇。太守的做法，体现了宽厚和包容。陈太守通过自己的方式，锻造苏轼、打磨苏轼，让他去掉骄矜自满，学会沉淀藏锋。

写《凌虚台记》时，苏轼二十八岁，等他为逝去的陈希亮写《陈公弼传》时，已人到中年，才明白陈希亮当年的用心良苦。他道：“方是时，年少气盛，愚不更事，屡与公争议，至形于言色，已而悔之。”年少时的挫折和打击，是人生最好的历练，缺了这一课，则无论何时何地都会补回来的，早经历，早懂得。

据说，陈希亮对苏轼的态度，让欧阳修都觉得气愤，后来在其调任时有意刁难，但苏轼这篇传记却是对陈希亮品行最好的说明和解答。

学会在顺境中清醒，学会在逆境中坚守，无论遇到什么人、经历什么事，不忘初心，方得始终。

弟子是友，总是关情

中国传统文化的继承，多讲究“师门”，譬如美食有菜系，每个菜系有派系，派系有创始人，后有嫡系传承人；譬如很多非物质文化遗产，是独门绝艺，有掌门人，亦有传承派系之人。文学也不例外，譬如说到“江西诗派”大家就会想起黄庭坚，提起婉约词大家就会联想到秦观，谈论豪放派词人大家脑海中就会跳出苏轼的名字，天下文章集大成者，皆有门道，亦自传承。

不过，苏轼有一群弟子，却是各成派系，各有千秋，成为宋代文学史上一道道靓丽的风景线。他们就是被称为“苏门四学士”的黄庭坚、秦观、晁补之、张耒，后陈师道、李廌与之并称为“苏门六学士”（又名“苏门六君子”），而李格非、廖正一、李禧、董荣则被称之为“苏门后四学士”，还有那些为数众多的仰慕、追随苏轼的如弟子般虔诚的文人墨客。苏轼的弟子团，堪称历史上最庞大、最耀眼、最有情的文学天团了。

而文学天团中与苏轼命运相连、密不可分的当数“苏门四学士”，让我们试着从他们身上发掘、寻觅众多弟子的共同特征，从另一个角度去发现与众不同的苏轼到底有何魅力，而让天下名士敬慕吧。

《宋史·黄庭坚传》中道：“（黄庭坚）与张耒、晁补之、秦观俱游苏轼门，天下称为‘四学士’。”

而直接将“四学士”并排推出的便是苏轼本人了，他说：“如黄庭坚鲁直、晁补之无咎、秦观太虚、张耒文潜之流，皆世未之知，而轼独先知之。”这个广告真好，短短三十余字，就使他们迅速被天下人所识、所追捧。文坛领袖挥手号召的能量，苏轼深有体会，想当初他就是这么被欧阳修推誉成名的。成人之美，成全之美，巨匠胸怀，领袖风范，这也是一种传承精神吧。

当然，打铁还需自身硬。这四人所具备的才情学识、品行情操，才是苏轼之所以推荐的重点和核心。而有机缘认识也是促进这件事的关键，我们就试着探究一番，解密个中缘由吧。

先说说与苏轼在诗歌创作上齐名、并称“苏黄”，在书法上与苏轼等齐名、并称“宋四家”的黄庭坚。

要说苏轼与黄庭坚的师生缘，还得先从苏轼的好朋友李常说起，因为李常乃黄庭坚舅父。李常特别钟爱这个外甥，黄庭坚也十分崇拜舅父，说道：“长我教我，实惟舅氏。”原来，黄庭坚有一身本事，得益于舅父李常的教育引导。换言之，李常是黄庭坚读书作学、思想品行的启蒙者和引导者，他的言传身教直接或间接影响着黄庭坚的三观形成，是黄庭坚人生道路上的引路明灯。黄庭坚能有幸结识已经名满天下的文坛大家苏轼，李常也是一位重要的搭桥者，因为他与苏轼一向私交甚好，堪称密友。

而更重要的引荐人，其实是苏轼的好朋友、黄庭坚的岳丈孙觉，他是黄庭坚成为苏轼弟子的引荐者和见证者。

他们是如何引荐黄庭坚，并让苏轼记住的呢？

苏轼在《答黄鲁直书》中记载：“轼始见足下诗文于孙莘老之坐上，耸然异之，以为非今世之人也。莘老言：‘此人人知之者尚少，子可为称扬其名。’轼笑曰：‘此人如精金美玉，不即人而人即之，将逃名而不可得，何以我称扬为？然观其文以求其为人，必轻外物而自重者，今之君子莫能用也。’”

熙宁五年（1072），苏轼通过诗文与黄庭坚神交。元丰元年，黄庭坚任职大名府教授时，寄与苏轼两封信——《古诗二首上苏子瞻》《上苏子瞻书》，称赞苏轼学问、人品，并言“文章学问度越前辈”“晚学之士，不愿亲炙光烈，以增益其所不能，则非人之情也”，表达了拜师之愿，且此后自始至终以师礼相待。

而也正因为苏轼的激赏和喜欢，命运多舛的他累及黄庭坚亦是一生坎坷。

两人尚未谋面，“乌台诗案”便直接将他们拉到了一个战壕。因与苏轼有书信往来和诗文唱酬，黄庭坚也被列为涉案人员，最后以罚铜二十斤作为惩戒。从此后，苏轼经历的每一道坎，亦是黄庭坚遭遇的每一次难，师徒二人同呼吸、共命运，煽情一点说，那就是情谊比天高、比海深。

元丰八年，苏轼和黄庭坚先后入京师任职，是年仍尚未见面。至元祐元年（1086）初，这对神交已久的师友，历经近十年，终才得以相见。黄庭坚赠予恩师洮河石砚作为见面礼，他在《鲁直所惠洮河石砚铭》中说："洗之砺，发金铁。琢而泓，坚密泽。郡洮岷，至中国。弃矛剑，参笔墨。岁丙寅，斗东北。归予者，黄鲁直。"从元丰元年黄庭坚投于苏轼门下，整整九年后才得以晤面，欣喜之意和激动之情可想而知。从此后，"苏黄"之名紧紧相连，演绎了不少趣闻逸事，至今流传。

苏轼和黄庭坚皆是宋代诗歌集大成者，若是两人相遇，必是棋逢对手。有则小故事足以说明。

苏、黄二人于大松树下下棋，恰巧一颗松子落到棋盘上，黄庭坚见状，先声夺人道："松下围棋，松子每随棋子落。"但见苏轼不急不忙，抬眼眺望远处，见小河畔有老者于柳树下垂钓，于是脱口而出："柳边垂钓，柳丝常伴钓丝悬。"

两人才思敏捷，一呼一应，难分高下。

又一次，两人到江边游玩，正值傍晚斜阳西下，金波粼粼，见此情景，黄庭坚兴致大发，说道："晚霞映水，渔人争唱满江红。"只见苏轼略一沉思，缓声道来："朔雪飞空，农夫齐歌普天乐。"

“朔雪”与“晚霞”乃景色，“普天乐”和“满江红”均是词牌名，苏轼对之，工整又巧妙。

诗人之间常以即景作诗为乐，最为有情趣，很是考验人的诗文水平和思维意识。

苏轼和黄庭坚还是宋代书法集大成者，两人虽说以师徒相称，但诗歌和书法却各成一体，没有半点相像。苏轼的字显得肥扁，就像被压在石头下的蛤蟆，鼓囊着扁平的身体。而黄庭坚的字却清瘦、笔势陡峭，有点像树梢上挂着蛇般。于是，师徒二人便以此调侃对方的字，苏轼的乃“石压蛤蟆”，黄庭坚的则是“树梢挂蛇”，相当形象贴切，后来人品之也意犹未尽。

黄庭坚五十岁时遭贬，先后流放了十多个地方。崇宁四年（1105）秋逝于宜州戍楼，享年六十一岁。

“苏门四学士”中，黄庭坚是最长寿的一个，而离世最早的则是秦观。从绍圣元年（1094）至元符三年，整整六年秦观都在贬谪的路途中奔波，生活凄苦，待遇糟糕，最终于愁病中卒于藤州，享年五十一岁。

秦观也是由苏轼扬名而广为人知的，苏轼也很是喜欢他。据《冷斋夜话》记载，为了能见到苏轼，秦观可是下足了功夫。他听闻苏轼要经过扬州，于是在其必经之地的山寺中题诗一首，竟让苏轼也难辨是否是自己之作，疑惑中，到了孙觉处，读到秦观诗词百篇才恍然大悟，原来寺中之作出自此人之手。这次神交是在熙宁七年，后元丰元年苏、秦首次晤面，秦观行弟子礼后，确认师徒关系。离别时，秦观题诗曰：“人生异趣各有求，系风捕影只怀忧。我独不愿万户侯，惟愿一识苏徐州。”表达了追随苏轼的决心和毅力。

后世人喜爱和推崇秦观，多是因为冯梦龙所写的《醒世恒言》中所撰秦观与苏小妹的故事。

苏轼与秦观是师徒情亦是知己情，秦观是宋词大家，婉约派词宗，苏轼亦是宋词大家，豪放派词宗，两人都是宋词的领军人物，但各具特色、各有所长，皆受世人喜欢和追捧。

其实，最早拜在苏轼门下的是晁补之。十七岁那年，晁补之随父迁任前往杭州，写成《七述》一书，呈于时任杭州通判的苏轼阅览，惊得苏轼叹曰：“吾可以搁笔矣！”这赞誉极高，虽有夸张之嫌，却也证明了当时苏轼惊讶于晁补之的才情，认为其是可造之才。

晁补之的一生，也与苏轼的沉浮息息相关，历经贬谪，迁徙多地，于元符三年卒于泗州官舍，时年五十八岁。

与黄庭坚、秦观、晁补之同样动荡一生的还有“四学士”中的张耒，他是继晁补之后入苏轼门下的。张耒本在苏辙门下，因此被苏轼所知。熙宁八年，苏轼在密州修建超然台，张耒应邀作《超然台赋》，得到苏轼极高的评价，赞其“超逸绝尘”，文章“汪洋澹泊，有一唱三叹之声”。张耒对苏轼终身执弟子之礼。建中靖国元年，听闻苏轼卒于常州的讣告，在贬所颍州“出己钱俸于荐福禅院，为苏轼饭僧，缟素而哭”。

眼看挚友一个个离他而去，张耒孤独不已。政和四年（1114），卒于陈州，终年六十一岁。

苏轼对于钟爱的弟子，提携他们一生、影响他们一生、爱护他们一生，却终究是时事不由人、造化总弄人，而他们陪着他激荡一生、坦荡一生，却无怨无悔。

后世人总爱在苏轼弟子的身影中，发现更为与众不同的苏轼，发掘鲜为人知的故事。其实，不论是“苏门四学士”“六学士”，还是“后六学士”，他们都是宋代文坛的佼佼者，雄踞各处，闪耀星空，而他们围绕、映衬的，正是那颗最温暖、澄澈、恒定的星宿，不离不弃，始终如一。

都言物以类聚、人以群分，苏轼和他的弟子们，或许就是投了脾气、随了缘分吧！

“江湖”朋友，从来“无用”

很多人喜爱苏轼，源自他天真率直的待人处事之性情。他说，“吾上可以陪玉皇大帝，下可以陪卑田院乞儿”“眼前见天下无一个不好人”。在苏轼眼里，谁都是好人，跟谁都能玩，不管是天上的神仙，还是孤儿院的孩子，都可以成为好朋友。能平等相待、平视看待、平静对待，少了尊卑、高低、大小，人与人之间自然就能推心置腹了。

有人说“好朋友从来无用”，实则是说好朋友在交往中从来没有企图心和功利心。不过，这并不代表好朋友之间不扶持、不相助、不照顾，困难面前，真正的朋友会义无反顾地站在你前面，共同承担。所谓的知己知交，正是如此吧。

有一类朋友，也许多年不见，也许以前未曾深交，也许还有些潜在的矛盾，但是多年后相遇，却能引为知己。苏轼的朋友中，陈慥就是这一种。

“乌台诗案”后，苏轼被贬黄州，刚到黄州地界，就在岐亭与陈慥不期而遇。这次相遇非常巧，是陈慥刻意等候，还是无意碰见？两人热情拥抱后，所有的猜测就都不重要了。在苏轼最为落魄、在人人都避而远之的时候，陈慥的举动，让身在窘困中的苏轼感动、感怀不已。

其实，苏轼和陈慥之前已于凤翔相识，当时苏轼与陈慥父亲陈希亮政见不合，两人虽性情相投，也有所交往，但是并没有达到好朋友的程度。而今于此地相见，倒是一番意外惊喜，陈慥便热情地邀请苏轼小住，其夫人也好酒好菜相待，让一路风霜的苏轼顿感温暖之至。连住几天，情谊就此结下。后苏轼在黄州时，陈慥曾七次前去探望，苏轼也有三次造访陈慥，两人在一起的日子超过百天，可谓情深意厚了。

苏轼与陈慥关系融洽，两家关系密切，有首诗可以说明。苏轼曾作《寄吴德仁兼简季常》：“龙丘居士亦可怜，谈空说有夜不眠。忽闻河东狮子吼，拄杖落手心茫然。”陈慥号龙丘居士，喜修玄学，苏轼调侃他“惧内”，只要听闻夫人（籍贯山西河东）一声大吼，害怕得手杖都要丢了。成语“河东狮吼”就由此而来。其实，狮子吼乃佛家用语，意为“佛祖在众生面前讲法无所畏惧，如狮子大吼”。能将陈慥夫人列为玩笑对象，可见苏轼与陈慥的关系不一般了。

苏轼离开黄州时，陈慥一送再送，直到江西庐山才依依不舍地离别。

后来，苏轼被贬惠州，条件非常艰苦，加之苏轼年事已高，陈慥听闻后心急如焚，立即修书一封，说要去探望苏轼。这下把苏轼惊得赶紧回信，告诉陈慥自己一切安好，路途遥远，千万别来了。此后两人保持书信往来，了解彼此近况，以安其心。

陈慥有豪侠之情，为人仗义，怀避世之心，不入官场，家有良田千亩、宅院无数，却选择偏远的黄州修行悟道，的确与众不同，是难得的明白人。

在黄州四年，苏轼结交的“江湖”朋友最多。黄州太守徐君猷、武昌太守朱寿昌对苏轼多有关照和帮助，将他们看作苏轼的“江湖朋友”是可以的，因为这个时期的苏轼无权无势，更是一个“麻烦精”，徐太守和朱太守能在如此境况下，为苏轼及家人提供并营造一个安静的生活环境和精神家园，真是难能可贵。

另一个是追随苏轼二十多年的马正卿，帮助苏轼争取到了五十亩东坡地，用现代话来说，这是一位不折不扣的“真爱粉”。

还有四川同乡巢谷，他算是奇人异士，因犯事避难于苏家而成了苏迨的私塾老师。

苏轼还曾在“雪堂”与年轻的米芾谈论画道。

苏轼的人缘好到朝廷几代太后都对他赞赏有加，而每次苏轼被提拔或平反，都与太后们的推荐、提携分不开。后宫不是江湖，朝廷不是江湖，但有一位皇亲国戚与苏轼倒像是“江湖朋友”，此人便是王诜。

最早记载他们相聚的，是朋九万的《东坡乌台诗案》：“熙宁二年，轼在京授差遣，王诜作驸马。后轼去王诜宅，与王诜写作诗赋，并《莲华经》等。”

又有卞永誉所作《式古堂书画考》中载：“熙宁十年苏轼由杭州召还，至陈桥驿，知徐州告下，不得入国门，于是寓居城外范镇之东园，王诜馈赠酒食。三月初一日，苏轼应王诜约，饮于城外四照亭。”他们的交情可见一斑。

“乌台诗案”发生前夕，也是王诜得到消息后最早传递了出去，让苏轼至少有了心理准备。也正因如此，王诜是“乌台诗案”中被处罚较重的一位，以与苏轼交往甚密、泄露机密罪被削除一切官爵。

文同则是苏轼绘画方面的好友，两人时常切磋画技，特别是对于画竹，交流广泛。

后苏轼在被贬黄州途中，恰巧遇到文同家人扶其灵柩滞留在陈州，想起与文同一起泼墨挥毫、谈笑风生的日子，再目睹此情此景，心中不免酸楚、感慨和惆怅。斯人已去，往事不可追，让文同顺利魂归故里才是正事，好在六日后苏辙赶来，兄弟俩想办法帮文同家人凑足了回乡的盘缠，一桩心事才得以了却。由此可见，苏轼是以亲人、知己相待文同的。

人在朝廷，身在江湖，苏轼是性情中人，也遇到了很多与他性情相近的人，都说好朋友是无用的，其实那是对朋友、友谊最大的肯定和赞誉。

和尚道士，一生挚友

峨眉天下秀，是普贤菩萨的道场；青城天下幽，是道教的发祥地。苏轼生于长于这方灵秀山水中，自然而然地接触到了佛教和道教的思想精髓，并与之结下不解之缘，经过长期的浸润、参悟和发扬，最终渗透到了他的血液里。

可以这么说，没有佛教、道教的教化和开悟，苏轼很难熬过漫漫的流放生涯。

而这一路坎坷中，有一群特殊的朋友陪伴着苏轼一路走过，使他始终以乐观、开朗和积极的精神面貌面对生活的困苦和人生的无奈，他们便是为后来人所熟知的高僧明道如佛印、参寥、惠勤、大通、维琳、乔仝、吴复古等。无论顺境、逆境，拥有一颗平常心、清净心、纯粹心的苏轼，都能在纷繁复杂中闲庭信步看花开花落，在艰难岁月里溯流而上观潮起潮落，顺应、保持、独守，做最好的自己，结最美的花果。

在佛教朋友中，佛印与苏轼的故事是被世人传颂最多的。

苏轼打坐悟禅时作了一首诗："稽首天中天，毫光照大千。八风吹不动，端坐紫金莲。"阅读后甚为满意，于是让书童给河对岸的佛印送去，之后自信满满地等待着佛印的赞美，却不料等来"放屁"二字，气得他立马赶了过去找佛印理论。进门就破口大骂："你这个老和尚！送了一首好诗给你，怎么能说是'放屁'？"佛印不急，看他一眼才道："你不是'八风吹不动'吗？就两个字就把你请动了？""哈哈，原来如此！"苏轼恍然大悟。这就是历史上有名的"八风吹不动，一屁过江来"的禅宗公案。

苏轼与佛印的故事，还有很多，但可考证的历史资料并不多，有研究者认为这些公案多源于后来的小说，不可完全当真。有据可查的苏轼与佛印的交往次数，可从他们的诗歌、书信以及其他历史材料中得以佐证。有研究者统计，苏轼写给佛印的书信有十五封、诗歌有五首、文章有六篇，这些文字中的信息量非常多、非常大，值得慢慢去解读。

譬如苏轼与佛印认识的时间，就一直没有明确说法，但能从《与佛印》（十二首・一）中知晓他们是在元丰三年六七月交往的。文中道："归宗化主来，辱书，方欲裁谢，栖贤迁师处又领手字，眷与益勤，感怍无量。数日大热，缅想山间方适清和，法体安稳。云居事迹已领，冠世绝境，大士所庐，已难下笔，而龙君笔势，已自超然，老拙何以加之。幸少宽假，使得款曲抒思也。昔人一涉世事，便为山灵勒回俗驾，今仆蒙犯尘垢，垂三十年，困而后知返，岂敢便点涴名山！而山中高人皆未相识，而迎许之，何以得此，岂非宿缘也哉。向热，顺时自爱。”当代著名宋代文学研究专家孔凡礼在《三苏年谱》中据此认为此时正是苏轼贬谪黄州时期。而《与佛印》（十二首・四）中说：“专人来，辱书累幅，劳问备至，感怍不已。腊雪应时，山中苦寒， 法体清康。一水之隔，无缘躬诣道场，少闻謦款，但深驰仰。”由此可知，元丰四年他们仍然保持着联系。

又有文道：“梦想高风，忽复披奉，欣慰可知。但累日烦扰为愧耳。重承人船相送，益用感怍。别来法体何如？后会不远，万万保练。”孔凡礼认为他们在元丰五年元月见面了。

元丰五年五月，苏轼有文记载：“轼以怪石供了元（佛印），作《怪石供》，时了元居庐山归宗。了元旋主润州金山。”“收得美石数百枚，戏作《怪石供》 一篇，以发一笑。开却此例，山中斋粥今后何忧，想复大笑也。”

元丰七年四月，苏轼离开黄州，又有文记载：“在庐山，了元来简约同游。”又在《与佛印》（十二首・三）中说：“见约游山，固所愿也。方迫往筠州，未即走见。还日如约，匆匆布谢。”

元丰七年五月，有文记载：“轼与了元游庐山，识其徒自顺，并为题品。”《洋州志》云：“僧自顺，兴道县人。南游，师佛印禅师了元，住南康之云居。顺为侍者。一日，元与东坡游某寺，读某碑，顺在旁。”

元丰八年，苏轼在《与佛印》（十二首·七）中提及：“复欲如去年相对溪上，闻八万四千偈，岂可得哉！南望山门，临书凄断。苦寒，为众珍重。”

从以上诗、信、牍中可以了解到，苏轼在黄州期间与佛印多有文字往来，佛印是否去过黄州倒没有具体文载，但他们相聚庐山是有据可考的。

后苏轼离开黄州赴汝州时路过润州几次，两人交往更为密切，时间约为元丰七八年间。可考证的时间分别为：元丰七年八月至十月，元丰八年五月至八月，苏轼来回四川经过润州时与佛印相见。

元祐时期，佛印与仕途上升期的苏轼亦有联系。元丰八年有书信来往。元祐元年九月，苏轼道：“轼与了元简，报翰林学士新除。”他们曾在京师晤面。《与佛印》（十二首·九）中道：“人至，承诲示，知俶装取道，会见不远，岂胜欣慰。向冷，跋涉自爱。”元祐四年（1089）六月，元祐五年（1090），元祐六年（1091），苏轼外任或到京都路经润州时，都曾与佛印有聚。

苏轼被贬岭南时，从其他历史资料中，仍可以得到其与佛印有联系的文字记载。无论顺境逆境，他们的友谊如松柏常青。

在交往的得道高僧中，苏轼与参寥的文字往来是最多的，而参寥则是在苏轼最艰难困苦的时候出现在其生命中的。

元丰三年，因“乌台诗案”的影响，参寥受牵连被责令还俗。

元丰六年三月，参寥不远千里从杭州到黄州来看望苏轼，两人吟诗作文、问佛求禅，醉心在黄州的山水中，一起度过了一年多最为珍贵的时光。

元祐四年，苏轼出知杭州时，参寥在西湖畔智果院任住持，两人再次见面并来往相伴。

元祐六年，苏轼被召回京师，出任翰林学士承旨，离别时，赠参寥《八声甘州》：“有情风万里卷潮来，无情送潮归。问钱塘江上，西兴浦口，几度斜晖？不用思量今古，俯仰昔人非。谁似东坡老，白首忘机。记取西湖西畔，正春山好处，空翠烟霏。算诗人相得，如我与君稀。约他年、东还海道，愿谢公雅志莫相违。西州路，不应回首，为我沾衣。”这首关乎友谊、精神、向往的词，寥廓大气，荡气回肠，情真意切，令人无比动容。

后苏轼再贬惠州、儋州时，参寥亦受牵连还俗。参寥本打算前去探望苏轼，后被苏轼以书信劝阻方打消念头，此后两人一直保持着书信往来。苏轼被赦北归途中，得知参寥重新落发为僧的消息，很是为他高兴。而参寥得知苏轼被赦北归后，欣喜之余作了《次韵东坡居士过岭》：“造物定知还岭北，暮年宁许丧天南。……他日相逢长夜语，残灯飞烬落毵毵。”苏轼与参寥交往近三十年，这份友谊天高水长。苏轼去世后，参寥作《东坡先生挽词》诗十四首，以表达悲切和沉痛的心情。

苏轼一生与高僧结缘，惠勤、惠思、大通禅师、维琳方丈，都与苏轼有着密切的往来，留下了许多有趣的禅宗公案，值得后人探寻。

苏轼结识道士乔仝，是在贬谪黄州时。此时的他前途未卜，无所事事，若有人能与他一起研究道教文化、修炼养生之术，则正好满足了他少年时向往道教的愿望。因此，乔仝的出现得刚刚好。

与苏轼和苏辙同为挚友的吴复古，因厌恶官场的尔虞我诈，上表辞官回了老家。回去后又对妻子说："黄卷尘中非我业，白云深处是我家。"于是作别妻儿，在潮阳县直浦都（今灶浦镇）的麻田山中建庵堂，作为读书养性之所。他与苏轼交往二十余年，是心灵之交。绍圣四年八月，苏轼徙谪儋州时，吴复古已年逾九旬，然其不怕年迈体弱，风餐露宿，专程赶到儋州探望苏轼，这样的友谊用什么词汇都难以形容。元符三年五月，九十七岁高龄的吴复古再次渡海去儋州拜会苏轼，并带去了苏轼将获赦内迁廉州的消息，让暮年的苏轼惊喜不已。1101 年，九十八岁高龄的吴复古与世长辞，三个月后，苏轼病逝于常州。这两位相差三十多岁的莫逆之交，在同一年走完了生命的旅程，一起驾鹤西去。

苏轼一生朋友遍天下，而这些"世外高人"，则是他渡过难关、守护本真、积极向上的生命导师。有他们的相伴相知，才有仙气可爱的东坡居士，被后人尊崇、传颂……

苏轼之所以活得潇洒自如、乐观自信，离不开佛性给予他的智慧、禅心给予他的清净。生活要圆满，生命要圆美，能在佛教、禅宗的浩瀚义理中，摄取有用的养分、积极的养分，便会如东坡先生那般，找到属于自己的诗和远方。

入世出世，方寸之间

苏轼一生经历坎坷，几起几落，几经风雨，总在入世与出世之间反复游走。

入则不负使命，出则安身立命，在出入之间，他总能潇洒转身，安放好灵魂，摆放好姿态，喂养好精神。有人认为苏轼达观、知足、天真，是因为他总能在纷繁复杂中认识自己、做好自己，找到自己、坚持自己。

不论得意时意气风发，还是失意时艰难不堪，他都给人以积极、豁达、开朗的健康形象和精神风貌。顺境时不忘形，逆境中不忘我，方寸之间，初心不改，苏轼充满正能量的形象早已深入人心，为后来人所追捧和膜拜。

何种心态，让他宠辱不惊？何种姿态，让他进退得宜？

很多研究者颇有心得。

其一，知识系统的“杂糅”。

苏轼崇尚儒、释、道，在他身上可以看到正统的儒家思想、纯正的佛教思想和醇厚的道教思想所融会贯通后的包容、兼蓄和发扬。苏轼是读书人，从小研习儒学，探究传统文化，以才学博取功名，辅佐君王为人生目标。因此，苏轼的知识系统里，“仁义”思想贯穿其间，植入骨髓中。而对佛教的崇尚和热衷，让苏轼心中活水源头来，每到一处，便遍访古寺名刹、拜访得道僧人，以此提升自我修养和佛性修为，放下、淡然、随遇，边走边学，边学边悟，伴随频繁的出与入，苏轼由此而得到的佛意禅心也就更为精进了。再是对道教文化的摄入，苏轼始终保有好奇心和求知欲，保持着探索和追寻的热情，他骨子里所具有的浪漫主义情怀，让他对道教羽化成仙等传说有着自己绮丽的想象，并一直付诸研究和开发。正是因为苏轼长期研习儒、释、道的精神和实质，让他获得了知识丰盈后的满足感，以及融会贯通后的轻盈心，找到了烦忧的出口和快乐的入口，以方法论科学地解除了心灵包袱并打开了精神枷锁。儒、释、道知识的“杂糅”，让苏轼的知识系统丰富多彩，别样有趣。

其二，思想体系的“统一”。

儒、释、道作为不同的思想体系独立存在千年，如果一个人能在这三个领域的某个领域中富有成就，让后人熟知并传颂，就算是大家了。如果一个人能将这三个领域不同的思想核心糅合统一，并在大浪淘沙后大放异彩，独领风骚，那这个人就是大家中的领袖了，苏轼便是这样的领袖——后世人公认的思想领袖。他是如何做到三者合一的？很多人同问这个问题，借此简单梳理一下。

我们可以看到，苏轼接纳万事，一颗包容之心让他喜欢接受新鲜的事物和未知的可能，就像大海收纳百川、蓝天装下白云，心有多宽，天地在他心中就有多辽阔。因此，格局的大小，决定了苏轼思想体系的宽度和深度。苏轼的好奇心让他永葆探索的激情和进取的欲望，源源不断地摄入和吸纳，由此沉淀并累积了知识的厚度和高度，经过长期存放、发酵和分解，形成了崭新的系统的思想。

苏轼诸事随缘。俗话说得好，没有规矩不成方圆。但在有些方面，还真的需要破规矩、捣方圆，条条大路通罗马，目标既定，就不必在乎过程和路径。苏轼在这方面，显然更是异于常人。他将中国博大精深的儒、释、道思想，以独特的觉悟形成了完善的自我体系，异军突起，既继承又发扬，既剔除又包容，既分散又统一，而这种独有的儒、释、道思想体系建设的丰满、完善，则正是苏轼一生所追寻和探究文化的意义之所在。

其三，精神世界的“千变”。

有着异于常人的知识容量做基础，又有着完善统一的思想体系做指导，苏轼的精神世界随时随地、随遇随缘地变化着。譬如像空中云瞬息万变，不定形状；譬如像河中水随方就圆，不定去向，但它们却是最美丽、最强大的，令人向往，使人惊叹。儒、释、道赋予了苏轼特别的精神世界，使他塑造了特有的人格特征，即君子如水，因物赋形。水不自为形而变化无方，虽柔软随和却能滴水穿石，蕴含着无坚不摧的力量；虽平淡无奇然却包容酸甜苦辣咸，百味从生不言滋味浅淡；虽平静无争却蕴含深厚的智慧和坚定的信念，敢于接纳和承担。水的境界，利万物，孕苍生，催生发。孔子曰：“智者乐水。”禅语曰：“善心如水。”老子曰：“上善若水。”水行舟有爱，水转山传情，水自洁载道，若生命如水，则品格如水。苏轼深谙水性、善用水性，则他的人生也如水般自得悠然，这就是苏轼在儒、释、道精神中汲取的养分和精髓，践行于生活和生命中，最终开花结果。因此，无论是被朝廷起用，或是外任为官，抑或是贬谪流放，虽看似境遇变化几重天，而其精神世界却如水般，融万变于不变中，保持着自我的洁净，守护着初心的永恒。

苏轼一生波澜壮阔，几经沉浮，几度风雨，几历悲喜，但他凭借独有的意识形态、独立的思想体系、强大的精神世界，哪怕生活无所依、无所定、无所靠，也能以出为入、以入为出，开心地过好每一天，自在地度过每一日。

我们所谓的出世和入世，其实没有那么复杂，要如苏轼那般，不用刻意为之，不用明白太多，不用积蓄什么，生活中多些爱好，性情里多点天真，一生为乐、行乐、知乐，才能生命圆满。

问道山中，是为仙人

道教是中国土生土长的宗教，信仰“神仙”，也可称为神仙道教。“神仙”神通广大，长生不死，肉身永恒，驾鹤而来，腾云而去，一身仙气，令人神往。宋代文人修习此道者颇多，而苏轼算是特别热衷者和践行者。

据《东坡志林》记载：“吾八岁入小学，以道士张易简为师。童子几百人，师独称吾与陈太初者。”《东坡诗话》中又言：“予幼时尝学于道士张易简观中。”由此可见，苏轼的正式教育是在以道观为学堂的有着浓厚道教色彩的氛围中开始的，并在不知不觉中植入了道教的意识形态和精神思想，而就苏轼毕生对道教的热衷和追寻来看，这段学习经历确实对其影响深远，贯穿一生。

试着寻根溯源，不难发现几个关键点。

一是苏轼喜欢结交道教人士。有学者统计，与其有交往的道士达数十人，如成都道士蹇拱辰、眉山道士陆惟忠、浔阳天庆观道人马希言、杭州表忠观道士钱自然、徐州戴道士、罗浮山道士邓守安、广州道士何宗一、藤州道士邵彦肃、永和清都观谢道士等。最为热衷的时候，苏轼“逢人欲觅安心法，到处先为问道庵”，达到了“除见道人外，不见客”的痴迷程度。据宋洪迈在《夷坚志》中记载：“坡在海上尝自称铁冠道人。”

二是苏轼饱读道教文化宝典。他曾两次全面系统地学习了《道藏》《抱朴子》《南华真经》《黄庭经》等，一次是二十八岁时在终南山上清太平宫中，一次是晚年贬谪岭南、拜访道教圣地罗浮山时，吸纳了道教的思想精华，领略了道教的博大精深，慢慢植入精神世界和行为准则中，形成了独特的人格魅力和品质修养。

三是苏轼汲取道教审美情趣。在道教中，“真人”“神仙”“仙人”这些称谓都十分美好，很是浪漫。苏轼在研习道教文化的过程中，不断地吸纳其精神实质和主旨情怀，形成了独特的审美观念和审美情趣，融入精神中，渗透到文学作品中，形成了特有的有烙印的文化符号。苏轼的文学作品由此达到了如此高度，受到后来人的热情追捧和热切探索。

譬如《水调歌头·明月几时有》，就有着浓厚的道教文化内涵。词道：

丙辰中秋，欢饮达旦，大醉，作此篇，兼怀子由。

明月几时有？把酒问青天。不知天上宫阙，今夕是何年。我欲乘风归去，又恐琼楼玉宇，高处不胜寒。起舞弄清影，何似在人间？转朱阁，低绮户，照无眠。不应有恨，何事长向别时圆？人有悲欢离合，月有阴晴圆缺，此事古难全。但愿人长久，千里共婵娟。

此词作于密州，当时苏轼因反对王安石变法被逐出京师，任职杭州后呈请调往山东，想与苏辙离得近些，却被派往贫瘠的密州任职。中秋佳节，与弟弟不得相见，有种难言的不畅快涌上心头。诗中的“不知天上宫阙，今夕是何年”，有考证说源自唐代传奇小说《周秦行纪》，说有一个叫牛僧孺的人，借宿时无意中遇见杨贵妃、绿珠、王嫱等古代已逝美人，原来她们早已成仙，住在仙宫。后应她们请求，牛僧孺作诗一首：“香风引到大罗天，月地云阶拜洞仙，共道人间惆怅事，不知今夕是何年。”不过，苏轼词中引“今夕是何年”，却是在表达对仙道的追寻和向往。月亮在道教文化中，是一种特殊的符号。整首词既浪漫又虚幻，既孤清又伤怀，弥漫着一股仙气，倾诉着一种美好愿景，人生境遇，虚虚实实，真真假假，看透、勘破、放下，无为即是有为。

再来看看《后赤壁赋》：

时夜将半，四顾寂寥。适有孤鹤，横江东来，翅如车轮，玄裳缟衣，戛然长鸣，掠予舟而西也。须臾客去，予亦就睡。梦一道士，羽衣蹁跹，过临皋之下，揖予而言曰：“赤壁之游乐乎？”问其姓名，俯而不答。“呜呼噫嘻！我知之矣。畴昔之夜，飞鸣而过我者，非子也耶？”道士顾笑，予亦惊寤。开户视之，不见其处。

赋中对“孤鹤”“玄裳缟衣”“羽衣”“道士”的描述，其实是对道教仙人化身的想象描摹，实则也是苏轼面对贬谪的无奈而寄托美好和憧憬理想的精神载体。

苏轼的文学作品中，诸如此类有着道教文化色彩的内容很多，譬如“人生到处知何似，应似飞鸿踏雪泥。泥上偶然留指爪，鸿飞那复计东西”所表达和蕴藉的主旨和核心，也透着浓浓的道教文化氛围，阅读时美感十足，令人遐思翩然。

四是苏轼发扬道教乐天精神。苏轼崇拜庄子、崇拜陶渊明，也崇拜白居易，在他的文学作品中，几次提及“乐天”二字。譬如“我似乐天君记取，华颠赏遍洛阳春”“我甚似乐天，但无素与蛮”“出处依稀似乐天，敢将衰朽较前贤”，又如“平生自觉出处老少粗似乐天”，或“乐天自江州司马除忠州刺史……轼虽不敢自比，然谪居黄州……出处老少，大略相似”。苏轼将自己的遭遇与白居易相比较，觉得境遇相似、遭遇相似，白居易晚年安乐，以高寿辞世，自己历经磨难，也会像白乐天一样不圆满中有着另一种圆满的结果，那就是乐天地走完一生。

南宋著名学者洪迈曾对苏轼和白居易有过深入的研究，发现“东坡”源自白居易的诗作，且出现多次，譬如：“持钱买花树，城东坡上栽。”“朝上东坡步，夕上东坡步。东坡何所爱？爱此新成树。”“东坡春向暮，树木今何如？”“东坡”之号，是否因白乐天而起，还需继续探讨，不过，苏轼具有乐天达观的精神境界，是毋庸置疑的，这正是道教追求和崇尚的生命之道。

五是苏轼追寻道教内丹修炼。道教有外丹和内丹修炼之法的区分，外丹是指炼制丹药服用，以求延年益寿或者长生不老，内丹则注重内在的修养和修炼。苏轼也试过两种修炼方法，起先对外丹的炼制颇下功夫，甚至曾垒砌丹炉，并各方收集炼丹方子。但他反对以方士之言和丹药奇技进入朝廷，他道："自秦汉以来，始用方士言，乃有飞仙变化之术……方士之言，末也。修其本而末自应。故仁义不施……"其实，苏轼能将道家的核心理念运用自如，发挥到极致，并与儒学和佛学融会贯通，得益于他的认知能力和分析能力，他总能去除各种糟粕，发扬精粹，学习和实践有的放矢，达到了知行合一的效果。

道家崇尚自由，淡泊名利，苏轼本就如此。道家清静无为，顺应自然，苏轼一直如此。道家质朴天成，真性本如，苏轼正是如此。道家思想就像苏轼生命中的一盏明灯，随时随地地闪光，指引着他走出泥潭、走向明媚。

生命智慧，禅意人生

有人这样形容禅宗：“由外来户变成了自家人，由舶来品变成了土特产，由异体植入变成了自体发展。”意思是说，禅宗是印度佛教中国化的产物，有着明显、独特的中国化标签，是中国玄学、道教和儒家某些思想与佛教杂糅、融会、衍生后的教义结晶，是“三教合一”相生、相融、相谐的默契达成。禅宗思想，蕴含着中国人的生活逸趣和生命智慧，受到古往今来修习者的追捧，较为突出的是宋代文人学者群体中禅悦之风盛行，出现了士大夫僧侣化、僧侣士大夫化的有趣现象。

禅像一枝花，很多人种植，境遇不同，体悟不一，收获也就不尽相同了。譬如陶渊明、王维，他们生活中有禅意、文学中有禅趣、心灵中有禅情。禅心若在，生命蓬勃。

苏轼说：“溪声便是广长舌，山色岂非清净身。夜来八万四千偈，他日如何举似人。”闻禅音，随时；见佛身，随遇。禅韵佛意无时不在、无处不在，妙谛心中藏，何必他处寻？研究者认为，我们之所以敬慕苏轼，与其说是敬慕于他的才华，不如说是敬慕于他诗文中所蕴含的达观精神和蓬勃力量，他以生命智慧化解了仕途波澜和生命坎坷，成就了自己的禅意人生。因此，想要学习苏轼，得先了解他、看懂他，研究他如何做到以清净心看世界、以包容心对人事、以禅意心做自己的。

苏轼在《真相院释迦舍利塔铭》（并叙）中道：“昔予先君文安主簿赠中大夫讳洵，先夫人武昌太君程氏，皆性仁行廉，崇信三宝。捐馆之日，追述遗意，舍所爱作佛事，虽力有所止，而志则无尽。”由此得见，苏轼父母皆笃信佛教，耳目濡染，苏轼从记事起就深受佛学熏陶与影响。其父苏洵还喜结交名僧，譬如云门宗圆通居讷和宝月大师惟简，僧传将他列为居讷法嗣，而苏轼后来也喜结缘高僧，与父如出一辙。苏轼中年时写有一首《洞仙歌》，词中提到，自己七岁时与一位很会讲故事的老尼结缘，让这段佛缘充满神秘和有趣的色彩。又据《佛祖统纪》载，苏轼八九岁时，梦见自己前世是一位和尚，他对此深信不疑。而其晚年又在《子由生日，以檀香观音像及新合印香篆盘为寿》中言：“君少与我师皇坟。旁资老聃释迦文。”这两句诗印证了苏轼与苏辙从小就开始接触和研习佛学。

如此看来，年少时对佛学的所见、所闻、所学，奠定了苏轼与佛一生结缘的基础，这是一个好开端，也有一个好结果。

而后来继妻王闰之和妾王朝云也笃信佛教，修习路上，苏轼一直有亲密的家人、爱人相知相伴，这是令他非常欣慰的事情。

到了青年时期，学业有成、走上仕途的苏轼，对佛学的认知和感悟，因“奋励有当世志”的影响，并没有特别明显的精进，只是每到一处必寻访高僧，结交了不少和尚朋友。苏轼对佛教的认识和体会，以“乌台诗案”为分水岭，自此后，他将早期的佛教知识和禅学感悟，通过生活体验和生命体悟，慢慢渗透在思想、精神和意识里，成为漫漫贬谪路上的甘露、良药。

有人做过统计，在苏轼的诗文中有三百处提到了“禅”字，其中与佛学相关的“禅”有二百处左右。譬如“暂借好诗消永夜，每逢佳处辄参禅”。又如“平生寓物不留物，在家学得忘家禅”。在家要学禅，过节了还是想着禅，禅在苏轼的生活中从来没有离开过。也可以这么说，禅在苏轼的生活中平常稀松得记不得、想不起，因为禅已弥漫在他的周围，不用想，不用问，不用追，这就是“生活禅”。再如苏轼说过“野狐禅”“老婆禅”“醉后禅”，张口闭口都是禅，人是禅，物是禅；草木是禅，流水是禅；醒着是禅，醉了是禅……禅附于他的灵魂里、精神中，说它可见，则如影随形；说它不知所踪，也就无处寻也。

“一切本空”是佛学对世界的根本看法，而“明心见性”则是禅宗的基本主张，苏轼以接纳和包容的态度，将儒家、道家的精神理念和思想核心，不着痕迹地与佛学融在了一起，“不以物喜，不以己悲”“穷则独善其身，达则兼济天下”，他达成了三种教义的和谐、统一、完善，并影印在人格魅力和品格特征上，因此就有了一位亲切、感性、可爱、开朗、善意、豪迈的苏轼，为后来人所喜爱。

苏轼一生与佛有缘，通过自我解析和吸收，转化成智慧和方法，成为生活的舵盘、生命的灯塔，引导心灵走向光明。如果说儒学给了苏轼于顺境中向前的力量，那么佛学就给了他于逆境中超脱的光芒，四十岁以后，苏轼“外儒”渐收，“内释”显现，并在转换中互为指导和参照，以此作为最好的节点和契机，荡涤心灵、修炼精神。总的说来，苏轼在佛教和禅学的影响下，做到了自我的真实、纯净和本初，拥有独立完整的人格魅力，值得后人学习和借鉴。

苏轼穷达如一，去企图心，不慕荣华富贵。得意时，他以儒学的精神尽职尽责为民办事，以正直、康健、热情的责任心和担当力心怀天下事。失意时，则坚守自我，在纷繁复杂中正道直行。无论何时何地何境，他都有一颗利他的、善良的、可爱的不老心，有钱无钱都乐呵，有官无官都自信，表里如一，内外一致。

苏轼随缘而就，无贪婪心，不恋滚滚红尘。起用、放任、贬谪，再起用、再放任、再贬谪，苏轼一生仕途多舛、辗转多地，但他将这些煎熬作为生命的历练，走一路、歌一路，走一程、诗一程，走一段、赋一段，无处不飞花，无时不放达。他说：“万里归来颜愈少，微笑，笑时犹带岭梅香。试问岭南应不好，却道：此心安处是吾乡。”随遇而安，随遇而为，随遇而就，这是一种圆通，也是一种自适，更是一种达观。安心的地方就是家啊，何须梦里寻、他处找呢？

苏轼乐天知命，少埋怨心，不愿随波逐流。林语堂说苏轼是“顽固的乐天派”，知乐，源于自信；知乐，源于达观；知乐，源于淡然。不以苦而忧，不以悲而戚，不以逝而伤，懂得自然规律，明白生命现象，知晓世间因果，苏轼便在苦难—反省—超越—放下中找到了新的方向、下一个路口。心灵遨游的地方就是自由的天堂，无拘无束，开心无他，哪会时时埋怨?

有研究者说，苏轼于生活中很多细小之事上都能表现出自觉的佛性禅心。譬如他“戒杀”，经常劝阻身边的朋友少杀生、不杀生，还经常“放生”或鼓励他人多“放生”。又如他爱“施舍”，遇人有难处，他会以己之力助之；遇有灾难时，他会慷慨捐助受灾者；遇亲友忌日，他会以己之法布施。再如他常“祈祷”，苏轼最喜祈祷，因为他的祈祷很灵验，干旱时祈祷就会有雨及时落下，水灾时祈祷便会很快雨停。苏轼为民请愿的心，“神仙”每次都能听见，特别神奇。所谓佛性禅心，其实就是信仰的力量、本心的力量，干净、淳朴、单纯，苏轼就有这样的玲珑心。

苏轼之所以活得潇洒自如、乐观自信，离不开佛性给予他的智慧、禅心给予他的清净。生活要圆满，生命要圆美，能在佛教、禅宗的浩瀚义理中，摄取有用的养分、积极的养分，便会如东坡先生那般，找到属于自己的诗和远方。

一想到吃，便不由地笑起来，这辈子都是为这张小口忙碌着啊！一句“自笑平生为口忙”，将苏东坡喜好吃食的程度彰显无遗，一生好这一口美味。到了《初到黄州》里，已是“老来事业转荒唐”，有些无奈的自嘲，有些禅意的看待，有些释然的放下。就此吧，人生得“吃”，有吃须尽欢！

锦绣华章，文学大家

苏轼的文学成就，可以这样来形容：世界上有华人的地方，就会知道苏东坡，就会吟诵“大江东去，浪淘尽，千古风流人物”“但愿人长久，千里共婵娟”“竹杖芒鞋轻胜马，谁怕？一蓑烟雨任平生”“小舟从此逝，江海寄余生”等或雄奇、豪放，或荡气回肠，或潇洒飘逸，或理趣横生的诗、词、歌、赋。末了，东坡先生“呵呵”一声，千年华章添锦绣，万古词阕更绮丽，如一颗明星闪耀于中华文明的历史天空中，璀璨、永恒。

想要了解苏轼的文学成就，并以文字表达清楚，不是一件容易的事情，因为他的文学著作品种多、数量多、形式多、载体多、取材多，多头发散的创作意识和信马由缰的表现思想，不易说全、说明白了。因此，借助一些基本线索，采取以点概面的方式，梳理出苏轼文学的脉络，不失为一种捷径。所以，现选取六个侧面来分析苏轼的文学成就及深远意义。

其一是体裁涉猎多。苏轼尝试喜欢各种文学体裁，学一样、像一样、精一样，每个领域都有传世作品，最终成为名扬天下的大家，这就是他的才情非凡之处。他写诗，古诗、律诗、绝句，五言、七言，无一不会，无一不通。他写词，能婉约、能雄奇、能细腻、能粗放、能抒情、能述理，常见词牌首首会，信手拈来均是好。他写赋，无论吟物，还是游记，无论应邀作赋，还是游玩而赋，多有精品流传于世。他写四六句，也是行云流水，或雄奇浑厚，或情真意切，独具韵味。他还写论、策、序、书义、记、传、墓志铭、行状、迩英进读、碑、颂、赞、表状、奏议、制敕、口宣、国书、启、书、尺牍、青词、祭文、杂著、史评、题跋、杂记，类别广泛，意境千变，有的笔势纵横、雄辩滔滔，有的挥洒自如、绮丽清奇，有的颇为理趣、富有情致，有的因物赋形、汪洋恣肆，有的情义深切、感人肺腑，字里行间，尽显情怀心、坦荡意。苏轼文章名天下，大家风范千古扬，因此占据着“唐宋八大家”中的一席之地。由此可知，苏轼对于文学体裁涉猎较多，是一位全能的创作者。

其二是作品数量多。苏轼一生创作的文学作品，犹如一颗颗闪亮的星，永恒闪耀在历史的天空中，令人仰望。据北京燕山出版社出版的《苏东坡全集》中粗略统计，苏轼留存至今的传世之作中，诗 1682

首，词 312 首，赋 27 篇，论 74 篇，策 28 篇，序 39 篇，书义 16 篇，记 61 篇，传 11 篇，墓志铭 13 篇，行状 2 篇，迩英进读 23 篇，碑 12 篇，铭 70 篇，颂 22 篇，赞 98 篇，表状 90 篇，奏议 167 篇，制敕 336 篇，内制敕书 33 篇，内制口宣 114 篇，口宣 143 篇，内制批答本国书 80 篇，启 100 篇，书 40 篇，尺牍 409 篇，青词 166 篇，祭文 84 篇，杂著 41 篇，史评 89 篇，题跋 680 篇，杂记 222 篇。苏轼的文学作品，无论是公文，还是私信；无论是国事，还是家事；无论长篇，还是短文，他都以最大的热情、最好的态度对待它们，无一不珍爱，无一不认真，无一不专心。苏轼的作品数量堪称浩瀚，若再加上那些未曾流传下来的，真不知苏轼到底创作了多少作品！他不是在生活中歌咏，而是生活就是歌咏，每一天、每一刻、每一秒，诗情恣意，美好畅想。

其三是取材很宽泛。创作如此多的作品，必须有丰富多样的基础资料做素材，还必须随时可选、可摘、可用，他该如何积累这些材料并源源不断地用于创作呢？想来，应与现代人搞创作时收集材料的方法一致。苏轼有一个大容量的“资料库”，他从小喜欢看书，涉猎广泛，除了科考必学的科目外，包括释道、野史、外传、秘闻等令他觉得有趣的典籍，他都照单全收，因而他的资料库不但数量丰富而且饶有野趣。苏轼还有一双善于发现的眼睛，在别人看起来稀松平常的语言、动作或者故事，他则归纳、总结、储存起来，日后竟都成为创作的材料。

苏轼还有一手去繁从简的好手艺。厨师在面对一案好食材时，也不是每一味都会用在每一道菜中。苏轼就像一位好厨师，他的意识思维里有一间间小格子，分门别类地存放着各种各样的文学“食材”，会储存，善管理，懂支配，便可随心所欲地创作了。苏轼还有一个包容的“百纳箱”，无论是官场的，还是邻里的，或者家庭的，又或是朋友的，甚至欢场的，所有能表现民众生活、生产、思想、意识、状态的现象，他都能很好地保存在印象中，随时支取用于创作。苏轼之所以能随时、随地、随遇地创作无数的作品，与他的信息和资料的储存量有着密切的关系。

其四是个性很突出。后世人将苏轼定为豪放派的大家，这与其作品风格相关。作为继欧阳修之后扛起文学大旗的新一代领军人物，苏轼不遗余力地革新文学创作，发展新思路、新载体、新方法，他在前辈的经验和技法中汲取养分，形成了自己特有的创作思路和创作方法。苏轼跳出词必婉约清丽的窠臼，将达观豪情的意识思维融入词作创新中，取得了突破性的骄人成就，也才有了世人喜爱的雄奇、豪迈、宏阔的宋词。同时，苏轼将“婉约”和“豪放”很好地融为一体，吸纳儒、释、道精神，使作品充满了理趣、禅意、包容意味。

其五是思想旷达。读苏轼的作品，宛如清风拂来，凉意阵阵。苏轼作品中的手法纵横开阔，而内容却多平实直性，这是一种极矛盾却又极协调的艺术感。读苏轼的史论、政论特激情，能感受到强烈的责任感和使命感，这是一种高昂的旷达。读苏轼的诗词歌赋特豪迈，能感受到积极的生活态度和乐观的生命姿态，这是一种明朗的旷达。读苏轼的尺牍铭记特意趣，能感受到热烈的情感和朴实的善意，这是一种清澄的旷达。无论是哪一种旷达情怀，都包含怀着一颗慈悲心、悲悯心，苏轼将对社会、对现实、对未来的失望和希望融入作品中，思想饱满，极富情怀。

其六是影响很深远。苏轼的文学作品的意义，一是功在当时，二是利在后世。苏轼以正直的形象和积极的姿态、强烈的个人魅力，成为宋代继欧阳修后，扛起宋代文学大旗的领路人。他吸引了一大批文学精英一路追随，也提携了一大批文学青年成为大家，他以开拓者的精神不遗余力地创新文学、提携后进、开创新路。因为他的努力和坚持，宋词比肩唐诗，两者成为文学史上最为辉煌灿烂的瑰宝。苏轼以达观的精神和出世的情怀、不畏艰难的毅力和不惧困难的精神，通过文学作品载道，让世人仰慕叹服。世人读苏轼，读他的情怀，读他的力量，也读他的温暖以及那些令人生痛的多舛人生和不幸遭遇，更读他面对顺境和逆境时坚持做自己的真实与简单。

苏轼作为历史上不可多得的文学大家，可令人学习和追捧的远不止这些。只要有心，慢慢读他，总会在一字一行间，找到他“呵呵”的魅力，那时东坡先生就会走近你，与你促膝而谈——他是老百姓心中的文学大家。

书画大成，有“意”则成

翻阅宋史，会发现这个历经三百一十九年的朝代最显著的标签莫过于“重文抑武”。从最初宋太祖的“不得杀士大夫及上书言事者”，到宋徽宗的“天纵将圣，艺极于神”“偃武修文”给宋朝带来了覆国之灾，但也造就了艺术巅峰。难怪陈寅恪会断言：“华夏民族之文化，历数千载之演进，造极于赵宋之世。”也难怪王国维会说：“天水一朝，人智之活动与文化之多方面，前之汉唐，后之元明，皆所不逮也。”

正所谓，时势造英雄，英雄也造时势。宋朝之于文人墨客犹如一片沃土，优容的文化背景自然催生了大批优秀的文学家、艺术家，而在这万千英雄中自然少不了苏轼的身影。林语堂在《苏轼传》中就给苏轼罗列了诸多头衔——政治家、诗人、美食家、佛教徒、书法家、画家。可以看出，在那个没有电视和网络的时代，苏轼依旧过得丰富多彩。

苏轼爱画，也擅长画画，正如他在《文与可画筼筜谷偃竹记》中所写的那样："故画竹必先得成竹于胸中，执笔熟视，乃见其所欲画者，急起从之，振笔直遂，以追其所见，如兔起鹘落，少纵则逝矣。"画得多了，他对自己所画的东西也就早已谙熟于心，挥笔成画自然不在话下。

遥想当年，苏轼的画作名噪一时，颇有洛阳纸贵的势头，即所谓"枯木竹石，万金争售"。不过，苏轼的画却不是以栩栩如生而享誉历代，相反，他的画很"怪"。因为，他画石往往不像石，画竹却往往多用朱红，总之，他的画比不得画工画精细，而有种光怪陆离的感觉。但也恰恰是这点"怪"，成了苏轼画作的特色。原来，苏轼受老师欧阳修的影响，一贯秉承"画意不画形"的观念作画。在他看来，士人画和画工画大有不同。士人画更在乎"意"，而画工画则更着力于"形"。

以传世佳作《枯木怪石图》为例。这幅画是他任徐州太守时即兴所作。画中不过三种事物——怪石、丛竹和枯木，这三者历来是画家画作中的"常客"，但到了苏轼画中，它们却多了几分苏氏气派。那画上的石头怪就怪在纹路分明，似卷云，又似旋涡。明明是死物，却又于细节处透露出动感。而那旁边的枯木虽无枝叶，却刚劲有力。如果画到此处停下来，只怕太过苍茫，于是，苏轼又让那怪石旁生出几簇细碎的小竹。在星星点点的竹叶点缀下，怪石与枯木竟多了点欣喜感。苍茫与欣喜之间过渡流畅，毫不突兀，苏轼的画工和用心可见一斑。

再来看看《潇湘竹石图》。这幅画是苏轼在黄州时画的。画面远近相宜，远处有山水交融、烟雾笼罩，近处有瘦竹破石而出。不同于平日所见的挺拔直立的竹子，《潇湘竹石图》中所画的竹恣意生长，倒颇有几分苏轼的风骨。更难能可贵的是，据统计，《潇湘竹石图》自画成至今已辗转二十六家，上面洋洋洒洒书写着的超三千字的题跋见证了元代至今收藏名家的赞叹。

不过，这种“怪画”并非从一开始就广受追捧，它在出现之初也遭受过传统画家的质疑。面对质疑，苏轼以诗回应：“论画以形似，见与儿童邻。”

除了以意作画，关于画画，苏轼还有另外两个坚持。

其一，力求自然，遵循规律。这点可以从他画竹的方法中看出来——“从地一直起至顶”。因为，在他看来，竹子并不是一节一节地生长的。所以，在画竹子的时候，切忌一节一节地画，否则就失了自然的韵味。

其二，诗画一律，神形兼备。在绘画上，他追求的是“诗画本一律，天工与清新”。这点从他点评王维的诗画时所赞的“味摩诘之诗，诗中有画；观摩诘之画，画中有诗”就可以看出。在他看来，诗和画是一脉相承的，好诗要如画一般能够传神地抒发情感，而好画又要如诗一般富有层次和韵味。

除了画画，苏轼还有另一个兴趣——书法。相较于画，苏轼的书法变化更像极了他的一生的遭际。这一点有黄庭坚的点评为证：“早年用笔精到，不及老大渐近自然。”或许，苏轼的书法变化与他的人生起伏有着密不可分的关系。

早年时，苏轼苦心钻研“二王”的书法。这一时期的苏轼尚未经历大风大浪，正是意气风发的时候，所写的字也颇具风姿。代表作为他为照看坟茔一事所写的信件《治平帖》。该帖字体遒美，笔法精细，丝毫无愧于“字划风流韵胜”的评价。

中年后，苏轼的仕途突生波折。元丰五年，他受“乌台诗案”牵连，被贬到黄州。正所谓“心手相畅”，此时的苏轼开始沉迷于颜真卿和杨凝式的书法，字迹愈发圆劲起来。这点从《黄州寒食诗帖》中可以窥得一二。在研究透了颜、杨两家的字体后，苏轼又开始在书法中融入魏晋风骨，这时候，苏轼的书法已然开始有了自成一派的势头。可以说，这一时期的书法为后来的“苏体”奠定了坚实的基础。

看过了万千繁华，也体味过了宦海浮沉，到了晚年，苏轼变得越来越豁达沉着。他开始醉心研习李邕的书法，并在此基础上糅合了自己的特点。正所谓“字如其人”，此时他的书法风格愈趋成熟、意境愈发闲雅、运笔愈加老到。至此，他的字已经形成了浓浓的苏轼风格。

不过，无论如何变化，苏轼在书法上始终追求的是“意”字。他曾在《次韵子由论书》中提到“苟能通其意，常谓不学可”。这句话是说，对于他来讲，书法的内在意境远比书写技巧和字体构造重要，也就是所谓的“书必有神、气、骨、肉、血，五者阙一，不为成书也”。这样看来，书法的“意”与绘画的“神”倒是有着异曲同工之妙。

当然，苏轼所追求的书法的“意”，远不仅指意境，更指的是“新意”。不管是在《石苍舒醉墨堂》中所写的“我书意造本无法，点画信手烦推求”，还是在《评草书》中所说的“吾书虽不甚佳，然自出新意，不践古人”，都表明了他向来随心随意、不拘一格的态度。因为提倡随心书写，所以他也从不推崇盲目效仿某人的字体，这点有《柳氏二外甥求笔迹》二诗为证。在“二王”之风盛行时，苏轼却并未盲目推崇“二王”，然而对柳家外甥不知传承家法感到痛心。正是因对书法有着这样的态度和追求，所以，我们可以看到苏轼的书法总带有一种率性洒脱，就如他的为人一般。

可以说，无论是在书上，还是在画上，苏轼的艺术造诣都是极高的。细品过他的书画就会发现，他的出色大体可归功于“突破”二字。无论是“论画以形似，见与儿童邻”，还是“短长肥瘦各有态，玉环飞燕谁敢憎”，都是他对常规做派的挑战。不寻常的路不好走，打破常规的路也不好走，但是谁又能预言走出来后不是另一番天地?

饮食男人，下得厨房

苏轼既是一位杰出的政治家、思想家，也是一位伟大的文学家、艺术家，还是一位家喻户晓的美食家，号称“饕翁”。

“无竹令人俗，无肉使人瘦。不俗又不瘦，竹笋焖猪肉。”东坡先生对美食的研究、对美食的迷恋，正如他对文字那般热爱，一生如此。

曾历任江浙、齐鲁、中州、南粤的苏轼，走遍大江南北，跨越千山万水，在艰苦的行进中，不忘纵情山水、瞻仰古迹，更没忘遍尝各地美食佳肴，并亲自下厨研创，制作出许多极具特色的膳食，形成了独有的“苏式”风味，并以诗文赋之，流传千古。

苏轼作《猪肉颂》道：“洗净铛，少著水，柴头罨烟焰不起。待他自熟莫催他，火候足时他自美。黄州好猪肉，价贱如泥土。贵者不肯吃，贫者不解煮。早晨起来打两碗，饱得自家君莫管。”一旦说到吃，东坡先生便兴致满怀、诗意大发。这信手拈来的诗句，简洁、朴实、明快，读着“解馋”。其实，这看似闲逸的美食诗赋，其间却别有乾坤。

据说，黄州当时有一个怪现象，这里物产丰富，粮多猪多，但是吃猪肉的人却不多。这样的供求关系，必然造成猪肉价格十分便宜。这事让苏轼非常愉快，猪肉便成为他家餐桌上的主食。早在老家四川眉山时，苏轼就特好烹饪猪肉，有一手好厨艺，此时正好派上用场，自是开心不已。

有一次，家中有来客，苏轼依旧烹制猪肉待客。他将猪肉洗净下锅，放好水和调料后，用微火慢慢地煨，一切停当，便兴致勃勃地与客人对弈起来。不想两人都是“棋迷”，厮杀直至局终时苏轼才猛然想起，一声“糟了”，心想这“肉在锅中，肯定煳了吧”？于是赶忙朝厨房跑去，却扑鼻而来一股馋人的肉香味。苏轼甚着急，揭开锅一瞅，只见一块块猪肉色泽鲜亮红润，正在汤汁中“嘟嘟”沸腾着，让人垂涎欲滴。苏轼不禁大喜，即刻与友分食，顿觉其糯而不腻、醇香可口、入口即化，真是难得的美味，甚觉畅快，博得了朋友的大赞。之后，苏轼便常以此菜待客，无客时则自食，味蕾时有香味纠缠，那是家乡的味道，如影随形地抚慰着身在异乡孤独的他，驱赶了贬谪路上漫漫的苦楚和郁悒。

苏轼这种乐在当下的心怀，与李白当年一杯浊酒、邀月共枕眠的心境尤为相似。性相近，心相近，情相近，两人皆有快意人生江湖行的不羁情怀，豪迈、坦荡、开阔。

一路行，一路吃。所谓“吃货”者，东坡先生是也。他道：“自笑平生为口忙，老来事业转荒唐。长江绕郭知鱼美，好竹连山觉笋香。逐客不妨员外置，诗人例作水曹郎。只惭无补丝毫事，尚费官家压酒囊。”这首《初到黄州》，便是苏轼一生拥有“吃货”头衔的真实写照。

一想到吃，便不由地笑起来，这辈子都是为这张小口忙碌着啊！一句“自笑平生为口忙”，将苏东坡喜好吃食的程度彰显无遗，一生好这一口美味。到了《初到黄州》里，已是“老来事业转荒唐”，有些无奈的自嘲，有些禅意的看待，有些释然的放下。就此吧，人生得“吃”，有吃须尽欢！

吃，不但要喂饱小胃，养好身体，还得用心考究，吃出地域特色，吃出文化氛围，吃出盎然情趣。吃到“高山流水处”，吃到“他乡遇知音”，吃到“诗情澎湃时”，那便是真境界了。

云水天涯，这是苏轼一生奔波和心境的写照。他在行走中体验风土人情，体味人间美味，体会生命本真。人说小隐隐于山，大隐隐于市。其实，只要心中有山水、有诗意，有美酒和佳肴，人生清欢，何处不飞花，不逍遥呢！

“长江绕郭知鱼美，好竹连山觉笋香。”靠山吃山，傍水依水，山水之中，苏轼懂得物尽其用、味尽其欢。一江春水向东流，绕山村城郭，活四野葱茏，所经之处，鱼虾丰美，尽在炊烟袅袅的篱笆柴门中。有水育鲜色，有山孕野味。苏轼说，一排排的竹子哟，如此令人心生波澜，翠绿下的生机，便是那刚刚生出的笋尖，正是盘中餐，鲜嫩香美。苏轼眼中，江鱼、鲵、鲈、河蟹、羊、鸡等家禽野物，依慧心精研，依特色烹饪，依心情烧制，都是难得的绝味佳品，在不知不觉中便撬开了食者的馋欲，令人为之心动。

谈吃和赏景，是人生最惬意的事。体味和描绘，是人生最快意的事。接纳和发现，是人生最美意的事。苏轼眼里、手里、心里，件件事都是好事，样样事都值得期待。对美食的好奇心和生活的随遇心，让他无论处于何时何地何境，都对未来充满着热情和期许、满足和心安。

据不完全统计，以“东坡”命名的美食，多达六十种，我们常见的有东坡豆腐、东坡鱼、东坡肉、东坡羹、东坡脯、东坡饼、东坡墨鱼、东坡腿，其中很多美味佳肴都有故事渊源和意趣由来。

苏轼贬谪黄州期间，喜欢去长江对岸的鄂城灵泉寺中优游，也与这里的僧人成为好朋友。僧人以油煎麦面饼待之，苏轼甚是喜爱，后这段美事便流传下来。及清同治三年（1864），时任湖广总督官文到灵泉寺小坐，僧人也以油煎麦面饼款待，官文亦是喜欢，问及饼名，僧人曰“东坡饼”，随后官文挥书一联：“门泊战船忆公瑾，吾来茶话续东坡。”由此，“东坡饼”在鄂州更加响当当了。

闲来研究美食，空时品尝佳肴。中国人讲究吃，四川人会做吃，文人会描绘吃，苏轼三者兼得，因而有关他与吃食的各种各样的记载就颇多了，特别是他的厨艺。

譬如“东坡豆腐”的制作方法，据说记入了南宋钱塘人林洪所著的《山家清供》一书中。以黄州豆腐为主料，将豆腐放入面粉、鸡蛋、食盐等勾制而成的糊中粘上糊浆，再以食用油在锅中煎至五成熟，闻香、观有焦黄感便捞出沥干油分，趁着锅中油热，扔进笋片、香菇，添加盐及其他调味品，烹至有香味时倒入炸豆腐，烧至入味，闻清鲜扑鼻时“东坡豆腐”即成。

譬如“东坡鱼”，也是苏轼在黄州时研制而成。他在《煮鱼法》中道：“子瞻在黄州，好自煮鱼。其法，以鲜鲫鱼或鲤治斫，冷水下入盐如常法，以菘菜心芼之，仍入浑葱白数茎，不得搅。半熟，入生姜、萝卜汁及酒各少许，三物相等，调匀乃下。临熟，入橘皮线，乃食之。其珍食者自知，不尽谈也。”对于这道东坡鱼，若细心研读文本，会发现有特别之处藏于其间，那便是鱼快熟透前，苏轼会扔一撮切丝的橘子皮于锅中。这是何意呢？其实，这在川菜中并不是什么秘密，就是为了去腥提味。橘子皮在晾干入食后，特别有去腥提味的作用，因而四川人会在橘子（当地的红橘子）收获时节晾晒些，以备做鱼之用。

又如“东坡羹”，是苏轼依据不同食材研发而成，分为两种。一种是由春笋、齑粉（姜、蒜、韭菜的碎末儿）、荠菜调制而成的“山羹”。苏轼在《次韵子由种菜久旱不生》中说：“新春阶下笋芽生，厨里霜齑倒旧罂。时绕麦田求野荠，强为僧舍煮山羹。园无雨润何须叹，身与时违合退耕。欲看年华自有处，鬓间秋色两三茎。”特别艰辛的生活，却激发了创造的可能，苏轼将贬谪时枯燥的日子，过得特别有烟火气，那就是找吃、寻吃、做吃、写吃。

苏轼还根据食材发明了另一种羹。那是在乡野里做的事，就像我们野炊时那般。架一口破鼎，将蔓菁和芦菔（即萝卜）熬煮，他将这种煮法命名为“珍烹”。他在《狄韶州煮蔓菁芦菔羹》中曰：“我昔在田间，寒庖有珍烹。常支折脚鼎，自煮花蔓菁。中年失此味，想像如隔生。谁知南岳老，解作东坡羹。中有芦菔根，尚含晓露清。勿语贵公子，从渠醉膻腥。”这是苏轼自己命名的“东坡羹”，这种羹其实就是菜与饭同煮后所成，不是汤，也不是饭，与想象中的汤羹有所区别。

苏轼有诗曰：“秦烹惟羊羹，陇馔有熊腊。”“山暖已无梅可折，江清独有蟹堪持。”“蜀人贵芹芽脍，杂鸠肉为之。”美食的滋味和醉人的芬芳，弥漫在千年的书页里，让人垂涎欲滴，让人欲罢不能，充满了对一位饮食男子的无限想象，譬如他在灶火旁，譬如他在采摘菜，譬如他在调味汤，譬如他在烙饼，譬如他在夹菜饮酒中出口成章……

苏轼好茶，也吟茶。他说：“休对故人思故国，且将新火试新茶。”“酒困路长惟欲睡，日高人渴漫思茶。”“何须魏帝一丸药，且尽卢仝七碗茶。”“浮石已干霜后水，焦坑闲试雨前茶。”茶与儒学，茶与道学，茶与禅学，密不可分，可谓文人士人生活中的佳饮良配。茶使人清静、清澄、清幽，茶通经脉，茶养性情，茶修品质。作为儒、释、道的精研修习者，苏轼更是将茶学融入了生活学问中，人生七碗茶，敬自己，敬生命，敬过往，敬前路，敬坎坷，敬苦难，敬人间有味是清欢。

再艰苦，也要茶一盅、果一枚，苏轼说“日啖荔枝三百颗，不辞长作岭南人”，有对生活的热情和对生命的热爱，哪儿不明朗、哪儿无清欢呢？

美食所承载的意义，除了生活层面上的，更多了精神层面上的，那是一种抱着对人生憧憬和未来希冀的永恒追寻，不息不灭，薪火相传，直到今天。

苏东坡：最是人间真情味

总 策 划：刘志则	产品总监：庞 涓
策划编辑：尔 卜	责任编辑：谢仁林
版式设计：苏洪涛	媒体推广：周莹莹
责任印制：周莹莹	团购热线：010-84827588

汇智博达豆瓣小站

汇智博达公众号

团购热线｜ 010-84827588

书友会微信号｜ bjbwsyh

官方微博｜ @北京汇智博达

图书在版编目（CIP）数据

苏东坡：最是人间真情味 / 江晓英著. -- 天津：天津人民出版社，2019.4（2019.9 重印）
ISBN 978-7-201-14642-3

Ⅰ. ①苏… Ⅱ. ①江… Ⅲ. ①传记文学–中国–当代 Ⅳ. ① I25

中国版本图书馆 CIP 数据核字 (2019) 第 059481 号

苏东坡：最是人间真情味

SUDONGPO ZUISHI RENJIAN ZHENQINGWEI

江晓英 著

出　　版　天津人民出版社
出 版 人　刘　庆
地　　址　天津市和平区西康路 35 号康岳大厦
邮政编码　300051
邮购电话　（022）23332469
网　　址　http://www.tjrmcbs.com
电子信箱　reader@tjrmcbs.com

责任编辑　谢仁林
装帧设计　白砚川　苏洪涛

制版印刷　艺堂印刷（天津）有限公司
经　　销　新华书店
开　　本　880 毫米 ×1230 毫米　1/32
印　　张　10
字　　数　225 千字
版次印次　2019 年 4 月第 1 版　2019 年 9 月第 2 次印刷
定　　价　48.00 元
